Né en 1983, le Nîmois Cyril Carrère est un écrivain et scénariste français vivant à Tokyo. Pharmacologue de formation, il évolue près d'une décennie dans l'industrie pharmaceutique, avant de devenir chef de projet de développement d'applications mobiles et web dans divers secteurs d'activité.

Autodidacte, passionné de littérature, de culture et de voyages, il s'impose dès ses premiers romans, notamment avec *Grand froid*, finaliste du prix *VSD*-RTL, et *Le quatrième rassemblement*, qui invite les lecteurs dans une zone reculée de la Californie, au cœur d'une atmosphère brûlante et chaotique.

Avant de sombrer, paru en mars 2023 aux Éditions Denoël, est un polar teinté de thriller psychologique traitant de la mémoire, et en particulier du syndrome des faux souvenirs. Une enquête retorse et déroutante plébiscitée par les lecteurs.

À ma famille

À ceux qui vivent dans nos cœurs et nos mémoires

La mémoire est la sentinelle de l'esprit.

WILLIAM SHAKESPEARE

Prologue

Ballottée par les rafales, la berline filait sous la pluie diluvienne. Le halo blanc de ses phares parvenait à peine à percer les murs d'eau qui tombaient sur la départementale 127, au nord de Nîmes. En dépit de l'alerte météo qui tournait en boucle dans les médias depuis la veille, Jérôme s'était éternisé au travail.

Ce soir-là, la décision de braver les éléments se retournait contre lui. Adhérence minimale, visibilité proche du néant : ces conditions lui faisaient perdre de précieuses secondes sur ce chemin qu'il connaissait sur le bout des doigts.

Jérôme conduisait aussi vite que possible, le cœur battant à tout rompre. L'appel de Céline ne laissait aucune place au doute. Quelque chose de grave était sur le point de se produire. Ils tenaient pourtant le bon bout, depuis quelque temps, avec sa femme. Les progrès étaient visibles.

La voix de Céline qui venait de résonner dans les enceintes de l'habitacle lui avait glacé le sang.

Des paroles froides, entrecoupées de sanglots et

emplies d'une immense colère. Était-ce vraiment sa femme ? Cela n'avait aucun sens.

— Tu es allé trop loin, espèce de minable ! avait-elle vociféré.

— Céline ? Qu'est-ce qui t'arrive ? Tu as pris quelque chose ? Calme-toi, je serai à la maison dans dix minutes.

— Ce sera trop tard ! J'en ai marre. Marre ! Ça ne peut plus durer. Je vais me foutre en l'air. Je ne manquerai à personne, surtout pas à toi.

— Ne dis pas ça. On va discuter tous les deux, d'accord ?

Jérôme pesait chacun de ses mots, essayant de maîtriser les soubresauts de sa voix pour cacher sa panique.

Ne surtout pas la braquer davantage.

Lui donner le sentiment de contrôler l'échange.

— J'arrive, continua-t-il. On va trouver une solution. En attendant, promets-moi de ne pas faire de bêtise.

— Je te laisse cinq minutes. On… on va régler ça une bonne fois pour toutes. Toi et moi. Ta pétasse n'a pas intérêt à traîner dans le coin sinon je lui règle aussi son compte, c'est clair ?

La communication avait été brusquement interrompue, laissant Jérôme abasourdi, incapable de répliquer.

Il tenta de trouver une raison d'être à ces rafales de phrases menaçantes. À ce délire digne d'une psychotique.

Tout cela semblait tellement irréel !

Jérôme profita d'un tronçon éclairé pour ralentir

et dicter un message vocal à l'attention de Bénezet, son adjoint à l'agence, histoire d'assurer ses arrières. Puis il essaya de se reconcentrer sur la route de la Baume, sentier étroit et caillouteux qui fendait la commune de Poulx. La garrigue environnante, amas d'ombres difformes battues par le vent, semblait prête à se refermer sur lui.

Sa brusque accélération ne lui permit pas de réagir à temps lorsqu'un véhicule apparut au détour d'une courbe prononcée. Jérôme donna un brusque coup de volant à gauche pour l'éviter puis tenta de se rabattre. Après un bref crissement de pneus, la berline échappa aux lois de la gravité. Le bitume se déroba. Sous le déluge, la voiture entama une série de tonneaux qui la déportèrent vers le champ voisin, dans un fracas de tôle assourdissant.

~

Quelques secondes lui furent nécessaires pour se familiariser avec le blanc immaculé et l'air aseptisé de la chambre d'hôpital, l'imposant bandage qui comprimait son crâne et les bips réguliers des machines qui lui soutiraient tout un tas de constantes. La douleur était à peine supportable.

Lorsque Jérôme sentit un tube obstruer sa trachée, il voulut immédiatement s'en débarrasser mais ne put porter ses mains à son cou. Celles-ci étaient entravées.

Céline… Où est Céline?

Ses menottes cliquetèrent à mesure qu'il se

débattait de ses maigres forces. Son corps semblait peser une tonne.

— Tout doux, fit une voix bourrue. Vous êtes en sécurité ici. Ne vous inquiétez pas pour vos liens, c'est pour éviter que vous vous blessiez.

Jérôme croisa le regard d'un homme chauve et moustachu, en blouse blanche, taillé comme un pilier de rugby.

— Bonjour, monsieur Cazenave. Je suis Benjamin Roig, chef du service de réanimation du CHU de Toulouse. Je suis déjà passé hier, on a discuté un peu, vous vous en souvenez?

C'est qui, ce type? Et qu'est-ce que je fous à Toulouse?

— Nous sommes le 12 juillet 2021. Il est 11 h 50. Vous êtes ici depuis onze jours. Il y a déjà du progrès, ça va aller.

Roig se pencha vers lui.

— Fermez les yeux et, à mon signal, ouvrez-les, s'il vous plaît.

Hébété, Jérôme mit quelques secondes à s'exécuter. Il fit de même lorsque le médecin procéda à diverses vérifications.

Puisant dans le peu d'énergie qui lui restait, il se démenait pour attirer l'attention du médecin.

Ma femme, bordel! Vous allez me dire où elle est?

— Je repasse bientôt pour des examens complémentaires. En attendant, reposez-vous.

Joignant le geste à la parole, Roig lui injecta un tranquillisant qui l'assomma instantanément.

~

Le médecin revint contrôler ses constantes ventilatoires quelques heures après. Ces dernières étant acceptables, Jérôme fut délesté de ce tube de malheur. On le débarrassa également de ses liens et il fut placé en position demi-assise, pour favoriser sa respiration désormais assistée par un simple masque à oxygène. La douleur sous son bandage, toujours aussi vive, le fit grimacer. D'une voix rauque, il s'enquit de nouveau de la situation de Céline, mais Roig éluda le sujet, préférant le questionner sur l'accident. Jérôme s'en souvenait étonnamment bien et, après quelques réticences, se résolut à fournir les détails de sa sortie de route.

Le médecin s'éclipsa dans la foulée, l'empêchant de l'interroger au sujet de sa femme. Qu'est-ce qui ne tournait pas rond avec ce type ? Et puis, pourquoi ce transfert à Toulouse ? On ne pouvait pas prendre en charge un patient atteint d'un traumatisme crânien, à Nîmes ? À moins que ce ne soit plus grave et que ce Roig n'ait pas le courage de le lui dire…

Il passa une nuit encore plus éprouvante que la précédente, peuplée d'hallucinations.

~

Le lendemain matin, le chef de service réapparut et lui demanda comment il se sentait, tout en jetant un œil au dossier médical accroché au pied du lit.

— Prenez votre temps, ménagez vos forces, ne

faites pas comme hier. Répondez-moi et je vous dirai ce que vous voulez savoir sur votre femme.

Jérôme tira sur son masque, juste assez pour que l'air s'engouffre en dessous. La gorge comme laminée par des centaines de rasoirs, stigmates de l'intubation prolongée qui lui écorchait la voix. S'il avait été d'humeur, il se serait amusé du côté *bad boy* que cela lui donnait.

— Je vais mieux, docteur.

— Quel mois sommes-nous ?

— Euh… juillet.

— De quelle année ?

— 2021.

Le médecin hocha la tête, l'air satisfait.

— Où sommes-nous ? continua-t-il.

— Au service de réanimation, à l'hôpital de… Toulouse.

Une quinte de toux succéda à ce constat, suivie d'une bouffée d'oxygène haute concentration.

— Qu'est-ce que je fais là ? Je vis à Poulx, près de Nîmes. C'est là que j'ai eu l'accident.

— Monsieur, vous sortez de dix jours de coma, après un important traumatisme. Rien d'étonnant à ce que tout soit encore flou dans votre tête. Focalisez-vous sur votre récupération. Le reste reviendra petit à petit.

— Je suis réveillé depuis quand ?

— Un peu moins de soixante-douze heures.

Le médecin continua sur sa lancée tout en observant à nouveau les réflexes moteurs de Jérôme.

— Au sujet de votre accident… Même question qu'hier. Pouvez-vous m'expliquer ce qui s'est passé ?

— Vous répondrez ensuite à mes questions ?

— Nous y viendrons, monsieur. Expliquez-moi.

— Je rentrais chez moi quand ma femme m'a appelé. Elle s'apprêtait à faire une connerie. J'ai roulé trop vite et j'ai fini dans le décor en voulant éviter un véhicule qui arrivait en sens inverse…

Roig stoppa net l'examen corporel, se redressa et croisa les bras, circonspect.

— C'est vraiment tout ce dont vous vous rappelez ?

— Il tombait des cordes. Un épisode cévenol. J'ai perdu le contrôle de ma voiture dans un virage, fait des tonneaux et puis… plus rien. Le trou noir.

Nouvelle bouffée d'oxygène.

— Je vous ai répondu, alors maintenant, vous allez me dire où est ma femme ? Dites-moi comment elle va, au moins ! Est-ce que ma fille est au courant que je suis là ? Et l'agence ? Ils doivent se demander ce que je fous. C'est quand même dingue, personne ne sait que je suis ici.

Regard appuyé de la part du praticien, empli d'une lueur nouvelle. Le doute affiché la veille cédait la place à un malaise teinté de résignation.

Roig soupira et griffonna sur son carnet pendant une longue minute, avant de se lancer.

— Monsieur Cazenave, hormis le traumatisme crânien qui a failli vous coûter la vie, vous ne souffrez que de blessures très superficielles.

— Et alors ? Vous n'allez pas quand même m'engueuler parce que je m'en suis sorti, si ?

— Ce tableau clinique est très peu compatible avec un accident aussi violent que celui que vous me décrivez. Vous auriez eu peu de chances d'en réchapper.

Jérôme sentit son pouls s'emballer.

— L'IRM pratiquée à votre admission a révélé une lésion de la partie antérieure du cortex orbitofrontal, continua le médecin en pointant du doigt la zone concernée sur son propre front, entre les deux yeux. Nous avons dû vous placer dans un coma artificiel, pour diminuer la pression intracrânienne et prévenir tout risque hémorragique. Il fallait mettre votre cerveau dans des conditions de récupération optimales. La procédure a été un succès. Mais… dans de rares cas, ce type de lésion entraîne une altération mémorielle plus ou moins importante.

— Je ne comprends rien à votre jargon. Vous voulez dire que je perds la boule, c'est ça ? Je me souviens de tout. De l'accident dans ses moindres détails. Du jour d'avant ma sortie de route. Et encore celui d'avant. Alors arrêtez de me prendre pour un cinglé et répondez-moi ! Où est ma femme et qu'est-ce que je fous à trois cents bornes de chez moi ?

— Monsieur, s'il vous plaît, essayez de vous calmer. Ce que je tente de vous expliquer, c'est que ce n'est pas une amnésie au sens propre. Des pans entiers de votre passé sont *remplacés* par d'autres, créés de toutes pièces. Sans possibilité de discernement. Tout ceci explique que vous mainteniez votre version des faits contre vents et marées. Vous ne mentez pas. Pour vous, ça s'est *réellement* passé comme ça.

— Et il insiste, en plus ! Ça suffit. Arrêtez-moi ce cirque et envoyez-moi un confrère. Un qui a tout sa tête, de préférence. S'il vous plaît.

De menaçante, la voix de Jérôme était devenue suppliante.

— Certains de vos souvenirs sont intacts, je n'en doute pas. Mais d'autres ont à l'évidence été réécrits. Faire la part des choses demande du temps, et…

Les deux mains de Jérôme se levèrent de concert.

— Vous insinuez que je n'ai *pas* eu d'accident de voiture ? C'est ça ?

La mine du chef de service s'assombrit.

— C'est exact, monsieur Cazenave. Il n'y a jamais eu de retour précipité à la maison. Ni de crash. Encore moins d'épisode cévenol. Vous savez bien qu'il n'y en a pas début juillet… La vérité, c'est que vous avez subi une agression extrêmement violente, à une centaine de kilomètres d'ici. Dans la prison où vous purgez une longue peine. Pour meurtre.

PREMIÈRE PARTIE

Nous croyons conduire le destin, mais c'est toujours lui qui nous mène.

DENIS DIDEROT

1

13 juillet 2021.
10 heures.

Purpan.

À deux pas de la Garonne, ce quartier du cœur de Toulouse abrite le centre hospitalier universitaire. Au fil des ans, les bâtiments ont surgi de terre. Jadis qualifiée de suburbaine, cette zone se trouvait à présent en plein centre, engloutie par la ville et perfusée par le tramway.

Partie du centre pénitentiaire, où elle tentait d'en savoir plus sur les circonstances de la rixe qui avait failli coûter la vie à Jérôme, Sylvia s'était précipitée à l'hôpital en apprenant la nouvelle. Il s'était enfin réveillé ! Après dix jours pendant lesquels il avait végété entre la vie et la mort, l'équipe médicale l'avait sorti du coma.

Jamais Sylvia n'avait conduit si vite.

À l'accueil du service de réanimation du CHU, elle se présenta et obtint le droit de parler quelques minutes avec le chef de service, le docteur Roig. Ce dernier semblait intrigué par son apparence. Peau immaculée, chevelure auburn, grandes lunettes rondes, T-shirt blanc rentré dans un jean élimé et Converse usées aux pieds, Sylvia Lontano ressemblait plus à une étudiante qu'à une thérapeute renommée.

Le praticien lui expliqua que Jérôme avait eu chaud, qu'il était à présent sédaté et qu'elle ne pourrait pas lui parler avant son réveil, dans l'après-midi. L'IRM avait décelé des lésions cérébrales inquiétantes. La mémoire était affectée. Son discours n'était pas cohérent, il réclamait sans cesse sa femme et semblait ignorer sa condition de détenu.

Sylvia blêmit.

C'est un désastre.

2

Une légère brise soufflait sur Toulouse, brassant enfin l'air chaud qui étouffait la région depuis plusieurs semaines. Sylvia quitta le CHU à bord de sa Micra, climatisation à fond. Buste chétif penché en avant, les mains rivées sur le volant, la psychologue prit son mal en patience : ça bouchonnait en ce milieu de matinée. Elle contourna la basilique Saint-Sernin, rattrapa les allées Jean-Jaurès, puis s'arrêta devant la façade noire aux lettres rondes et argentées de l'hôtel Pullman, où un voiturier attendait. Elle saisit son sac de voyage sur le siège passager, descendit de son véhicule et confia les clés au « valet » d'un geste hésitant. Ce genre de services la gênait.

C'est la dernière fois que je l'écoute, lui, avec ses goûts de luxe, marmonna-t-elle.

Sylvia jeta un œil à sa montre et se rendit au 84, le bar chic de l'établissement. Accoudée au comptoir, elle commanda un thé à la menthe et scruta la grande et longue salle. Affalés sur leurs chaises, une poignée de clients sirotaient leur café, l'air détaché, les yeux rivés sur leur téléphone portable. D'autres débattaient autour d'une tablette tactile, en pleine visioconférence avec un collègue qui semblait à moitié endormi sur l'écran.

Tout au bout de la pièce, un homme à la carrure athlétique et au costume bleu ciel, tasse à la main, se tenait debout face aux grandes baies vitrées donnant sur la terrasse inondée de soleil. Bien qu'il lui tournât presque entièrement le dos, Sylvia le reconnut à son look détonnant et s'empressa de le rejoindre.

La psychologue posa sa boisson sur la table près d'elle, son bagage sur le sol, et s'abandonna dans les bras puissants de Serge, qui la dominait d'une bonne tête.

Une étreinte courte mais intense.

— Depuis quand es-tu là ?

L'avocat s'installa à son tour. Il se laissa aller sur le dos et soupira.

— Depuis l'ouverture du bar. J'ai fait la route de nuit. Il nous a fichu une sacrée trouille, le père Cazenave. Comment ça s'est passé pour toi, à la prison ?

Sylvia secoua la tête.

— Des guignols. Je ne suis pas sûre qu'ils sachent ce qu'il s'est vraiment passé. Tout ce qu'ils m'ont dit, c'est que l'incident impliquait plusieurs détenus particulièrement surveillés.

— Sans déconner. Il n'y a quasiment que ça là-bas !

— Ça va nous prendre un temps fou de démêler ce sac de nœuds. On va devoir s'armer de patience et espérer que Jérôme se rappelle quelque chose. Pour l'instant, c'est mal barré. Son toubib m'a dit qu'il avait des problèmes de mémoire.

— C'est grave ?

— Ça a l'air sérieux, oui.

Serge termina son café et en commanda un autre d'un signe de la main au barman.

— Je vais passer le voir cet après-midi, déclara-t-il.

— J'espère que tu auras plus de chance que moi et que tu pourras le voir. Si c'est le cas, explique-lui dans quelle galère il s'est fourré. Tu es son avocat, après tout.

— Et toi, tu vas faire quoi ?

— Demain, je reprends la route pour Nîmes. Le dossier de révision du procès est notre priorité absolue. J'étais persuadée que Jérôme ne retournerait jamais dans cet enfer, vu son état. Mais s'il se remet…

— Alors oui, il sera réincarcéré, compléta Serge.

— Dans ce cas, mieux vaut se faire discrets. Tant qu'il n'est pas libre, creuser davantage risque de lui porter préjudice.

— Il sera en danger quoi qu'il arrive, souffla l'avocat. Mais je vais voir ce que je peux fairc.

Un serveur à l'allure de majordome les interrompit, le temps de déposer une tasse de café sur la table. Serge le scanna de haut en bas en le remerciant, saisit la boisson et enchaîna :

— Tu es sûre de ton coup, Syl ?

— On obtiendra gain de cause, j'en suis

convaincue. Je dois absolument sortir Jérôme de là. J'ai *besoin* de lui.

— Au point de jeter ta si précieuse éthique de travail aux chiottes ?

— Si tu as un autre moyen, je suis preneuse.

Serge fixa le sol d'une moue soucieuse. Il n'existait aucune autre option. Il vida sa tasse d'un trait en grimaçant et finit par capituler, pouce levé.

Après un déjeuner vite expédié, Serge décolla, direction le CHU. Sylvia gagna leur chambre, prit une douche salutaire, puis profita de sa solitude pour s'allonger et fermer les yeux. S'octroyer quelques minutes de paix.

Les derniers jours avaient été riches en émotions. Épuisants. Ceux qui se profilaient promettaient de l'être tout autant.

3

Jérôme émergea après quelques heures d'un sommeil agité. Ébranlé par le discours fumeux du docteur Roig, il avait dû être sédaté pour retrouver la paix.

Il nageait en plein délire. Lui, un détenu ? Un meurtrier ? Il se demanda si cet échange lunaire avec le praticien ne sortait pas tout droit de son imaginaire trop fertile. Cela devait être fréquent, après un choc aussi brutal, de divaguer pendant des jours, voire des semaines. Sans parler des hallucinations, manifestations d'un esprit désireux d'échapper à une situation insensée.

Sa main se porta sur l'épais bandage qui enveloppait sa tête. Le tonnerre, le rideau de pluie, la sortie de route et l'effroyable bruit de la tôle froissée… C'était réel, il ressentait jusque dans sa chair les odeurs et les sensations de cette nuit-là. Dans quel esprit malade pouvait germer l'idée de lui faire croire à un autre scénario abracadabrant ?

Le médecin avait en revanche raison sur un

point. Jérôme devait faire preuve de patience. La vérité s'imposerait d'elle-même.

Il tournait en rond dans cette chambre d'hôpital. Il ne pouvait s'empêcher, même dans de telles circonstances, de penser à son entreprise et ses salariés. Comment l'agence tournait-elle sans lui ? Il doutait des capacités de Bénezet pour pallier son absence. Un type efficace mais qui n'avait pas assez faim, selon lui, pour gagner des parts de marché. Perez, plus dynamique, empathique et porté sur les relations client, faisait davantage l'affaire. La perspective de voir Bénezet aux commandes ne l'enchantait pas, mais le forcerait à se rétablir plus vite.

Un murmure grandissant se fit entendre dans le couloir. Des éclats de voix se mêlaient au bruit sec de talonnettes heurtant le sol avec une fréquence redoublée.

Jérôme sursauta lorsque la porte de sa chambre s'ouvrit avec fracas, révélant les traits d'un trentenaire irrité et transpirant. Rasé de près, les cheveux gominés, l'individu flottait dans un extravagant costume. Il entra d'un pas décidé, prêt à en découdre. Sa cravate à pois, son allure de jeune premier et l'attaché-case en cuir noir qu'il tenait complétaient le tableau d'une profession que Jérôme devina sans peine.

— Jérôme ! Ravi de vous revoir parmi nous, mon cher ! Vous m'avez fait très peur, vous savez. C'est tout sauf le moment de passer l'arme à gauche.

— Qui êtes-vous ?

Jérôme commençait sérieusement à ne plus goûter la plaisanterie. Il n'avait jamais vu ce type avec un pot de colle tartiné sur le crâne. Pas son genre de fréquentation.

Le nouvel arrivant se figea. L'accent chantant de son client avait disparu, tout comme la flamme inextinguible qui habitait d'ordinaire ses prunelles.

— Ne me dites pas que ce charlatan raconte la vérité ? Maître Serge Gaillard. Avocat au barreau de Nîmes. Ça ne vous dit vraiment rien ?

— Le *charlatan* vous entend, fit une voix en arrière-plan.

Roig se tenait dans l'encadrement de la porte, les bras croisés, l'air désabusé.

— Faites-moi plaisir, Maître, et évitez de prendre mon service pour la scène d'une de vos représentations.

L'avocat ignora la remontrance, déposa sa mallette au sol et s'avança, les bras ouverts.

— Allons, Jérôme. C'est une mauvaise blague ? Même les gosses savent qui je suis.

— Pas étonnant, poursuivit Roig. À force de vous voir défendre la racaille de toute l'Occitanie…

Gaillard fit volte-face, sourire en coin.

— Ravi que mon talent soit reconnu jusque dans votre belle Ville rose ! Docteur, tout le monde a le droit d'être défendu. Même la pire des crapules.

Médecin et homme de loi se défièrent du regard. Jérôme pensa que l'avocat s'exprimait curieusement, en plus de mouliner des bras comme un gamin hyperactif. Mais il venait de Nîmes, et cela, bêtement, le rassurait un peu.

— Écoutez, reprit l'avocat. Personne ne souhaitait vous défendre. Personne, sauf moi. Serge Gaillard, *sauveur des cas désespérés* ! Comment avez-vous pu oublier ça, enfin…

— Mon patient a besoin de temps pour récupérer et y voir plus clair, le coupa Roig. Je vous donne vingt minutes, pas une de plus.

~

— Alors, si vous êtes vraiment un cador, je vous défie de me convaincre que j'ai tué quelqu'un.

Assis dans le fauteuil à l'angle de la pièce, l'avocat répondit d'une voix douce.

— Jérôme, les apparences sont contre vous. Mais je ne crois pas une seule seconde que vous soyez l'auteur du meurtre.

— C'est trop aimable ! Est-ce que j'aurai le droit de savoir un jour de quoi on m'accuse précisément ?

— Il faut d'abord qu'on revienne sur cette fameuse nuit. Vous disiez rentrer du travail, c'est ça ?

— Encore ?

— Quoi, encore ?

— Ça fait mille fois qu'on me replonge là-dedans !

— Plus vite vous répondrez, plus vite on passera à autre chose.

Jérôme se demanda quelles nouvelles inepties découleraient de cette conversation.

— Quelle heure était-il ? relança Gaillard.

— 20 heures environ.

— Et que faisiez-vous pour terminer à cette heure-là ?

Il fixa un point invisible sur le plafond.

— Je… je bouclais un dossier important. Un nouveau contrat pour notre agence, avec le Nîmes Olympique. Ça nous permettra d'ajouter la protection de personnalités à la liste de nos prestations.

Serge se tritura le front.

— Vous, dans une agence ? Bosser avec un club de foot ?

— Oui, je dirige une dizaine d'anciens sportifs et militaires que j'affecte à la surveillance de divers bâtiments.

— Ah oui ? C'est intéressant, ça. Quel genre de bâtiments ?

— Ça va de la grosse entreprise à la boîte de nuit, en passant par les commerces du centre-ville. On sécurise aussi certains événements, par exemple les bodegas montées pendant la feria, chaque année.

— C'est très précis, comme description d'activité.

— Si vous êtes mon avocat, vous devriez le savoir, non ? Je commence à en avoir marre de votre petit ton condescendant. Je gagne ma vie comme je veux et, surtout, comme je peux.

Livide, Gaillard contempla le sol. Toute trace de l'excentricité qui le caractérisait quelques minutes plus tôt s'était dissipée.

— Jérôme, écoutez-moi, s'il vous plaît. Vous ne gérez aucune agence. Et puis vous détestez le foot !

Devant l'absence de réaction de son client, l'avocat ajouta :

— Vous étiez flic. Lieutenant. Avant tout ce bazar, vous apparteniez à la PJ de Nîmes.

Jérôme éclata d'un rire ponctué d'une quinte de toux.

— Moi, lieutenant ? grimaça-t-il, main sur la poitrine. C'est tout ce que vous avez trouvé ? Je déteste les flics ! Ils empêchent mon business de prospérer.

— Et très compétent, avec ça.

— Bon, écoutez, ça suffit. Je n'ai pas à subir cette discussion ridicule. Laissez-moi tranquille. Sortez de ma chambre.

— Je vais m'en aller mais avant, je vous en conjure, regardez ça.

L'avocat piocha dans sa sacoche et lui tendit l'imprimé d'une couverture de journal.

— Ce n'est pas vous, sur la photo, peut-être ?

Jérôme attrapa le bout de papier et lui accorda un bref regard avant de le faire disparaître dans le tiroir de la table de chevet, sur sa droite. Il n'était vraiment pas d'humeur à analyser un montage Photoshop.

— Votre scénario n'est pas le bon, persista l'avocat. Sauf sur un point. La grave dépression de Céline.

Jérôme se tendit à l'évocation du prénom de sa femme, sans pour autant se départir de son regard suspicieux.

— Comment savez-vous ça ?

Gaillard n'en menait pas large. Le contraste entre sa mine déconfite et son accoutrement flashy était saisissant.

— Elle ne supportait plus ce qu'elle était devenue.

Ces mots résonnèrent en Jérôme sans qu'il comprenne exactement pourquoi. Son interlocuteur continua sur sa lancée dévastatrice.

— Votre femme est décédée, Jérôme. Ça fera bientôt deux ans. On lui a tiré dessus. Et malgré tous mes efforts, c'est vous qui avez été condamné.

~

Dressé sur son lit d'hôpital, le visage crispé par la rage, Jérôme était secoué de sanglots.

— Vous vous foutez de moi ? Jamais je ne lèverais la main sur une femme, encore moins sur la mienne ! Alors, lui tirer dessus…

Gaillard se mit à déambuler au pied du lit médicalisé, les mains devant lui, comme s'il tenait un ballon invisible.

— C'est exactement ce que vous avez soutenu à l'époque. Vous avez aussi expliqué que c'était en lien avec l'enquête que vous meniez. Qu'on cherchait à vous empêcher de nuire. J'ai fait de mon mieux pour vous défendre, mais certains éléments sont accablants, comme la présence de vos empreintes sur l'arme du crime. Le scénario classique, vu et revu, a été retenu. Un couple à la dérive. Un déclencheur. Le mari à court d'options qui passe à l'acte puis retourne l'arme contre lui, sans trouver le courage de mettre fin à ses jours.

— Et vous croyez que je suis du genre à me louper ? vociféra Jérôme. J'aurais fait en sorte de partir avec elle.

— Puisque je vous dis que je vous crois ! Je me fie

à mon intuition, et pour l'instant ça m'a toujours porté chance. Mais ceux qui ne vous connaissent pas s'appuient uniquement sur les faits. Vous avez une belle balafre sur tout le côté droit du crâne. Comme si vous aviez renoncé au tout dernier moment. La balle a creusé un sillon sur plus de dix centimètres, causant une importante hémorragie. Heureusement que les secours sont vite arrivés, ce soir-là. C'est un miracle que vous soyez en vie. Tout comme aujourd'hui, après ce passage à tabac en prison. Vous êtes béni des dieux, mon cher.

Jérôme toucha instinctivement son bandage et grimaça.

— Et cette supposée enquête sur laquelle je travaillais ? C'était quoi ?

— Une affaire d'homicides. Mais le capitaine Bénezet lui-même a soutenu que vous divaguiez.

— Le *capitaine* Bénezet ? Ça, vous voyez, ça n'est pas crédible.

— Il a affirmé que le dossier était résolu et n'avait aucun rapport avec votre femme. Aucun lien de cause à effet n'a été retenu lors de votre procès. Toute ma stratégie s'est focalisée sur ces éléments à charge contre vous, pour essayer de limiter les dégâts au maximum.

C'était beaucoup d'informations d'un coup pour Jérôme qui, agrippé aux draps, vit la chambre d'hôpital tourner autour de lui. Il se laissa aller sur le dos et ferma les yeux. Une douleur insupportable lui vrillait les tempes. Cet avocat le rendait fou.

— Ne paniquez pas, Jérôme. Je suis de votre côté, le rassura Gaillard.

— Ça me fait une belle jambe. Si Céline est morte, prouvez-le-moi, espèce de salaud !

— Elle est enterrée au cimetière de Poulx. Vous avez été incarcéré peu après son décès. Sylvia a veillé à entretenir la tombe toutes les semaines.

Jérôme écoutait Gaillard avec l'étrange impression qu'on lui présentait un scénario de science-fiction, au sujet d'un monde parallèle, créé de toutes pièces, où vivait un *lui* différent et où tout allait de travers.

— Je ne connais pas de Sylvia. Pourquoi une inconnue irait s'occuper de la tombe de ma femme ?

La voix de Jérôme s'étouffa dans un sanglot.

L'avocat s'arrêta net et le pointa du doigt, comme pour le tancer.

— Elle vous casserait la gueule si elle vous entendait. C'est la seule personne sur laquelle vous comptiez. Et la plus proche confidente de Céline.

Gaillard se remémora les paroles du docteur Roig et mit de l'eau dans son vin.

— Sylvia et vous étiez inséparables. Après votre emprisonnement, elle s'est démenée pour éradiquer vos tendances autodestructrices. Et franchement, si elle vous voyait dans cet état, ça l'achèverait.

Jérôme s'observa instinctivement. Une grande tige d'un mètre quatre-vingt-dix, massive mais flasque, comme il l'avait toujours été, malgré un boulot où l'apparence physique était le facteur dissuasif numéro un pour les fauteurs de troubles.

— Vous étiez une armoire à glace. Un monstre de puissance. Et même, je vous l'avoue, une source d'inspiration pour moi ! Tous ces kilos envolés…

vous êtes méconnaissable. Les ravages de la vie carcérale, j'imagine. Le coma, aussi.

— Si je suis vraiment un prisonnier, comme vous me le rabâchez, j'imagine que votre Sylvia est venue me voir, non ? D'ailleurs, pourquoi n'est-elle pas là ?

— Nous sommes tous les deux passés une bonne vingtaine de fois, au cours des dix-huit mois précédant votre jugement. Sylvia vous a aidé à traverser une lourde phase dépressive, après votre arrestation. Et, en avril dernier, vous avez été condamné à quinze ans de réclusion.

Incrédule, Jérôme secoua la tête. Toujours cette sensation de planer, d'évoluer dans un autre monde. Il était incapable d'exprimer quoi que ce soit.

Une carcasse vide de sentiments.

— Jérôme, on tient peut-être un moyen de suspendre votre peine. De faire en sorte que vous retrouviez temporairement votre liberté, avant de vous innocenter pour de bon.

Gaillard se posta près de la fenêtre. Il scruta le parking en contrebas et annonça d'une voix grave :

— D'ici là, vous allez devoir retourner au centre pénitentiaire de Lannemezan. Est-ce que cet endroit vous dit quelque chose ?

Jérôme resta muet, se contentant de hausser les épaules pour marquer son ignorance.

— Les prochaines semaines promettaient déjà d'être difficiles, mais avec votre problème de mémoire, les choses se compliquent davantage. Si vous n'êtes pas placé à l'isolement, je ne donne pas cher de votre peau. Ceux qui ont failli vous tuer ne vous louperont pas, cette fois. Alors, quoi qu'il arrive, jouez-la profil bas. Et de grâce, ne répondez pas aux provocations, d'accord ?

— Comme si c'était mon genre !

Gaillard revint sur ses pas.

— On va vous tirer de là. C'est promis. Vous l'aurez, votre vengeance.

Jérôme resta coi. Ce mot vibrait étrangement en lui.

4

Serge quitta le service de réanimation en fin d'après-midi. Il transpirait à grosses gouttes, assommé par la chaleur accablante qui persistait malgré le soleil déclinant.

Mais pas seulement.

Le stress, qui d'ordinaire n'avait aucune emprise sur lui, l'envahissait comme un fluide néfaste.

Il pressa le pas à travers le hall d'accueil.

De l'air, et vite.

À peine le pied posé dehors, il enleva sa veste, défit son nœud de cravate et déboutonna le col de sa chemise. Mains sur les hanches, il resta planté là, hagard, insensible à l'agitation qui l'entourait. Toute l'assurance affichée devant son client s'était évaporée.

Ne restait que la consternation.

Quelle entrevue incroyable ! *Lunaire*, c'était le mot qu'il cherchait. Jérôme Cazenave n'existait plus. En lieu et place de l'ancien officier de police judiciaire bourru et obstiné se tenait une copie imparfaite, dénaturée. Un homme rabougri. Désorienté. Qui affabulait.

Le charabia du docteur Roig avait fait réaliser à Serge l'étendue de la tâche qui les attendait. Sur le moment, tout ça lui parut insurmontable.

Il se reprit et retrouva sa voiture sur le parking. Il regagna l'hôtel et se délesta de toute cette crasse qui l'incommodait. Puis il troqua son sacro-saint costard contre une tenue plus sobre et décontractée et se rendit au 84. Malgré le timide voile nuageux qui assombrissait le ciel toulousain, la terrasse était bondée. Sylvia l'y attendait en sirotant un café, son sac de voyage à ses pieds.

— Tu rentres dès ce soir ?

— Je suis incapable de me prélasser dans un hôtel cinq étoiles en sachant qu'à quelques kilomètres de là Jérôme se bat pour recouvrer la santé.

Serge compatit. D'autant que les dernières nouvelles n'allaient pas arranger les choses.

— Je l'ai trouvé vachement affaibli. La bonne nouvelle, c'est que le chef de service affirme qu'il est tiré d'affaire. Physiquement, tout du moins. Pour le reste… Par où commencer…

Alors qu'il rassemblait ses pensées, un serveur passa à proximité. L'avocat en profita pour commander un double whisky bien mérité.

— Son accent du Sud s'est fait la malle, en même temps que son caractère bien trempé… Et il rabâche sans cesse que c'est un accident de bagnole qui l'a envoyé à l'hosto. Ça se voyait dans ses yeux, qu'il croyait dur comme fer à ce qu'il racontait…

— Qu'en pense le docteur Roig ?

— Je n'ai pas tout compris, mais en gros, il penche pour un syndrome des faux souvenirs. Combien de chances sur un million on avait pour que ça se produise ?

L'ironie du sort cloua Sylvia sur place. C'était le sujet auquel elle avait consacré sa thèse de doctorat, s'appuyant sur les travaux de la célèbre spécialiste de la mémoire, Elizabeth Loftus. Dans ses pupilles brillait l'éclat de la fatalité.

Elle devrait s'en accommoder.

— Et attends la meilleure… Il s'est même inventé un job, ajouta l'avocat. Il se prend pour le patron d'une agence de sécurité. Je te passe les détails, mais là encore, c'est assez élaboré. Avec une petite touche de fantaisie : d'après lui, Bénezet, Perez et les autres bossent pour lui. Du grand n'importe quoi…

— Tu l'as laissé divaguer ou tu lui as dit la vérité ?

— Il s'est mis à rire quand je lui ai expliqué qu'il était flic.

— Et pour Céline ?

Serge grimaça.

— Ça, c'est encore plus ennuyeux. Il la croit vivante. J'ai dû insister. Il était largué, le pauvre ! Mais il ne s'est pas totalement braqué. Il a même posé des questions sur l'enquête. On dirait qu'il réalise que sa mémoire n'est pas fiable à 100 %, même s'il n'est pas prêt à le reconnaître.

— Ça doit être un sacré bazar, dans sa tête… Comme si on avait jeté une partie des pièces d'un puzzle pour les remplacer par des nouvelles qui s'imbriquent parfaitement, mais qui pour finir modifient l'image de départ.

— Un truc comme ça.

Serge lorgnait le serveur qui revenait avec la boisson sur laquelle il se jeta avidement. Cette histoire de mémoire chamboulée lui donnait envie de se noyer dans un bon quinze ans d'âge et les draps de celui qui le lui avait apporté.

— Alors, Syl. Avec tout ça, tu comptes toujours partir ce soir ?

La psychologue saisit l'anse de sa tasse et fit tournoyer le fond de café.

— C'est la meilleure chose à faire, oui. La priorité reste d'obtenir sa libération rapidement. Tu peux rester auprès de lui ? Sollicite-le au maximum et décortique absolument tout ce qui sort de sa bouche, y compris ce qui te paraît anodin.

Elle se reprit.

— *Surtout* ce qui te paraît anodin.

— Ça, c'est ma spécialité, ironisa l'avocat.

— Et fais attention, tous ses souvenirs ne sont pas forcément faux. Il peut s'agir de mémoires plus anciennes, altérées, remodelées, réutilisées. Comme cette histoire délirante d'agence de sécurité, dans laquelle il a repris le nom de ses collègues de la police judiciaire. Inconsciemment, il idéalise une situation hiérarchique qui ne lui convenait pas. C'est un parfait exemple de ce que peut provoquer ce syndrome.

— Un vrai foutoir, en somme.

— C'est important qu'on l'aide à faire le tri.

Serge s'ébouriffa les cheveux en ronchonnant.

— Quel manque de bol, quand même. On y était presque !

— C'est loin d'être fini !

Sylvia se figea, le poing serré sur la table.

— On *va* le faire sortir, se reprit-elle. Dis-lui que je serai bientôt…

La psychologue laissa sa phrase en suspens tandis qu'elle comprenait à quel point les choses se compliquaient. Serge trempa à nouveau les lèvres dans son whisky, comme pour repousser l'inéluctable. Mais il fut bien obligé de jeter le pavé dans la mare.

— Jérôme ne sait même plus qui tu es.

5

Après un rapide dîner en compagnie de Serge à deux pas de l'hôtel, Sylvia reprit la route pour traverser l'Occitanie d'ouest en est, en direction du Gard.

Elle passa le voyage à revoir ses priorités.

Chaque fois qu'elle se sentait acculée, que le sol se dérobait sous ses pieds, s'activait cette capacité à se concentrer sur l'essentiel. Ce réflexe l'empêchait de paniquer, de se laisser bouffer par l'angoisse et les sentiments négatifs. Dans ces moments-là, Sylvia revêtait des œillères, se concentrait sur le chemin devant elle et ne gardait qu'une seule chose en tête : la vengeance.

Voilà pourquoi les coups durs, aussi soudains et importants soient-ils, ne la déstabilisaient jamais longtemps.

Que Jérôme ait tout oublié d'elle l'ébranlait, elle ne pouvait pas se le cacher. Après tous les efforts consentis pour que l'ancien policier, du fin fond de sa cellule, réprime ses envies de suicide et se défende enfin face à l'accusation…

Le voir régresser ainsi la décourageait.

Après la mort de Céline, la dépression s'était mise en travers de leur chemin. Et voilà qu'aujourd'hui la mémoire de Jérôme érigeait un autre rempart entre eux.

Elle réfléchit à un moyen d'assembler à nouveau les brisures cognitives du lieutenant. De le remettre sur les rails. En attendant, tout n'était pas si noir : l'agression subie dans la cour du centre pénitentiaire – et notamment son timing un peu trop parfait – soulevait des interrogations légitimes. Bien qu'infructueuse jusqu'à présent, cette nouvelle piste demeurait pleine de promesses.

Cet accroc majeur lui permettrait peut-être d'aborder les choses plus efficacement.

Sylvia arriva chez elle vers 1 h 30 du matin, lessivée.

~

En milieu de matinée, elle franchit les portes de l'EHPAD de Redessan.

Jacques Vidal, quatre-vingts ans, retraité du secteur agricole, attendait leur entrevue avec impatience.

Elle aussi.

En apprenant l'arrivée du vieil homme six mois plus tôt, après le décès de sa femme, Sylvia, criminologue, victimologue, psychologue clinique et experte judiciaire, soit largement surdiplômée pour un simple rôle de psychologue en maison de retraite, avait fait des pieds et des mains pour intégrer la structure. Jusqu'à déterrer des dossiers sur le directeur d'établissement – et son penchant inavoué pour les drogues récréatives – afin de le contraindre à l'embaucher.

Sylvia s'enquit de la santé de son patient. Invalide, nostalgique de sa liberté envolée, il peinait à s'habituer à son nouvel environnement et à l'emploi du temps strict qui l'accompagnait. Il s'enfermait dans le monde des classiques de la littérature, qu'il dévorait. Malgré la déprime, il restait digne devant sa thérapeute, convaincu par celle-ci que le destin l'avait placée sur sa route pour une bonne raison : évacuer le mal qui le rongeait. Il se dégageait de son visage rond et de ses petits yeux brillants une mélancolie qui le rendait attachant.

D'une pichenette, il orienta le stick de son fauteuil roulant pour se placer face à Sylvia, laquelle mettait en marche la fonction magnétophone de son portable.

— Vous vous souvenez ? la questionna-t-il sans préambule avec son accent rugueux du Midi. Ce que vous m'avez dit, l'autre jour. L'histoire du déclencheur, là. Je crois que c'est ça. Avant, je voulais pas me mêler de ce qui me regardait pas. Mais depuis que Monique est partie, ça a fait tilt. Je vois les choses autrement.

Silencieuses, les larmes sillonnèrent ses joues, comme chaque fois qu'il évoquait la disparition de l'amour de sa vie.

— J'ai plus rien à perdre.

— Et les menaces anonymes que vous avez reçues à l'époque ?

Sylvia tendit l'oreille.

Car il n'y avait jamais eu de menaces.

La réponse de Jacques entérinerait ou non le succès des efforts entrepris pendant tous ces mois.

— J'en ai rien à faire, rétorqua l'octogénaire. La plus grande partie de ma vie est derrière moi, vous savez.

Parfait.

— Pensez à vos enfants…, l'encouragea-t-elle.

— Oh, ils sont loin, les gamins. Le Canada, le Japon. C'est pas la porte à côté. De toute façon, ils étaient plus proches de Monique. Si je crève, ça sera un coup d'avion, une cérémonie, ils chialeront pour la forme et une fois leur vieux père six pieds sous terre, hop ! Ils vendront la baraque, se partageront le reste de l'héritage comme je l'ai décidé et rentreront chez eux. Aussi simple que ça. C'est triste, mais c'est la vie. Je peux pas leur en vouloir. J'espère juste que, d'ici là, je verrai mes petits-fils grandir encore un peu.

Jacques toussa comme un perdu dans son poing et attrapa le verre d'eau qui trônait sur sa table de chevet, à côté d'un roman de poche à la couverture écaillée. Boris Vian, *L'Écume des jours*. *Un titre de circonstance*, pensa Sylvia en rajustant la monture de ses lunettes.

— Franchement, je regrette, confessa l'octogénaire.

— De ne pas être plus proche d'eux ?

— Non, de pas avoir osé appeler la police, le soir du meurtre. Sur le moment, j'aurais jamais eu le courage, mais se réveiller presque deux ans après, c'est pas glorieux, hein ?

Sylvia sentait son patient encore très friable sur le plan psychologique. Il basculait d'un sujet à l'autre en l'espace de trois mots.

— On réagit chacun à sa manière face à l'imprévu. Vous vous êtes manifesté, c'est l'essentiel, le rassura-t-elle. Soyez indulgent avec vous-même.

— C'est grâce à vous, madame Lontano. Vous avez fait remonter tous ces détails à la surface…

Sylvia désapprouva d'un geste de la main.

— Vous avez eu cette prise de conscience seul. Mon travail, c'est de vous offrir mon attention, vous mettre dans les meilleures conditions pour évacuer ce qui vous tracasse. Le plus difficile, c'est de se confier. Et c'est ce que vous faites avec brio. Pour la suite, c'est à vous de voir. Je me suis renseignée : si vous témoignez, Jérôme Cazenave aura une véritable chance de se défendre. Il faudra se battre, bien sûr, mais il pourrait même être libéré sous condition. Qu'en pensez-vous ?

Sans même le regarder, Sylvia emprisonna son pendentif dans sa main droite et le pressa trois fois dans le creux de sa paume.

— Ce serait con de laisser tomber maintenant, riposta Jacques avec son habituelle franchise.

— Formidable ! se réjouit-elle. Votre aide est inespérée, vous savez.

Sylvia observa la mine rougie de son interlocuteur, pas peu fier de se sentir utile. Elle lui avait mis le grappin dessus pour une raison précise : Jacques

Vidal occupait la villa voisine de celle des Cazenave. Son arrivée à l'EHPAD était le genre de chance qui ne se présentait pas deux fois.

C'était peu après la condamnation de Jérôme à quinze ans de réclusion. En proie au désespoir mais déterminée à parvenir à ses fins, elle devait absolument innocenter le lieutenant en induisant de faux souvenirs dans la mémoire du vieil homme. Quitte à piétiner ses principes et le respect profond qu'elle vouait à sa profession.

Elle avait donc œuvré pour amener Jacques Vidal sur les sables mouvants de ses souvenirs. Quelles images conservait-il de ces dernières années ? De cette fameuse soirée pluvieuse de septembre 2019 ? Avait-il vu ou entendu quelque chose ?

Sylvia ne partait pas de zéro. En arrivant sur les lieux juste après l'événement, elle s'était étonnée de trouver entrouverte la baie vitrée du salon des Cazenave. L'idée d'un troisième individu avait été balayée par cet idiot de Bénezet, incapable de mener correctement l'investigation. Mais l'important, c'est que cette mention figurait sur le procès-verbal.

Après quelques entretiens dirigés, mêlant introspection, habiles suggestions et fausses informations, la graine était plantée. Et voilà qu'elle germait, après des mois et une cinquantaine d'heures d'échanges aux mots savamment choisis. Son histoire jalonnée de balises factices, diluées dans la mer de ses réels souvenirs, le vieil homme était mûr, prêt à jouer son rôle. Il ne lui restait plus qu'à écrire sa partition et la jouer devant les instances compétentes. Une induction par psychothérapie que Sylvia expérimentait pour la première fois, mais dont l'efficacité avait déjà été prouvée par les plus éminents spécialistes de la mémoire.

— Alors, dites-moi, qu'est-ce que je dois faire? On va me convoquer au tribunal, c'est ça?

— D'ici quelques semaines, oui. On doit commencer à s'y préparer. Imaginez que nous sommes à l'audition. Répondez de manière claire et concise. Et n'oubliez pas : ce sont les détails qui font la différence, d'accord?

Jacques acquiesça. Une étincelle d'excitation dans ses prunelles traduisait sa volonté de bien faire.

— Monsieur Vidal, êtes-vous sûr d'avoir vu quelqu'un s'échapper de la demeure des Cazenave, la nuit du 4 septembre 2019?

— Aussi sûr que je vous vois. J'étais au premier étage, dans ma bibliothèque, à ranger un bouquin que je venais de finir.

— Cela fait deux ans, comment pouvez-vous en être certain?

— Ma femme m'attendait en bas, devant la télé, enchaîna le vieil homme sans se démonter. L'équipe de France de foot allait commencer à jouer. Je rate aucun de leurs matchs.

Il tapa du plat de la main sur ses cuisses décharnées.

— J'étais encore valide, à l'époque. Au moment de redescendre, j'ai entendu comme deux coups de pétard. Un boucan du diable. J'ai traversé la pièce et jeté un œil par la fenêtre… et j'ai vu quelqu'un sauter par-dessus le mur des voisins.

— Il s'agissait d'un homme ?

— Vu sa carrure, ça fait aucun doute.

— Vous pourriez le décrire ?

— Vêtements sombres, capuche sur la tête. La rue était pas assez éclairée pour que je puisse voir le reste.

— Est-ce qu'il pourrait s'agir de Jérôme Cazenave ?

— Absolument pas, j'aurais reconnu ce mastodonte entre mille.

— Pourquoi n'avez-vous pas prévenu la police ?

Jacques déglutit.

— Il m'a vu, lui aussi. Juste avant de s'enfuir, il a mimé un égorgement avec ses doigts… J'ai eu peur. Ensuite, c'était trop tard, je craignais qu'il s'en prenne à nous… Et j'ai bien fait, puisqu'on a reçu des menaces, peu de temps après…

— Quand exactement ?

— La semaine suivante.

Sylvia continua de marteler les questions pour tester sa résistance.

— Quel genre de menaces ?

— Une lettre tapée à la machine et déposée dans la boîte aux lettres. Par chance, c'est moi qui suis tombé dessus. Je m'en suis débarrassé.

— Votre femme ne savait rien ?

— Juste après le vacarme, elle est montée pour me demander si j'avais entendu. J'ai dit que oui, sans mentionner ce que j'avais vu. Et non, je n'ai jamais évoqué la lettre. Je voulais pas qu'elle s'inquiète, vous comprenez. Ça l'aurait mise dans tous ses états, la pauvre.

Lèvres plissées, Sylvia hocha la tête, satisfaite. Son patient répondait avec logique et ne montrait presque pas de signes d'hésitation. L'histoire – suggérée de toutes pièces – de l'homme en vêtements sombres et de la lettre de menaces était risquée, mais elle obligerait les autorités à creuser cette piste, en cas de réouverture du dossier.

Ce serait autant de temps de gagné.

— Excellent, conclut la psychologue. N'oubliez pas, concentrez-vous uniquement sur les faits. Pas de sentiments ni d'anecdotes personnelles. C'est le meilleur moyen d'éviter de commettre des erreurs.

Jacques Vidal était crédible. Il s'agissait maintenant de transformer l'essai.

Il n'y aurait pas de seconde chance.

6

Dernière journée au CHU pour Jérôme. Trois semaines depuis son réveil, marquées par quantité d'examens médicaux, un net regain de forme physique, un transfert des urgences au service de neurologie et une angoisse grandissante de ne rien savoir du monde qui l'attendait au-dehors.

Serge Gaillard lui avait dépeint un tableau peu reluisant de son futur immédiat. Comment lui faire confiance ? En dehors du personnel médical, Jérôme n'avait eu affaire qu'à lui. Que ce soient ses anciens collègues, sa fille, ou même cette fameuse Sylvia dont Gaillard lui avait vanté les mérites : personne d'autre ne s'était rendu à son chevet.

Jérôme sortit de la douche, se sécha, puis contempla dans le miroir son crâne et son visage rasés. Il grimaça devant son nez légèrement désaxé. Des cicatrices boursouflées barraient son front. D'autres déformaient sa joue droite et son menton. Tuméfié, le côté droit de son crâne présentait une longue balafre horizontale, plus ancienne, à la rougeur ravivée par le traumatisme subi. Il était défiguré, mais quelle que soit la vérité sur les raisons de son hospitalisation, il pouvait s'estimer heureux de s'en tirer sans séquelles graves. Ou pire encore…

De retour dans la chambre, il repensa au journal donné par l'avocat qui reposait dans le tiroir de sa table de chevet. Il l'exhuma et découvrit une tribune en une du *Midi Libre*.

Une photo de lui quittant le tribunal sous bonne escorte, surplombée du titre :

LE LIEUTENANT DE POLICE CONDAMNÉ POUR LE MEURTRE DE SA FEMME

Il ne croyait pas un traître mot de ce qu'il lisait. Les éléments relatés dans l'article collaient pourtant avec ceux fournis par l'avocat. Depuis la venue de cet hurluberlu, des flashs énigmatiques parsemaient ses migraines nocturnes.

Un panorama à couper le souffle.
Une ferme abandonnée dans la garrigue.
Un complexe perché au bout d'un chemin pentu.
Un parking inondé de soleil, près d'un cours d'eau.

Malgré ces souvenirs déroutants, des certitudes persistaient, notamment celle de ne jamais avoir mis les pieds au commissariat de Nîmes, et encore moins d'y être le vulgaire sous-fifre de Luc Bénezet. Autre conviction, il n'était pas l'assassin de sa femme, si tant est qu'elle soit morte.

Au cœur de tout ce marasme, l'absence de sa fille Marine revêtait la plus grande part de mystère.

Ils étaient si proches ! Pourquoi ne s'était-elle pas manifestée ?

Jérôme devrait se débrouiller seul. Enfin, s'il sortait un jour de prison. Car sur ce point, en revanche, plus de doutes : son placement sous bracelet électronique dès l'instant où il avait retrouvé un centimètre carré de mobilité et le pointage régulier d'un agent bougon devant sa chambre témoignaient de son statut de détenu. Il n'avait pas le choix. Si complot il y avait, il devrait le découvrir derrière les barreaux d'une cellule. Il aurait peut-être une chance d'appeler ses proches là-bas. Personne ne lui avait permis d'utiliser un téléphone ces dernières semaines.

Sa « garde personnelle » se mit en branle lorsqu'il rejoignit Serge Gaillard dans le hall B de l'hôpital.

Jérôme dominait son visiteur d'une bonne tête mais paraissait deux fois moins épais. Ils quittèrent le bâtiment et traversèrent la route en direction de l'URM[1].

Quelques minutes plus tard, ils disparurent dans le sas de l'espace de ressourcement, un lieu atypique conçu pour permettre aux patients fortement perturbés de retrouver un semblant de calme ou de se projeter dans leur avenir hors de l'établissement. Un projet singulier qui faisait de Purpan un CHU à part dans le paysage sanitaire français.

Jérôme se sentait à l'aise dans cette pièce ronde

1. Urgences, Réanimation, Médecines (*Toutes les notes sont de l'éditeur*).

aux murs boisés. C'est là qu'il avait suivi Gaillard pour chacune de leurs entrevues depuis qu'il avait été autorisé à se promener, sous surveillance et pour une durée limitée.

Ils s'installèrent sur l'un des bancs courbes, face à une lumineuse fresque abstraite.

— Les nouvelles sont rassurantes, commença l'avocat, tout sourire. Par contre, vous devrez faire sans moi pour votre retour en prison, demain.

— Pourquoi ça ? demanda Jérôme, une pointe de stress dans la voix.

Il devait bien reconnaître que ce drôle de type était la seule bouée à laquelle il pouvait se raccrocher ces derniers temps.

— J'ai un important recours à transmettre au juge, pour la révision de votre procès. C'est un contre-la-montre. On doit optimiser chaque trajectoire. Plus vite on pédale, plus vite on atteint la ligne d'arrivée.

— Vous allez me laisser avec des inconnus ?

— Vous serez sous escorte mixte. Police et surveillants pénitentiaires. Ils ne vous considèrent pas comme un détenu dangereux. Mais… au risque de me répéter…

Gaillard ficha ses yeux dans les siens.

— Ne tentez rien de stupide.

— Évidemment. De toute façon, comment voulez-vous que je m'évade, c'est impossible !

— Je parle surtout de la prison. Faites-vous discret. Tenez-vous à l'écart des autres. Gardez les yeux ouverts et ne répondez surtout pas à la provocation. Bref, restez en vie, c'est compris ?

— Je suis en danger à ce point ?

— Le problème, cher Jérôme, c'est que vous n'êtes pas du genre calme. Et qu'on ne sait toujours pas qui s'en est pris à vous, ni pourquoi.

— Moi ? Pas du genre calme ? C'est quoi, cette histoire, encore ?

— Je vous l'ai dit : la dépression vous poussait à l'autodestruction. À croire que vous faisiez tout pour qu'on vous règle votre compte… Il a fallu du boulot et une sacrée dose de patience à Sylvia pour vous rafistoler l'âme.

Jérôme émit un rire désabusé avant de secouer la tête. Il avait du mal à s'imaginer en terreur des cellules.

— Le Jérôme Cazenave qui se tient face à moi aujourd'hui est une crème, poursuivit Gaillard, impassible. C'est indéniable. En revanche, vos codétenus, eux, ont encore en tête le mec sanguin et impulsif que vous étiez avant votre coma.

— Vous êtes gentil, mais ce ne sont pas vos petites mises en garde qui vont m'aider !

— Je ne vous abandonne pas à votre sort. J'ai déjà parlé au directeur et je viendrai au parloir autant que possible.

— Et votre Sylvia, là ?

Un sentiment étrange saisissait Jérôme chaque fois qu'il prononçait ce prénom.

— Si tout se déroule comme prévu, vous la verrez très bientôt.

Peu convaincu, Jérôme promit de se tenir à carreau. Il ne perdait pas de vue le triple objectif qu'il s'était fixé : comprendre ce qui était arrivé à sa femme, retrouver sa fille et découvrir la vérité en faisant le ménage dans ses souvenirs.

Il contempla les centaines de cavités illuminées qui constellaient le mur de chêne, dessinant des arabesques dorées dans la pénombre de la pièce. L'idée que Céline ne soit plus de ce monde lui paraissait toujours aussi saugrenue. Et pourtant, le cas échéant, il devrait poursuivre un quatrième but.

Trouver l'assassin de sa femme.

DEUXIÈME PARTIE

La frontière est mince entre une prudence avisée et la paranoïa.

DEAN KOONTZ

7

Deux ans plus tôt.
Mars 2019.

Façade bleue boisée et tonneaux vernis en guise de tables, l'Arrangé avait des allures de pub parachuté en plein centre de Nîmes. Les accords suaves et rythmés d'une musique cubaine que diffusaient quatre mini-haut-parleurs venaient quelque peu contredire cette image *so british*.

Le dossier sur lequel travaillait Jérôme ces dernières semaines connaissait un épilogue frustrant. Les responsables d'un vaste réseau de main-d'œuvre étrangère avaient été arrêtés, mais les ramifications évidentes de cette organisation en Bulgarie et en Roumanie restaient hors de portée. Manque de moyens. De coordination avec les forces de l'ordre sur place. Manque de motivation au sein même de l'équipe, comme en témoignait le statisme incroyable de ce vieux débris de Luc Bénezet, pour qui il ne fallait pas s'emmerder à pousser la traque aussi loin. Las, Jérôme et Sylvia étaient allés boire un verre. Le premier depuis qu'ils bossaient ensemble.

Sylvia était arrivée deux mois plus tôt de Lille, sur une étrange idée du capitaine Bénezet. Ce dernier avait mis en avant la renommée de cette petite rousse à la peau laiteuse et à la personnalité magnétique pour qu'elle intervienne sporadiquement en tant que consultante et dynamise le groupe. Jérôme avait accueilli la nouvelle avec un scepticisme partagé par nombre de ses collègues. Aussi brillante et expérimentée soit-elle, qu'est-ce qu'une fichue psy pouvait bien leur apporter ? Dans une région qu'elle connaissait à peine, de surcroît ?

Quelques semaines avaient suffi pour qu'il reconnaisse que Bénezet ne s'était pas trompé.

Jérôme et Sylvia s'étaient rapprochés dès leur première collaboration, animés par une obsession commune : la traque des fraudeurs, des criminels en col blanc qui profitaient des faiblesses du cœur humain comme des failles du code pénal. Le plus souvent des hommes de pouvoir usant de leur influence et de leur carnet d'adresses pour échapper à l'appareil judiciaire. La pire espèce à leurs yeux.

L'entente avec la Pitchoune, comme il la surnommait devant les collègues en raison de sa petite taille et de ses airs de lycéenne, était excellente. Avec ce fort accent du Nord qui la caractérisait, Sylvia avait décelé l'engagement extrême qu'il démontrait dans le suivi de chacun de ses dossiers. Jérôme ne reculait devant rien pour arriver à ses fins, quitte à sortir des sentiers battus.

— Bénezet est un connard fini, rumina-t-il. Comment peut-il se contenter de ça ? Il ne pense qu'à sa réputation…

Il vida son deuxième verre de rhum et désigna un infime espace entre son pouce et son index.

— J'étais à *ça* de l'emplâtrer…

Sylvia le dévisagea au travers de ses lunettes rondes.

— Le blocage vient de plus haut, tu le sais bien. Et puis Bénezet n'est vraiment pas doué pour la communication. Il vous couve comme des gosses, vous surprotège.

— J'ai pas besoin d'être materné. Et j'en ai ma claque de voir des gens s'en tirer sans être inquiétés.

— Je te comprends, mais on a fait le maximum.

— Désolé, Syl, mais le *maximum*, c'était d'y aller, en Roumanie ! Choper ces types sur place et éradiquer leur putain de réseau !

— Tu prends tout ça trop à cœur… Qu'est-ce qui te tracasse ? Tu sais que tu peux me parler.

— C'est l'amie ou la psy qui me dit ça ?

— Les deux, mon général, sourit Sylvia.

L'alcool aidant, Jérôme se dit qu'il ne serait pas si mal de se livrer. Des semaines que sa collègue supportait sans broncher son humeur changeante et ses accès de colère. Se dévoiler ainsi le gênait, mais Jérôme sentait que s'il continuait à intérioriser, il finirait par imploser.

Alors, à grand renfort de planteurs maison, il trouva l'élan pour se confier.

— Ma femme est atteinte de la maladie de Crohn. Les symptômes sont très pénibles à vivre au quotidien. Sans entrer dans les détails, ça complique son travail d'instit' et ça l'empêche d'avoir une vie sociale et de couple épanouie. Un essai clinique laissait présager des résultats inespérés. La seule chose qu'elle a récoltée en suivant le protocole, c'est un AVC. C'était il y a trois ans, et elle ne retrouvera jamais tout à fait sa vie d'avant qui n'était déjà pas franchement idyllique. Pour être tout à fait franc, elle n'est plus que l'ombre d'elle-même. Le pire, c'est qu'elle n'est pas la seule, d'autres patients ont eu des complications, il y a même eu des décès. J'étais décidé à attaquer la compagnie à l'origine des essais, pour qu'ils cessent leur activité, mais j'étais seul. Toutes les familles impliquées ont accepté un dédommagement. Même Céline a fini par opter pour cet accord de malheur. Elle voulait tourner la page, apaiser les tensions avec notre fille, qui m'en voulait pour ma passivité. Sans succès car au final, Marine est partie…

— Je comprends mieux, compatit Sylvia en baissant les yeux. Il y a de quoi être sur les nerfs. Ta femme suit un programme de rééducation ?

— Motricité et diction.

— Est-ce qu'elle reçoit aussi un accompagnement psy ?

La question désarçonna le lieutenant.

— Pas pour le moment.

— Je peux l'aider. Tu me laisserais m'en occuper ?

Regard inquisiteur de Jérôme.

— C'est à elle de décider. Mais je peux lui en toucher deux mots.

Sylvia esquissa un sourire timide.

— Si ça lui permet d'aller mieux, c'est tout bénéfice pour ton couple. Et tu pourras bosser l'esprit tranquille, non ?

8

Seul le cliquetis des couverts venait rompre le calme qui régnait dans la villa. Emmitouflée dans sa robe de chambre, ses longs cheveux bruns négligés masquant ses épaules, Céline bravait la solitude d'un énième dîner frugal. Le médecin avait insisté sur la nécessité de bien s'alimenter, mais l'appétit n'était pas au rendez-vous et ne le serait sans doute plus avant un bon moment.

Céline détestait l'heure du repas, qui la renvoyait sans ménagement au bonheur de sa vie passée. À l'époque où Jérôme, Marine et elle formaient une famille soudée et complice. C'était un soir comme celui-ci, alors qu'ils arrosaient l'anniversaire de Marine d'une bouteille de champagne, qu'une simple phrase avait changé le cours de leur vie.

« J'ai décidé de participer à l'essai clinique », avait-elle déclaré en essayant d'avoir l'air le plus convaincue possible.

Son mari l'avait soutenue dans sa décision, mais sa fille, qui assimilait l'industrie pharmaceutique au diable, s'y était opposée avec véhémence.

Après son accident vasculaire cérébral, leur foyer s'était disloqué avec une violence rare. Leur fille unique Marine était partie. Pour de bon.

L'horloge tournait et Jérôme ne rentrait toujours pas. Céline n'était pas dupe : en s'éternisant au travail, son mari la fuyait. Tout comme elle, il angoissait à l'idée de retrouver l'atmosphère pesante qui s'installait quand ils se faisaient face. Il ne le disait pas, mais il devait regretter d'avoir approuvé sa participation à l'essai clinique. Il l'avait même poussée à continuer quand elle avait voulu reculer, le jour J.

Leur relation s'était réduite à peau de chagrin ces dernières années. Un reste d'affection, un semblant d'attention, le tout saupoudré de promesses illusoires : la recette suffisait tout juste à faire tenir leur ménage debout. Un équilibre précaire à la saveur acide et rebutante.

Livide, Céline se leva et claudiqua jusqu'à l'évier, où elle abandonna d'une main tremblante son assiette à peine entamée. Ses membres supérieurs et inférieurs droits étaient toujours aussi faibles. Elle goba ses antidépresseurs et s'apprêtait à monter se coucher lorsque son portable bourdonna sur l'îlot central.

Marine lui téléphonait régulièrement. Leurs échanges tournaient principalement autour de l'état de Céline, du respect de son traitement, des progrès de sa rééducation. Cet appel ne dérogea pas à la règle, à ceci près qu'il fut interrompu, après quelques minutes à peine, par le claquement sourd de la porte d'entrée.

Sans un mot, Jérôme se débarrassa de sa doudoune, gratta sa barbe fournie pour se donner une contenance et se dirigea droit vers la machine à café. Alors que le breuvage coulait, il se tourna vers sa femme d'un air emprunté et se résigna à l'embrasser.

Leurs lèvres se frôlèrent.

— Comment va Marine?

— Comme d'habitude, rétorqua Céline dans un léger bégaiement, autre séquelle notable de l'AVC. Ton dîner est au frigo.

Jérôme soupira en s'emparant de sa tasse, qu'il enserra des deux mains avant de prendre une gorgée.

— Toujours pas motivée pour me parler, apparemment.

— Je fais ce que je peux, Jérôme.

— Je parlais de Marine. Est-ce qu'elle prend de mes nouvelles, au moins?

Céline secoua la tête.

— Désolée, mais ça n'est pas à moi de faire l'intermédiaire. Je suis certaine qu'elle finira par te pardonner.

Dépité, Jérôme ouvrit le frigo, s'empara du Tupperware qui l'attendait dans le compartiment central et le plaça dans le micro-ondes.

— Je t'ai déjà parlé de Sylvia, ma collègue psy qui travaille avec nous depuis le début de l'année?

Céline prit appui contre le plan de travail. Les premiers effets de sa médication se faisaient sentir.

— J'ai évoqué le programme de rééducation que

tu suis et elle propose de t'assister sur le plan psychologique. Je lui ai promis de t'en toucher deux mots.

— Tu lui as parlé de moi ? En quel honneur ?

Jérôme s'assit sur le rebord d'un des tabourets de bar qui entouraient l'îlot et attaqua son repas.

— Disons qu'elle a vu que j'étais un peu… à cran. On en a discuté et on en est venus à parler de nous. De toi. De *ça*. Quoi, j'aurais pas dû ?

Céline balaya l'interrogation d'un mouvement peu assuré de la main.

— Je préférerais que tu rentres plus tôt à la maison et que tu passes du temps avec moi, au lieu de chercher des solutions ailleurs. Ce serait mieux, tu ne trouves pas ?

— Je fais ce que je peux. On est débordés en ce moment.

— J'ai surtout l'impression que tu te moques pas mal de ce que je ressens et que tu te passerais bien d'une femme handicapée.

Plus prononcé, son bégaiement empirait sous l'effet du stress.

— Bien sûr que non ! Tu me connais, j'ai juste du mal à m'exprimer, c'est tout. J'intériorise. Je me réfugie dans le boulot, c'est plus fort que moi. Si je te parle de Sylvia, c'est parce que c'est une pointure dans son domaine. Ce serait une grande chance qu'elle puisse te suivre.

Céline sentait son corps entier s'alourdir. Le sommeil chimique gagnait du terrain et ne tarderait pas à la dominer. Dos courbé, elle se dirigea d'un pas lent vers l'escalier.

— Ça ne m'intéresse pas. Ce dont j'ai besoin, c'est que tu sois plus présent pour moi.

— S'il te plaît, laisse-moi t'aider à ma manière. Un rendez-vous. Un seul. C'est peut-être ce qui permettra de sauver notre couple.

Céline s'arrêta, soupira bruyamment mais ne se retourna pas.

— Si je ne le sens pas, je laisse tomber.

9

À l'issue de minutieuses recherches, Sylvia avait loué un pavillon modeste à Marguerittes, commune sans histoire nichée à l'est de Nîmes. Loin de Lille et de son passé traumatique, elle vivait dans l'anonymat le plus total. L'endroit idéal pour chasser ses démons, même si elle les sentait prêts à profiter de la moindre faille pour reprendre le contrôle.

Sylvia se maquilla légèrement, noua ses cheveux en un chignon haut et revêtit son éternel jean brut, un haut blanc à manches longues et sa veste de cuir fétiche.

Cette journée était importante.

Voilà une semaine qu'elle préparait sa première entrevue avec Céline. Elle devait établir un lien de confiance et poser les fondations d'un suivi efficace. Cela lui permettrait de continuer à avancer ses pions, petit à petit.

Elle avait réussi, peu après son emménagement, à se rapprocher de Luc Bénezet. À appâter cet homme marié et père de trois enfants en pleine crise conjugale. Prêt à tout pour se prouver qu'il pouvait encore séduire, prêt à tout pour elle, il l'avait noyée de messages explicites. Autant de munitions utilisées par Sylvia pour plier le capitaine à sa volonté de rejoindre le groupe en tant que consultante, puis de former un binôme avec le lieutenant Jérôme Cazenave.

Horrifié à l'idée de voir le contenu de ses errances lubriques partagé avec ses collègues, ou pire, avec sa famille, Bénezet n'avait même pas tenté de savoir pourquoi elle tenait tant à les rejoindre.

La psychologue sauta dans sa voiture et parcourut pied au plancher les sept kilomètres qui la séparaient de Poulx.

Elle avait interrogé Jérôme sur les séquelles de son épouse et s'était renseignée sur sa personnalité et les événements marquants de sa vie de femme. De mère.

Sylvia savait que cette démarche pouvait extraire Céline de sa spirale autodestructrice, comme l'y enfermer encore plus profondément sans espoir de retour. Mais elle n'était pas du genre à reculer face aux risques.

La psychologue gara son véhicule à cheval sur le trottoir pentu, près de la grande demeure des Cazenave.

Son pouls s'accéléra quand elle sonna à la porte.

Jérôme, montagne de muscles raidis par l'anxiété, l'accueillit et la mena dans un immense espace attenant au salon. Sylvia s'attarda sur les murs en pierre apparente, admira la grande baie vitrée, et s'étonna de l'absence de mobilier. Seul un coin détente improvisé – tapis, fauteuils et table basse où reposaient deux tasses ainsi qu'une cafetière fumante – se dressait au milieu de la pièce, inondé de lumière naturelle. C'est là que Céline l'attendait. Sylvia prit place en face d'elle, sur l'un des confortables sièges en cuir brun, et salua son hôte, la remerciant au passage d'avoir accepté sa proposition.

— Ce n'est rien, articula Céline avec peine. Jérôme a beaucoup insisté.

L'institutrice s'accrochait fermement à l'accoudoir gauche de son fauteuil, comme pour compenser son hémiparésie du côté opposé. Elle portait un survêtement ample. La capuche de son sweat-shirt mangeait les trois quarts de sa chevelure châtaine et, malgré les mèches rebelles qui dansaient devant ses yeux noirs, Sylvia put contempler son visage fin, à l'ovale parfait. De profondes rides sillonnaient sa mine terne, la vieillissant prématurément. Ses lèvres gercées et ses mains sèches aux ongles rongés complétaient le tableau d'une femme négligée, abîmée par les épreuves de la vie.

Les bras croisés, silencieux, Jérôme se tenait adossé au mur, près de l'entrée.

La glace entre les deux femmes ne tarda pas à se fissurer. Sylvia exposa brièvement ses qualifications et demanda si cette pièce avait une signification particulière. Céline révéla qu'il s'agissait de l'ancienne chambre de sa fille.

— Jérôme m'a dit qu'elle avait quitté la maison, rebondit Sylvia.

Une étincelle de vivacité imprégna les iris de l'institutrice. Elle prit son temps pour formuler sa pensée du mieux possible. Manifestement, le sujet Marine Cazenave était encore brûlant.

— Oui, il y a deux ans et demi, la devança Jérôme. Elle est partie rejoindre son petit copain, rencontré sur le Net. On n'a quasiment aucune nouvelle.

La remarque déclencha un bref éclat d'exaspération dans le regard de Céline, puis elle baissa les yeux.

Sylvia n'en perdit pas une miette.

— C'est en lien avec votre accident ?

— Elle m'en veut d'avoir participé à cet essai clinique, affirma Céline. Et encore plus à Jérôme de m'avoir soutenue, bégaya-t-elle de manière beaucoup plus forte. J'ai tout perdu. Ma fille. Mon travail. Si j'avais su…

— Vous regrettez votre décision ?

— À l'époque, j'étais déterminée à le faire. Aujourd'hui, j'en souffre en permanence.

— Jérôme m'a confié que vous êtes atteinte de la maladie de Crohn, c'est ça ?

— Oui, depuis l'adolescence. Je n'ai pas la forme la plus grave, mais cela suffit à me pourrir la vie. Depuis le lycée, on moque ma pâleur et mes séjours fréquents aux toilettes.

— C'est donc pour cela que vous avez pris part à l'essai ?

— Oui, mais ce n'est pas la seule raison…

Silence, ponctué d'un reniflement.

— Il y a cinq ans, poursuivit Céline, ma mère est décédée juste avant de bénéficier d'un traitement expérimental contre le cancer qui la rongeait. Ça m'a profondément marquée. Alors, quand j'ai entendu dire qu'on recherchait des malades volontaires pour tester une molécule prometteuse agissant sur ma maladie, je me suis dit que c'était un devoir d'y participer. Résultat des courses, j'ai fait un AVC, alors que je quittais l'hôpital après une courte période d'observation.

— J'imagine à quel point cela a dû être compliqué pour vous. Quelle compagnie a organisé cet essai clinique ?

— Eris. Ils avaient un site à Sauve, à une heure de route d'ici.

— Connaissez-vous les thérapies par l'art ?

— Non. De quel type d'art parle-t-on exactement ?

— De la peinture. Ça consiste à donner chaque jour corps à vos préoccupations, du relief à vos douleurs, des couleurs à vos sentiments. Vous verrez : en plus d'améliorer votre motricité, cela apaisera votre esprit. Peindre permettra d'évacuer peu à peu la tension qui vous accable. Au bout de quelques semaines, vous finirez par créer des choses plus gaies, liées à vos envies, à votre futur…

Sylvia désigna l'immense espace en écartant les bras.

— Je trouve que cette pièce ferait un atelier parfait, qu'en dites-vous ?

— Je n'ai jamais été douée pour ces choses-là.

— Ne vous inquiétez pas, l'important est de

retranscrire les émotions qui vous traversent. À compter d'aujourd'hui, je suis là pour vous. Et je serai là autant qu'il le faudra.

Toujours adossé au mur, Jérôme eut un soupir de soulagement. Sylvia était un cadeau du ciel.

10

Son jogging dominical rituel octroyait à Jérôme une heure hors du temps, seul dans l'immensité de la garrigue, sur le tracé sec et terreux qui reliait Poulx à sa voisine, Cabrières. Le lieutenant aimait ces instants de communion avec la nature, loin de la tension du commissariat et de la folie des hommes. Il se ressourçait au contact des chênes, des genévriers et des oliviers, prenait un grand bol d'air aux touches de lavande et de romarin.

Cela l'apaisait et le tourmentait à la fois, le renvoyant à ses bons moments passés avec sa fille.

Sportive, Marine adorait courir avec lui, lorsqu'elle rentrait dans le Gard. Mais ça, c'était avant que leur relation se dégrade et qu'elle abandonne ses études pour rejoindre son petit copain en Alsace, sur un coup de tête. Jérôme avait trouvé la maison vide en revenant du CHU, un dimanche matin, alors que sa femme était encore hospitalisée à cause de son AVC.

Depuis, la superstition le poussait à s'arrêter à mi-chemin de ce tracé habituel, pour écrire à sa fille comme on jette une bouteille à la mer. Cette fois encore, il lui demanda de ses nouvelles, lui répéta combien elle lui manquait. Qu'il s'excusait, que seul son bonheur lui importait et qu'il espérait la revoir bientôt. Ces lignes rejoindraient leurs semblables, vagues envoyées chaque semaine ou presque, dans l'espoir d'une réponse autre que « Laisse-moi tranquille », dernier message en date. Difficile de faire plus clair.

Le téléphone sonna juste avant que Jérôme effleure la mention « Envoyer ».

C'était ce diable de Bénezet.

Jérôme laissa le mobile s'époumoner, mais l'appareil se manifesta de plus belle.

Il décrocha.

— Capitaine, un problème ?

— Cazenave, désolé de t'emmerder un dimanche, mais on a besoin de nous dans les Cévennes. Ça urge, tu penses bien.

— Je t'écoute.

— J'ai reçu un coup de fil du procureur. On a une mort suspecte, près d'Anduze, signalée par la brigade de proximité. Un notable de la ville a fait une chute de plus de dix mètres. Un randonneur a découvert le corps au petit matin. L'info a déjà fait le tour du patelin et provoque un certain émoi. Le procureur a désigné le juge d'instruction.

— Ça aurait pu attendre que la piste du crime soit confirmée. Qui est chargé de l'enquête ?

— Paoli.

Jérôme grimaça.

Évidemment.

Bien que compétent, Christophe Paoli, dit le

Frileux, était obsédé par sa réputation. Terrifié à l'idée qu'une affaire, quelle qu'elle soit, échappe à son contrôle, il avait fait de Luc Bénezet son relais dans les rangs de la PJ. Son pantin. Sa chose.

Jérôme ne comptait plus le nombre d'accrochages avec son chef à ce sujet.

— Tu préviens Perez ou je m'en occupe ? reprit le capitaine.

Manquait plus que celui-là.

— Ni l'un ni l'autre. Le temps de me préparer et je décolle.

— Je t'envoie les coordonnées. Règle-moi ça rapidos. Si ça se trouve, ce n'est qu'un accident.

Jérôme accueillit la remarque avec un soupir exaspéré. Le fait de mobiliser la PJ signifiait que la piste accidentelle avait déjà du plomb dans l'aile.

— Et petit conseil, ajouta Bénezet avant de raccrocher, sors tes godasses de rando. Ça ne sera pas une partie de plaisir.

Jérôme, bougon, put enfin envoyer son SMS à sa fille. Puis il tourna les talons pour combler au pas de course les trois kilomètres qui le séparaient de chez lui, la sérénité en moins.

Quelques étirements sommaires et une douche express plus tard, le lieutenant enfilait des vêtements chauds, chaussait ce qu'il avait de mieux – des semi-montantes beiges aux semelles usées – et rejoignait sa femme occupée à mettre de l'ordre dans ses toiles.

Céline, qui attendait Sylvia d'une minute à

l'autre, s'était maquillée et avait troqué son sacro-saint survêtement contre une tenue plus coquette.

— Déjà un mois, commenta Jérôme en observant le tableau accroché près de l'entrée, un gros plan de trois bougies aux flammes vives et indisciplinées.

— Je dois reconnaître que cela me fait du bien. Le seul souci, c'est qu'à ce rythme, je vais vite me retrouver avec des toiles à ne plus savoir qu'en faire, tempéra Céline en amassant une partie d'entre elles contre le mur.

— Vois le bon côté des choses ! Et si tu les exposais ? Ça pourrait être sympa.

Jérôme sentit son téléphone vibrer. Il le consulta rapidement et embrassa sa femme.

— On en reparlera. Excuse-moi, je dois filer.

— Comment ça ? Tu n'es pas en repos ? On devait aller se promener à Aigues-Mortes, fit-elle remarquer en soulignant de ses mains frêles son effort vestimentaire.

— Désolé, mais je risque de rentrer tard.

Jérôme s'éclipsa sans voir la mine atterrée de sa femme, ni les deux comprimés qu'elle goba dans la foulée.

Il brava la légère brise matinale et sauta dans sa berline. Il considéra sa villa d'un œil coupable, puis relut les instructions du SMS tout juste envoyé par Bénezet et se mit en route.

Une heure après, le lieutenant se gara aux abords de la commune de Bagard, près d'un cortège de véhicules de police et de la camionnette blanche de la police technique et scientifique. Un gendarme l'attendait là. La quarantaine, tignasse poivre et sel indisciplinée, mal rasé, visage et yeux rougis par l'effort, le major Vincent Santonja – brigade de proximité d'Anduze – le briefa en coup de vent. Puis il pointa du doigt, désespéré à l'idée d'y retourner, le rocher de Peyremale. Le massif calcaire formait avec le Saint-Julien, son alter ego minéral, la majestueuse porte des Cévennes.

La mort dans l'âme, Santonja ouvrit la voie et tous deux s'élancèrent sur les tracés pentus et sinueux du géant de pierre. Les sentes leur rappelaient à quel point la nature pouvait être inhospitalière. Terrain de jeu habituel des sangliers, percluses de racines, ronces et branches basses, elles ralentissaient la progression pantelante des deux hommes. Les épines lacéraient leurs vêtements, leur peau. Entamaient leur résistance. De rares pierriers leur offraient un répit qui, bien qu'éphémère, s'accompagnait d'une vue imprenable sur la vallée.

En nage, ils eurent besoin d'une halte. La grande carcasse musculeuse de Jérôme le désavantageait dans cet environnement ardu et hostile. Santonja présentait le profil inverse mais, mal équipé, n'en était pas moins éprouvé. Son polo bleu ciel gorgé de transpiration et ses traits tirés reflétaient le calvaire qu'il traversait pour la seconde fois de la journée.

L'ascension reprit et les quelques cairns non ravagés par les suidés guidèrent le duo jusqu'au plateau, au prix d'une vingtaine de minutes de marche.

~

Les équipes de police et de gendarmerie ratissaient la zone à la recherche du moindre élément leur permettant de mieux contextualiser la scène.

Depuis sa position, Jérôme, dégoulinant de sueur, distinguait à environ dix mètres en contrebas deux hommes en combinaison blanche penchés sur le cadavre. Harnachés à la paroi, à mi-distance entre les sentes et le parcours des Gypières, ils évoluaient dans un registre inhabituel, celui de la haute voltige. Dans cette position inconfortable, ils tâchaient de prélever les scellés et de faire un maximum de premières constatations.

Le lieutenant s'émouvait des éclats d'os et de cervelle baignant dans une bouillie rougeâtre autour du crâne de la dépouille lorsqu'il fut rejoint par Nicolas Escande, de la scientifique. Un grand gaillard au corps sec, aux joues creusées et aux cheveux en brosse.

— Ça fait un bail, Jérôme.

— Et c'est tant mieux. Te voir est rarement bon signe.

— Le pauvre homme devant toi s'appelle Éric Meyer, cinquante-quatre ans. Anduzien de naissance. Médecin. Une figure locale.

Escande, copain de longue date du lieutenant, débitait les mots à une vitesse folle, avec un cheveu sur la langue qui lui avait valu quelques moqueries. Jérôme avait toujours apprécié ce type simple et réglo.

— On dirait qu'il était sacrément bien équipé, fit remarquer Jérôme en pointant l'attirail de rando de la victime.

— D'après les gars du coin, il s'attaquait régulièrement au Peyremale pour admirer Anduze depuis les hauteurs. Ça grimpe sévère, mais faut dire que ça vaut le détour ! Mate-moi ça !

Jérôme leva le menton et observa le panorama à couper le souffle qui s'offrait à lui. Sa concentration pendant l'ascension l'avait privé de cette vue, magnifique, qui lui fit oublier un instant qu'il se trouvait sur une scène de crime.

— Je doute que Meyer soit tombé par mégarde, se reprit-il en sondant l'espace autour de lui. À ce niveau, le passage est assez large pour une demi-douzaine de personnes marchant de front. Sans parler du fait qu'il connaissait les lieux.

— Je partage ton avis. Et puis il a clairement *basculé* la tête la première. Crâne fracassé, mâchoire éclatée. Il est mort sur le coup. Ça nous laisse deux options. Suicide ou meurtre.

Paupières gonflées, Santonja, qui cinq minutes plus tôt crachait ses poumons à l'écart des deux hommes, saisit la balle au bond.

— Exact. Le médecin n'était pas suicidaire. Je comprends qu'il faille considérer cette piste, mais ça ne colle pas avec son profil. C'est bien pour ça que j'ai jugé bon de vous contacter tout de suite.

— Qu'est-ce qui vous fait si rapidement écarter cette hypothèse ? demanda Jérôme.

— C'était mon médecin traitant.

— Comme celui d'une bonne partie des habitants du coin. Un peu faiblard comme argument, major.

Le brigadier se frotta les yeux et se moucha avant de poursuivre.

— Je l'ai revu lundi, pour renouveler mon ordonnance d'antihistaminiques. Il m'a parlé de son boulot, de son implication pour la commune, et même de ses prochaines vacances en Andalousie ! Il se portait bien mieux que moi, je vous le dis ! Le printemps, c'est l'horreur. Foutues graminées.

Santonja ponctua son intervention d'une bruyante salve d'éternuements et sortit un mouchoir.

Tandis qu'Escande s'éloignait pour communiquer par radio avec ses voltigeurs, Jérôme continua d'interroger le major, dont le visage ne se départissait pas de sa coloration rouge pivoine.

— Qui a eu de ses nouvelles pour la dernière fois ?

— Sa secrétaire, hier matin. Il lui a demandé d'annuler l'unique consultation de la journée. Elle a cherché à le rappeler ensuite, sans succès.

Jérôme pointa l'index en direction de la dépouille.

— On a récupéré son portable ?

— Oui, à côté de son cadavre. Explosé, lui aussi. Pas sûr qu'on en tire grand-chose.

— Il a de la famille dans le coin ?

— Sa femme a filé à l'anglaise avec un confrère, il y a un paquet d'années. Ils se la coulent douce du côté de Bangkok. Et leur fils Franck tente de se faire un nom dans le monde du spectacle, à Paris.

— Personne à prévenir hormis le fiston, alors ?

— On va aussi prévenir son ex, pour le principe. Ça m'étonnerait qu'elle fasse le déplacement depuis la Thaïlande.

Escande revint vers eux, talkie-walkie crachotant en main.

— Sur les directives du docteur Rongier, qui est en route mais qui aura sans doute du mal à faire son job *in situ*, les gars se sont attardés sur les éruptions cutanées constatées sur le visage du médecin. On s'oriente vers un empoisonnement. La chute serait survenue après.

— Si c'est le cas, ça a dû se passer sur ce plateau, supposa Jérôme. Quand je vois le mal qu'on a eu pour venir jusqu'ici, je n'imagine pas quelqu'un trimbaler le corps depuis la vallée pour s'en débarrasser.

— Mais qui serait assez fada pour s'en prendre à un pauvre médecin de campagne ? On est à Anduze, pas à Chicago ! maugréa Santonja.

— Ce qui est sûr, c'est qu'on doit attendre le rapport d'autopsie. D'ici là, on n'écarte aucune piste. Tant que le crime n'est pas caractérisé, je peux avancer sans avoir le juge dans les pattes, même s'il est déjà au courant.

— Paoli, j'imagine ? fit Escande.

La moue du commandant en disait long sur son appréciation de l'homme de loi.

— M'en parle pas, répliqua Jérôme. Tu conseilles quoi pour la levée du corps ?

— On va le ficeler et l'hélitreuiller, je pense, répondit Escande, perplexe. Le terrain est trop difficile pour envisager une autre solution.

— OK. Je m'occupe de la réquisition de l'hélico. Je te laisse gérer le reste. Dis au légiste que j'attends son rapport. Quant à vous, Santonja, je vais avoir besoin de vos lumières. Donnez-moi cinq minutes, je reviens.

Jérôme s'éloigna pour passer son appel. Téléphone collé à l'oreille, il jeta un coup d'œil inquiet vers la scène de crime.

Tout portait à croire que la victime connaissait son assassin.

11

Céline patientait dans le silence de la véranda baignée de soleil, un café tiède à la main, le regard dans le vague. Devant elle, les hautes herbes du jardin qu'elle aimait bichonner jadis et qu'elle rêvait de pouvoir entretenir à nouveau. En continuant sur cette lancée, elle y arriverait peut-être.

Sylvia s'investissait énormément pour qu'elle progresse. En plus de sa thérapie par l'art, elle l'accompagnait auprès des spécialistes. Lui offrait un soutien mental pour tous les lourds programmes qu'elle suivait. Bref, elle ne comptait pas ses heures. Au point où cela intriguait Céline, il fallait bien l'admettre.

Elle ne connaissait personne qui puisse passer du stade d'inconnu à celui de pilier en un claquement de doigts.

Pourtant, en à peine quatre semaines, ses progrès moteurs étaient fulgurants. Elle gérait également mieux ses accès de stress, ce qui atténuait son bégaiement. Seul son scepticisme légendaire ne la quittait pas. Ce fond de doute permanent qui l'empêchait d'accéder à sa joie de vivre perdue.

Cela prendrait davantage de temps pour lever ce bouclier psychique et retrouver confiance en elle.

En autrui.

Une masse sombre s'agitait derrière le voile flou de ses yeux. Céline cligna des paupières, leva la tête et aperçut Sylvia qui lui faisait de grands signes depuis le portail.

La psychologue la rejoignit sous l'auvent vitré. Elles échangèrent des banalités tout en s'installant et, avant de démarrer, Céline la prévint de l'absence de son mari, qui s'arrangeait habituellement pour être à la maison lors des consultations. Sylvia garda son portable près d'elle. Jérôme aurait peut-être besoin d'aide.

D'abord centrée sur la dernière toile de l'institutrice, représentant un large plan d'eau, la discussion dériva et, pour la première fois, Céline interrogea sa thérapeute sur son rôle auprès de la police judiciaire, qu'elle avait du mal à cerner. Sylvia lui expliqua qu'en tant que criminologue et victimologue, elle intervenait un peu comme une profileuse, le plus souvent au tout début d'un dossier, quand les découvertes étaient brutes, les décisions, spontanées, et les actions, pas encore tout à fait dictées par le cadre procédural ou les pressions hiérarchiques. Grâce à ses interrogatoires et à son sens de l'observation, elle mettait souvent le doigt sur des détails qui échappaient à la majorité des esprits obtus du groupe Bénezet de la PJ.

Céline hocha la tête et s'autorisa un micro-sourire.

— Je ne sais pas pour les autres, mais Jérôme est une vraie tête de mule.

— C'est ce qui arrive quand on jongle entre plusieurs affaires en permanence. Les procédures les guident, mais les privent de leur flair, parfois. Voilà pourquoi je ne suis jamais plus d'un dossier à la fois. Ça me donne du recul. De toute façon, je ne suis qu'une consultante.

— Justement, rebondit Céline, pour toi, la définition d'un crime, c'est quoi ?

Surprise, Sylvia haussa les sourcils et sourit à son tour.

— Un crime ? D'un point de vue psychologique, c'est un acte puni car contraire à un cadre établi.

— Tout dépend de ce fameux cadre, alors. Si je suis ton raisonnement, ce qui apparaît comme un crime pour une personne n'en est pas forcément un aux yeux d'une autre.

— Exactement. Mais au-delà de l'acte, il y a un être humain et les variations de son comportement en société. J'essaie toujours d'approcher les faits sous cet angle. C'est pour ça qu'à chaque enquête, je tente d'entrer dans l'esprit des victimes comme des criminels. De suivre les contours de *leur* cadre. Ensuite, il faut laisser toutes les portes ouvertes. Ne négliger aucune piste, même la plus dingue. Tu sais ce qu'on dit : la réalité dépasse toujours la fiction. Tu n'as pas idée d'à quel point ce dicton est vrai.

Sylvia saisit sa tasse de thé sur la table basse et en but une gorgée.

— Tous les crimes ne sont pas des meurtres, ceci dit.

Céline fixa le plafond, signe d'intense réflexion.

— Donc… je n'ai pas à regretter d'avoir participé à cet essai clinique. Et Jérôme n'a pas à s'en vouloir de ne pas m'avoir retenue. Personne n'est coupable. On a juste agi suivant notre propre logique, dans deux cadres différents.

Sylvia eut un petit pincement au cœur.

— Je suis bluffée. Tu fais d'énormes progrès.

Le téléphone de la psychologue interrompit la discussion. Main à plat sur le bijou niché au creux de sa poitrine, elle lut le message de Jérôme. Comme anticipé, il avait besoin d'elle.

Céline ne put réprimer un soupir de déception.

L'esprit encore chamboulé par la tournure prise par la séance du jour, Sylvia conduisit jusqu'à Anduze. À la brigade, Jérôme lui présenta Vincent Santonja.

Le major grimpa dans sa voiture de fonction, tandis que Jérôme monta avec elle, direction le centre-ville.

Chemin faisant, il lui exposa la situation. Il évoqua la scène de crime dans le détail et se plaignit des emmerdements qui ne manqueraient pas de surgir avec le juge.

Sylvia l'écouta sans l'interrompre, absorbant toute cette matière brute si importante pour elle.

Après avoir tourné en vain pendant dix minutes à la recherche d'une place libre, la psychologue se résigna. Truffé de ruelles à sens unique et de voies si étroites que même sa Micra ne pouvait s'y glisser, le cœur d'Anduze ne lui laissait pas d'autre choix que de braver une interdiction de stationner. Tant pis. De toute manière, l'entrevue promettait d'être rapide.

Sylvia rassembla ses affaires et rattrapa ses collègues au petit trot, le long de la rue Cannau. Les vieux bâtiments aux crépis noircis par l'humidité formaient un goulot sinistre sur une centaine de mètres. La psychologue leva le menton pour accrocher du regard le ruban de ciel bleu au-dessus de sa tête, unique source de lumière dans ce passage peu avenant. Jamais elle n'habiterait l'un de ces appartements exigus, à l'intimité profanée par un tel vis-à-vis qu'un seul bond suffisait pour passer chez son voisin d'en face.

Au numéro 3, Vincent poussa la porte bordeaux au bois rongé par les années, gardienne d'une bâtisse de trois étages à la façade liserée et parcourue de fils électriques à moitié dénudés. Jérôme dut se baisser pour le suivre et Sylvia ferma la marche.

— C'est là, annonça le major en pointant du doigt le logement de droite.

Les coups résonnèrent dans le petit hall lorsqu'il toqua. La porte s'ouvrit sur une jeune femme, la vingtaine, nageant dans un sweat à capuche vert pomme beaucoup trop grand pour elle. Ses cheveux noirs et courts encadraient un visage poupin, bouffi par le chagrin.

Sylvia avait l'étrange impression de se revoir plus jeune.

Alice Sanson, la secrétaire de la victime, agrippait ses bras comme si elle cherchait à se cajoler, vaine tentative pour se sortir du cauchemar dans lequel elle baignait.

— Bonjour, Alice. Désolé de te déranger à nouveau. Je suis avec des collègues de Nîmes. Ils ont quelques questions pour toi.

La secrétaire s'étonna de revoir Vincent quelques heures après que ce dernier lui avait annoncé le décès de son patron. Silencieuse, elle jeta un rapide coup d'œil derrière l'épaule du major, avant d'inviter ses visiteurs à entrer. Les recoins du sombre séjour étaient remplis de bric-à-brac, amas hétéroclite que la jeune femme devait entasser là en attendant de leur trouver une utilité. Sylvia parcourut des yeux la quantité astronomique de bibelots qui, par endroits, ne laissaient pas un centimètre carré de sol visible.

Une fois installé dans un vieux canapé en tissu à l'assise trop molle, leur hôte mit la télé en sourdine, leur proposa à boire – ce que tous refusèrent poliment – et leur demanda ce qu'elle pouvait faire pour eux.

Sylvia prit les choses en main.

— Merci de nous recevoir. Je vous présente mes plus sincères condoléances. Il paraît que c'était un excellent médecin.

Assise face à ses visiteurs, Alice se triturait les doigts.

— Et quelqu'un de très humain, précisa-t-elle. Il était gentil, prévenant, et s'intéressait beaucoup à la vie du village.

— Vous le connaissiez bien ?

— Il m'a vue grandir, comme mes frères et sœurs

et comme beaucoup d'Anduziens. Quand j'ai fini mes études, il y a quatre ans, il m'a proposé de travailler pour lui. J'ai du mal à croire qu'il soit mort. Qu'est-ce que je vais faire, moi, maintenant?

Elle baissa les yeux et laissa échapper plusieurs sanglots avant de se reprendre, désireuse de faire bonne figure et d'aider au mieux. Un peu honteuse aussi de penser à son futur, alors que son patron venait de rendre l'âme.

— Quel genre de chef était-il? Est-ce qu'il vous mettait une pression particulière? osa Sylvia.

— Quoi? Non, au contraire, se défendit Alice. Il était à l'écoute. Compréhensif. Toujours de bonne humeur. Il y avait bien sûr des périodes où le cabinet était bondé, notamment l'hiver dernier avec l'épidémie de grippe, mais ça ne l'empêchait pas d'être aux petits soins pour moi.

— C'est-à-dire?

— Il me rapportait souvent de quoi grignoter en revenant de ses consultations à domicile, une fois par semaine. Ce n'est qu'un exemple parmi d'autres. Il avait le cœur sur la main.

— Vous étiez si proches que ça?

— C'était un peu comme un père pour moi, je n'ai pas connu le mien. Je ne comprends pas qu'on puisse en vouloir à une personne douée d'autant de bonté.

La jeune femme parlait d'Éric Meyer avec pudeur et honnêteté. Sa peine était sincère. Elle le tenait en haute estime, ça ne faisait aucun doute.

Sylvia y vit un nouveau parallèle avec sa propre enfance, dénuée de figure paternelle. Mais au contraire d'Alice, elle n'avait jamais comblé ce vide, pas parce qu'elle ne voulait pas, mais parce qu'elle n'avait jamais trouvé avec quiconque ce lien de confiance si particulier qu'elle recherchait.

— Est-ce qu'il n'exerçait que dans son cabinet d'Anduze ? Ou lui arrivait-il d'aller prêter main-forte ailleurs ?

— Pas que je sache. Il me l'aurait dit. Enfin, je crois. Comme quand il partait parfois en séminaire, un peu partout en France.

— C'était fréquent ?

— Une fois par trimestre, en gros. Les conférences duraient deux, trois jours. Rarement plus. Il rentrait toujours les bras chargés de bricoles, d'accessoires, de souvenirs…

— Tu as un double des clés du cabinet, n'est-ce pas ? fit Vincent. Tu pourrais nous les confier ?

Passé l'étonnement, Alice accepta, ajoutant que de toute façon elle n'en avait plus aucune utilité. Elle piocha le sésame dans une poche de la veste accrochée près de l'entrée et le donna au major.

— Pouvez-vous me raconter votre journée d'hier ? reprit Sylvia.

Nerveuse, Alice retrouva son siège et prit une grande inspiration.

— J'ai passé ma matinée à faire de la paperasse et du rangement. J'en ai aussi profité pour faire un peu de nettoyage. Le samedi, le cabinet est vide. Le docteur Meyer visite à domicile, donc j'ai la paix. En règle générale, son agenda est chargé et varie peu ce jour-là, mais hier, il n'avait qu'un seul rendez-vous.

— Qu'il a fait annuler, c'est ça ?

— Exact.

— Vous savez pourquoi ?

— Non. Il a reçu un coup de fil pendant qu'on discutait et il s'est enfermé dans son bureau. Après avoir raccroché, il est revenu me voir et m'a demandé de déprogrammer.

— Vous n'avez pas reçu d'appels d'autres patients ?

— Le docteur Meyer m'a demandé de les rediriger vers des confrères, avant de carrément me donner mon après-midi.

— Ça lui arrivait souvent ?

— De décliner des consultations en dernière minute ? Oui, mais rien d'étonnant à ça. C'était un généraliste réputé, donc très demandé. Il faisait partie d'un comité, aussi. Enfin, c'est comme ça qu'il l'appelait. Un truc de protection. Il y siégeait une fois par mois.

Sylvia se redressa brusquement.

— Vous parlez du comité de protection des personnes ?

— Oui, c'est ça ! J'écrivais toujours « CPP » sur le calendrier. Je suis désolée, mais je n'en sais pas plus, sauf que ça se passait au CHU. Il ne s'étendait jamais dessus.

— Ne vous inquiétez pas. Vous nous aidez déjà beaucoup. Est-ce que, à tout hasard, vous sauriez qui lui a téléphoné hier ?

— Oui, il l'a appelé par son prénom. Sébastien. Un ami médecin à Nîmes.

— Vous auriez ses coordonnées ?

— Non, mais vous devriez facilement les retrouver. Il s'agit du professeur Kumanski.

— Ça ne me dit rien.

À côté d'elle, Jérômc blanchissait à vue d'œil. Il fallait qu'elle abrège.

— Si je résume, la dernière fois que vous avez vu ou entendu votre patron, c'était donc hier matin ?

— Oui.

~

Jérôme retrouva quelques couleurs en quittant l'appartement. De retour au parking, il envoya Vincent au cabinet du docteur Meyer et profita d'être enfin seul avec Sylvia pour lui expliquer la raison de son trouble.

— Je n'arrive pas à croire que Kumanski soit lié à Meyer, confia-t-il, le regard noir, en prenant place dans l'habitacle aux senteurs boisées. Je n'aime pas du tout la tournure que prend cette histoire. Ce type, je te préviens, il va falloir me retenir de lui casser la gueule.

— Mais qu'est-ce qu'il t'a fait ?

— C'est ce salopard qui m'a annoncé l'AVC de Céline, il y a trois ans. Il fait partie de ceux qui ont bousillé notre vie.

12

Pensive, Sylvia conduisait nettement moins vite qu'à l'accoutumée sur la nationale clairsemée, suivie de près par Jérôme. Malgré ses réticences, le lieutenant savait précisément où trouver le professeur Kumanski et avait décidé de s'y rendre illico. Sylvia devait veiller à ce qu'il ne franchisse aucune ligne rouge, au risque de compromettre ses plans.

Son téléphone portable la tira de sa réflexion chaotique. Elle activa son kit mains libres sans vérifier l'identité de l'appelant.

— C'est Jérôme.

Le lieutenant avait manifestement envie de se confier.

— Ce CPP auquel appartenait Meyer, c'est quoi exactement ? demanda-t-il.

— Le comité de protection des personnes, indiqua Sylvia. Un groupe de travail indépendant qui s'assure de la sécurité des participants aux essais cliniques.

— Ils bossent comment ?

— En veillant à ce que les projets de recherche soient pertinents, que les patients aient été correctement informés, qu'ils aient donné leur consentement, ce genre de choses-là. Ils gardent aussi un œil sur la méthodologie. Sur l'éthique. En cas de défaut, ils peuvent bloquer tout le processus. Il y a plusieurs comités par région. J'imagine que Meyer siégeait dans l'un de ceux existant en Occitanie, entre Nîmes et Toulouse. Sa secrétaire n'avait pas l'air sûre d'elle, mais c'est une info facilement vérifiable.

— Un médecin généraliste dans ce genre de groupes, c'est normal ? s'étonna Jérôme.

— Bien sûr. Il y a aussi des pharmaciens, des infirmiers, des médecins chercheurs… et même des membres issus de la société civile : juristes, psychologues, ou encore des représentants d'associations de patients. En théorie, même moi, je pourrais en intégrer un.

— OK. C'est donc pour ça que tu les connais si bien ?

— Si on veut.

Sylvia marqua un temps d'arrêt.

— Et pour être complète : ils sont tenus au secret, ce qui explique que Meyer ne se soit pas étendu là-dessus avec sa secrétaire.

— Et Kumanski ? Il en faisait partie, à ton avis ?

— C'est fort probable. À moins qu'il ne soit l'un des investigateurs chargés de la réalisation même de l'essai. Ça expliquerait qu'il soit venu t'informer de l'AVC de Céline.

— Lui et tous les autres connards de son espèce

ont tout fait pour étouffer l'affaire. Et on peut dire qu'ils ont réussi !

Le lieutenant conclut par une touche glaciale.

— En tout cas, il en a assez fait. S'il est impliqué dans la mort de Meyer, de quelque manière que ce soit, cette fois, il paiera. J'y veillerai personnellement.

~

Le centre d'évaluation et de traitement de la douleur, ou CETD, avait ses quartiers au sous-sol du pavillon 3 du CHU de Nîmes. Avant d'y pénétrer, Jérôme appela le capitaine Bénezet, afin de reporter l'interrogatoire du fils Meyer. La piste Kumanski, brûlante, prenait l'ascendant sur tout le reste.

— Je ne sais pas comment tu en es arrivé là, et je ne veux pas le savoir, le tança le capitaine. Fais-moi plaisir et arrête de remuer toute cette merde autour de toi, Cazenave. L'autopsie est pour demain matin. Tu sauras te tenir d'ici là ?

— Je me fous du rapport du légiste, s'emporta Jérôme. Je sais déjà ce qu'il va nous dire. Je ne fais que parler aux gens, capitaine. Rien de plus. Je ne suis pas con au point de saborder l'enquête !

D'une voix trahissant sa lassitude, Bénezet le mit en garde à l'aide de l'une des formules toutes prêtes dont il usait à outrance.

— Je ne tolérerai aucun dérapage.

Jérôme raccrocha sur cet avertissement absurde, avant que ses mots précèdent ses pensées.

Quel encatané, celui-là !

Paoli et Bénezet n'étaient que deux guignols déconnectés de la réalité. Pas un pour rattraper l'autre ! Kumanski était l'une des dernières, si ce n'est *la* dernière personne à avoir vu Meyer vivant. Quel idiot resterait dans son coin à attendre ce fichu compte rendu de l'institut médico-légal plutôt que d'essayer d'en savoir davantage ?

Jérôme déboula dans les couloirs du CETD, troublant le calme du service. Sylvia l'attendait, accoudée au comptoir de l'accueil. Elle le regarda avec un air de chien battu et avant même qu'elle ouvre la bouche, le lieutenant comprit.

— Je suis désolée, mais le professeur Kumanski a posé un congé exceptionnel, l'informa la secrétaire. Comme votre amie insistait, j'ai appelé sa femme. Il lui a juste dit qu'il s'absentait pour des raisons professionnelles. Elle ne sait pas où il est.

— Eh bien, voilà qui le place en haut de la liste des suspects, conclut Jérôme sans se soucier de la réaction interloquée de la pauvre dame.

Sylvia lui intima de baisser d'un ton.

— Ne va pas trop vite. C'est pour le moins troublant, oui, mais on ignore tout de sa relation avec Meyer. Qui te dit que ce n'est pas une victime ? À moins de mettre la main sur lui, ce sera difficile d'en apprendre plus. Et on n'a pas l'embryon d'une piste.

— Il n'y a qu'à continuer à cuisiner sa femme ! Elle doit en savoir plus qu'elle ne veut le faire croire.

— Pour que le capitaine nous tombe dessus ? On en a assez fait pour le moment, tempéra Sylvia.

Elle le pointa de l'index et poursuivit, sans se soucier de son auditoire médusé.

— On doit être patients. La balle est dans le camp du légiste. À t'écouter, c'est une formalité, donc on se calme et on guette le feu vert de Paoli pour les perquises. Et concernant Mme Kumanski, elle n'a aucune raison de mentir. Vu les circonstances, ça m'étonnerait qu'elle joue la comédie.

Surpris par la réplique de sa collègue, Jérôme trouva néanmoins un moyen de ne pas capituler.

— On va au moins affecter quelqu'un à sa surveillance. Et pendant qu'on y est, on signale la disparition inquiétante du professeur. Ça aura le mérite de secouer Bénezet.

Ça le faisait chier au plus haut point, mais Sylvia avait raison. Elle était la seule capable de trouver les mots pour modérer ses ardeurs. Voilà pourquoi leur tandem fonctionnait si bien.

À court d'options, il se tourna vers la secrétaire, qui s'enfonça dans son siège.

— Vous n'avez rien remarqué d'anormal ces derniers temps ? Dans son comportement, ses habitudes ?

— Il avait l'air préoccupé. C'est une tornade, d'habitude. Toujours sur notre dos. Mais là…

Elle écarta les bras en signe d'impuissance.

— Rien. Pas une engueulade, ni un de ces savons dont il a le secret. Il était presque trop gentil.

— Il devait préparer un sale coup, oui, rumina le lieutenant, hors de lui.

Sylvia s'excusa et incita Jérôme à mettre les voiles.

Ce dernier ne l'écoutait pas. Il rêvait d'inspecter le bureau du professeur. Mais une telle action nécessitait l'accord du juge d'instruction et du doyen de médecine.

S'en affranchir équivalait à un suicide professionnel.

Le jeu n'en valait pas la chandelle. Kumanski n'aurait jamais laissé traîner de quoi l'incriminer.

À défaut de la psychologue, ce fut la sonnerie de son portable qui le tira de ses songes.

— Vincent ?

— Je sors du cabinet du docteur Meyer, cria le major pour couvrir le sifflement du mistral. Y a un sacré bordel là-dedans. Je suis quasi certain que son bureau a été visité.

13

C'est tout sauf une coïncidence, se répéta Jérôme alors qu'il claquait la porte de son domicile.

Le calme du séjour vide l'apaisa.

L'horloge murale indiquait 21 h 35.

Un énième dimanche imprévu, long et épuisant, touchait à son terme. Il aurait dû le passer avec sa femme, à respirer l'air vivifiant de la Camargue qu'elle aimait tant.

Encore une promesse non tenue.

Il trouva sur la table de la cuisine un plat sous cellophane, surmonté d'un post-it à son attention. Il s'imagina Céline attablée là, une heure ou deux plus tôt, mangeant seule, comme trop souvent. Au début de leur relation, elle lui laissait de beaux petits mots d'amour qui le requinquaient. Aujourd'hui, il devait se contenter d'un froid et distant *bon appétit*.

Honteux, il se rendit dans la chambre conjugale et observa Céline, gavée d'anxiolytiques, allongée sur le côté, enlaçant un coussin pour combler son absence. Jérôme posa une main délicate sur son épaule. Se pencha pour déposer un long baiser sur son front. Écouta le souffle discret et régulier s'échapper de ses lèvres entrouvertes.

Il se sentait minable de privilégier ainsi le travail.

Mais comment faire autrement ? En l'espace de quelques heures, un passé qu'il croyait à tout jamais enfoui était remonté à la surface. Il tenait une chance de se racheter, lui qui se sentait coupable de l'état de son épouse.

— C'est pour toi que je le fais, susurra-t-il à son oreille avant de l'abandonner à ses rêves.

Pour nous.

Une fois dans le couloir, il consulta son mobile.

Sans surprise, Marine n'avait pas répondu.

Le moral en berne, Jérôme s'installa sur le sofa, mit de côté la tasse de café fumante qu'il venait de se préparer et, de la pointe de l'index et du majeur, se massa les tempes pour chasser un mal de crâne naissant.

Il prit une rasade de café, alluma son Mac et y téléchargea la vingtaine d'images du cabinet médical que Vincent avait prises. Un bordel indescriptible.

Il s'agaça de ne rien remarquer d'autre que la disparition du matériel informatique. Ça paraissait trop gros. Trop facile. Quelque chose le contrariait, sans qu'il puisse poser le doigt dessus. Son œil peu entraîné à ce type de tâche se promenait sur les instantanés sans vraiment s'y accrocher.

Du contexte, voilà ce qui manquait.

Jérôme bâilla longuement. Sa concentration s'étiolait. Il y avait longtemps que son corps ne réagissait plus à la caféine. Il essuya une larme, s'affala dans le canapé et se désintéressa de l'écran. Plutôt que de deviner ce qu'avait fait Meyer, il choisit l'approche inverse et s'interrogea.

Que recherche l'intrus ?

Bercé par le souffle de sa respiration, Jérôme s'endormit en quelques minutes à peine, l'esprit embrumé et confus.

14

À Marguerittes, dans la pénombre de son salon à moitié meublé et jonché de cartons encore fermés, Sylvia mangea sur le pouce – un reste de pâtes carbonara de la veille – devant les nouvelles du soir. Leur affaire ne trouvait évidemment aucun écho national. Trop récente. Trop petite. Bourrée d'incertitudes. Peut-être grimperait-elle de plusieurs rangs sur l'échelle d'intérêt des JT locaux après l'autopsie de Meyer. Mais s'il y avait une chose sur laquelle Jérôme et elle s'accordaient, c'était celle-ci : moins on parlait d'eux, mieux ils se portaient.

Après avoir dîné, Sylvia laissa la télé en plan et se rendit dans sa chambre, à l'étage. Ordinateur en main, elle fit demi-tour et, au lieu de redescendre, s'arrêta sur le seuil d'une autre pièce.

Elle actionna l'interrupteur.

Cette vieille commode en bois couverte de stickers. Ces posters du LOSC, dont les joueurs emblématiques partageaient les murs aux côtés de ses autres idoles de l'équipe de France. Ce bureau d'angle criblé de rayures, de marques de crayons à dessin. Ces étagères remplies de mangas. Ce lit une place et sa couverture aux motifs asiatiques. Cette petite télé LCD reliée à la vieille Nintendo Wii…

À pas feutrés, Sylvia alla s'asseoir sur le lit, posa son ordinateur sur le bureau et attrapa un cadre photo. Elle le contempla et se laissa aller sur le dos.

Elle toucha du bout des doigts les branches de l'étoile de son pendentif en contemplant ce souvenir quelques secondes de plus.

Son cœur se serra.

Elle éclata en sanglots.

Après s'être calmée, la psychologue navigua pendant plus de deux heures sur les différents sites web du réseau national des comités de protection des personnes. Les interfaces vieillottes, peu intuitives et disparates la freinèrent sur sa lancée. Elle parcourut une présentation du CPP Sud-Méditerranée III, bourrée de statistiques sur son activité et comprenant une liste de ses membres actuels. Le groupe siégeait à Nîmes, Éric Meyer en était le médecin généraliste titulaire. Elle vérifia que Sébastien Kumanski n'y figurait pas, ce qui consolidait sa théorie, selon laquelle le professeur dépendait plutôt du groupe chargé de suivre le déroulé de l'essai clinique.

Les destins des deux médecins s'entremêlaient. Il était difficile de passer outre ce fait. Le cambriolage du cabinet de Meyer orientait l'investigation vers un élément manquant, crucial, qui attendait d'être découvert.

Sylvia réfréna son impatience et ferma le clapet de son PC. Puis elle quitta la chambre et se fit couler un bain bouillant comme elle les aimait. Elle s'y prélassa, les cheveux noués en un chignon haut, la peau rougie et le front luisant de transpiration, les paupières closes. Ses pensées convergèrent vers Jérôme, qui était en possession des photos du cabinet médical. Elle mourait d'envie de les voir et avait failli l'appeler pour cela. Mais il valait mieux éviter qu'il s'emballe, tire des conclusions hâtives ou, pire encore, agisse seul sur un de ses fameux coups de tête. Contrairement à la sienne, la conduite du lieutenant lui était dictée par ses émotions.

Sylvia devait trouver le dosage parfait. Pousser l'investigation mais sans aller trop loin, au risque de se mettre hors-jeu. Un numéro de funambule qui passait par la gestion des nerfs de Jérôme.

Une journée avait suffi pour qu'ils soient dans le collimateur de la hiérarchie. Le capitaine Bénezet n'était pas une menace mais le juge d'instruction, lui, se trouvait hors de son influence. Elle avait sous-estimé la force du lien qui unissait les deux hommes. Une erreur d'appréciation qui la contraignait à la prudence.

Elle ferait donc traîner les choses jusqu'à l'ouverture officielle de l'enquête. Au détriment de sa propre curiosité.

Le résultat serait le même.

15

Ses bras étaient si tendus qu'il sentait ses tissus sur le point de se déchirer. Ses tendons proches de la rupture. Ses poignets, clavicules et coudes près de se déboîter.

Une douleur intense et continue l'électrisait tout entier. Une autre, plus localisée, lancinante, lui perforait l'abdomen en de multiples endroits. Le tout l'empêchait de sombrer dans l'inconscience.

Il devait résister, adopter une posture droite, faute de quoi son propre poids aggraverait la charge pesant sur ses articulations. Facile à dire quand on était suspendu par un système de poulie, à pivoter légèrement de droite à gauche, la pointe des pieds nus effleurant la terre humide, sans véritable accroche.

Un comble pour un algologue.

À grand-peine, il leva le menton et, dans la pénombre, entraperçut ses mains jointes, entravées au-dessus de sa tête par des menottes en fer rouillé qui entamaient sa chair.

Il s'était résigné. Chaque minute, chaque seconde

qui s'égrenait sapait le peu d'énergie qui habitait son corps frêle.

Où se trouvait-il? Privé de ses lunettes, il ne distinguait qu'un vaste espace. Flou. Distendu. Le plafond semblait démesurément haut. Le vent s'infiltrait en sifflant au travers d'un accès gigantesque, transportant les effluves nauséabonds de paille souillée, d'urine et d'excréments.

La lourde porte s'entrouvrit dans un grincement strident.

Il frissonna.

La Bête était de retour.

Depuis quand était-il à sa merci? Des heures, des jours, des semaines? Il avait perdu la notion du temps.

Il distingua sa mâchoire proéminente, son crâne rasé et sa carrure bourrue de boxeur.

Il savait ce qui l'attendait.

Terrorisé, il se contorsionna, ne réussissant qu'à accentuer sa rotation et raviver le feu de ses blessures. Le sillon sanguinolent sur ses poignets se creusa. Un énième gémissement se perdit dans le bâillon solidement noué qui gênait sa respiration. Une plainte sourde qui se mua en un long râle étouffé lorsqu'il sentit le petit diamètre de la barre de fer chauffée à blanc s'insinuer encore une fois dans son abdomen, d'un coup franc. Ses yeux roulèrent dans leurs orbites et il lâcha prise. Mais le jet d'eau glacée qui suivit aussitôt le rappela auprès de son tortionnaire.

— Alors? murmura la voix rêche, teintée d'un fort accent.

La Bête lui arracha son bâillon d'un geste sec.

— C'est simple. Tu parles et j'arrête. Tu continues à te taire, ça sera pire.

— Puisque je vous dis qu'il n'y a rien d'autre !

Il désigna du menton l'ordinateur et la clé USB posés sur une petite table.

— Te fous pas de ma gueule !

Le poing du colosse s'écrasa sur sa joue, coupant court à toute repartie. Sa mâchoire émit un craquement sec. Il cracha un épais filet carmin qui atterrit sur le sol.

— Est-ce que je devrais aller voir ta femme et son p'tit cocker arrogant, histoire de vérifier que tu racontes pas de la merde ? Ça fait des semaines que je l'ai à l'œil, ta vieille, tu sais ? Elle se fait chier comme un rat mort, seule dans cette grande baraque. J'suis sûr qu'elle serait pas contre un peu de compagnie.

Son bourreau écarta les mains et agita les doigts à la manière d'un marionnettiste pour illustrer ses propos.

L'évocation de son épouse fit grimper la voix du supplicié dans les aigus.

— NON ! Non… S'il vous plaît… Laissez-la en dehors de tout ça… pitié ! Elle ne sait rien. Tout est là. Il faut me croire…

Brisé, il se mit à sangloter comme un gosse. Son ventre le faisait atrocement souffrir. Sa respiration était erratique. Sifflante. Élever la voix l'avait foudroyé, mais l'adrénaline qui dévalait ses veines continuait de mener la danse :

— Vous… vous n'avez qu'à le pirater, ce fichu PC. Vous verrez bien que… que je ne mens pas…

— C'est déjà fait, imbécile. Y avait rien dedans. Que dalle !

Il se figea, stupéfait.

— C'est impossible ! Je…

Il repensa aux échanges avec son compère. Aux dernières heures passées ensemble sur les hauts plateaux cévenols, à picoler et à refaire le monde.

Je ne vois qu'une seule explication. Même en tant qu'ami, il ne m'a jamais fait totalement confiance…

— Fini de jouer avec l'électronique. Moi, j'suis de la vieille école. Donc, je recommence. Soit tu parles, soit je la saigne, ta grognasse. Je prendrai mon temps, et je te rapporterai un petit souvenir.

— On n'était même pas sûrs que ça suffirait.

La Bête agrippa sa tignasse éparse et grisonnante et lui releva la tête.

— Et donc tu t'es cru malin en me faisant chanter ?

La Bête afficha une moue de dépit, puis le relâcha et recula de quelques pas. Peut-être que, à force de marteler qu'il ne savait pas, les choses finissaient par entrer dans la cervelle de ce type ? Il fallait toujours plus de temps à ces brutes sans jugeote pour assimiler les informations les plus évidentes.

Mais l'éclaircie fut de courte durée. Son cœur déjà malmené battit plus fort lorsque son ravisseur se dirigea vers la table, saisit l'ordinateur et l'explosa contre le sol en hurlant sa rage dans une langue inconnue.

La Bête se rapprocha à nouveau et lui attrapa

le cou à pleines mains. Bouche ouverte, les yeux écarquillés, le médecin suffoqua pendant de longues secondes avant que la tension sur sa trachée s'estompe.

— T'es p'têt plus con que ce qu'on pensait, au final. Mais crois pas qu'on en a fini avec toi…

La Bête fit craquer ses grosses phalanges en gloussant d'excitation.

— … Loin de là.

16

Anduze.

Vincent Santonja patientait dans sa voiture, en compagnie de deux de ses collègues. Las d'attendre l'autorisation officielle de fouiller le cabinet du docteur Meyer, il s'était mis à l'aise et piquait un petit somme, l'une de ces siestes éclair dont il avait le secret, lorsque son téléphone sonna.

Le major bondit sur son appareil, installé dans l'espace entre le volant et le compteur de son véhicule.

— Vous pouvez y aller, confirma Jérôme à l'autre bout du fil. L'instruction pour homicide est ouverte, le légiste a trouvé des traces d'empoisonnement chez Meyer. Je me suis occupé de la commission rogatoire.

— Vous êtes sûrs de ne pas vouloir venir ?

— Ce n'est pas l'envie qui manque, mais on n'a pas de temps à perdre.

La communication fut coupée puis le major reçut un appel vidéo.

Les visages éblouis par le soleil de Jérôme et

Sylvia recouvrirent l'écran. Ils se trouvaient dans la 308 du lieutenant, en stationnement sur un parking.

— Voilà, comme ça, on pourra tout suivre en direct.

— J'en déduis que vous avez trouvé quelque chose sur les photos que je vous ai envoyées hier ? s'enquit le major.

— Non, mais on dirait que Sylvia a une idée.

Une fois gantés, les trois gendarmes s'introduisirent dans le cabinet. Vincent suivit à la lettre les directives d'une Sylvia surexcitée et envoya ses collègues fouiller le bureau du médecin ainsi que les parties communes.

Lui-même se concentra sur le secrétariat.

— Et maintenant ?

Sur l'écran, la mine contrariée de Jérôme disparut subitement au profit du visage illuminé de la psychologue.

— Déjà, commencez par inverser la caméra, sourit Sylvia, un brin taquine.

Honteux de ne pas y avoir pensé avant, Vincent s'exécuta d'une pression sur l'icône correspondante.

— Parfait. On commence par un plan large. Voilà. Maintenant, balayez l'espace de gauche à droite. Doucement. Qu'on ait le temps de tout voir correctement.

— Comme ça ?

— Ralentissez. Attendez, revenez sur la gauche.

— Sur les deux armoires métalliques ? C'est le

bordel complet. Alice y entrepose toutes les bricoles que son patron lui rapporte.

— Sortez-les. Une par une. Je veux toutes les voir.

— Ne bougez pas.

Le major posa son cellulaire, le temps d'étaler l'ensemble des souvenirs sur le bureau. Pêle-mêle, on y trouvait des peluches, des jouets, des balles antistress, des stylos, des carnets de notes et d'autres accessoires de papeterie avec le logo de laboratoires français et étrangers.

— Vous cherchez un truc en particulier ?

— Oui et non, ironisa Sylvia. La petite Sanson est syllogomane.

Jérôme plissa les yeux.

— Elle souffre d'accumulation compulsive. En gros, elle entasse tout ce qui passe sous son radar. Peu importe la provenance ou la valeur des choses, si c'est utile ou non, elle ne jette rien.

— Un TOC, quoi.

— Assez lourd, si j'en juge par l'état de son salon. Si Meyer était proche d'elle, comme elle le dit, il ne pouvait pas l'ignorer. Donc, si j'étais à sa place et que je cherchais à cacher quelque chose dans mon cabinet médical…

— … Je le planquerais à son insu au milieu de son foutoir, compléta Jérôme. Bien vu. Mais il aurait aussi pu dissimuler ça chez elle, non ?

— Ça m'étonnerait. Les gens adorent garder un œil sur leurs trésors et pouvoir y accéder n'importe quand, ne serait-ce que pour vérifier qu'ils sont toujours là.

Vincent continuait de promener son smartphone dans les recoins de l'antre de la secrétaire. Il prit l'initiative de vider les deux boîtes en plastique dégotées sous le meuble de l'imprimante, exposant une cinquantaine de bibelots supplémentaires à ses collègues.

Au même moment, l'un des deux brigadiers revint de sa fouille en secouant la tête.

— RAS, major. Je n'ai strictement rien trouvé d'intéressant et… Putain, désolé, mais ce truc me file les jetons. C'est quoi ça ? Une hydre ?

— Faites voir…

— T'as pas les yeux en face des trous, répliqua Vincent. Tu ne vois pas que c'est…

— C'est pas un peu fini, les gars ? beugla Jérôme pour récupérer l'attention du major.

— Montrez-nous ça de plus près, ajouta Sylvia.

— C'est une statuette. Avec trois femmes dessus… Non, trois filles.

Il fit lentement pivoter la figurine en albâtre de très belle facture devant la caméra du téléphone.

— Elles ont la tête et les mains bandées. Seul leur nez dépasse. On dirait… qu'elles se protègent. C'est vrai que c'est bizarre.

— Elles se protègent ?

— Je pense, oui. La première se plaque les mains sur le visage, comme si la lumière l'agressait. La deuxième se bouche les oreilles avec ses paumes, comme si le bruit autour d'elle l'assourdissait. Et la troisième, la plus petite, se couvre la bouche de la main droite, comme pour étouffer un cri. Les détails sont minuscules, je ne pense pas que vous puissiez les voir correctement.

— Et le socle ? Est-ce qu'il y a une inscription ?

Sur la base, le major distingua un nom, gravé sur une petite plaque dorée.

— ALGEA. C'est quoi ?

— C'est une représentation des Douleurs, bondit la psychologue, survoltée. Dans la mythologie grecque.

Un *cloc* se produisit après que le major eut secoué la statue, et les regards se croisèrent.

17

De retour au commissariat, flanqué de Sylvia, Jérôme parcourut d'un pas décidé le couloir menant au bureau de Luc Bénezet. Comme chaque fois qu'il revenait de vadrouille, la porte s'ouvrit avant qu'il ait toqué.

D'un naturel paranoïaque, éternel angoissé, le capitaine surveillait sans cesse son équipe. Jérôme et Sylvia figuraient au centre de son radar à emmerdes.

— Paoli m'a prévenu de votre petit coup de fil pour les perquises à Anduze. Vous n'avez pas perdu de temps, à ce que je vois. Des avancées ?

Jérôme secoua la tête et demanda avec malice s'ils pouvaient au moins aller se chercher un café avant de faire leur compte rendu. Quelques minutes plus tard, tous trois s'enfermèrent dans le bureau du capitaine et le débriefing – ou plutôt la purge – débuta.

— Sylvia a mis la main sur quelque chose d'intéressant dans le cabinet de Meyer.

Bénezet déglutit tandis que la psychologue lui décochait son plus beau sourire.

Buste en avant et coudes sur les genoux, elle se lança dans l'une de ses tirades pompeuses et professorales. La manière dont elle le fixait filait des frissons au capitaine.

— Il ne fait aucun doute que Meyer et Kumanski appartiennent à un même réseau. Éric Meyer était un des membres titulaires du comité de protection des personnes Sud-Méditerranée III. Ce groupe siège au CHU une fois par mois, pour donner son opinion préalable à la mise en place d'essais cliniques. Meyer était là en 2016 et il a donc connu Eris, ainsi que l'essai qui a causé des AVC chez neuf patients dont trois sont décédés. Quant à Kumanski, je n'ai rien trouvé pour l'instant, mais puisqu'il a prévenu Jérôme de l'AVC de sa femme, il est forcément impliqué, lui aussi.

— Tout ça m'a l'air de tenir la route, marmonna Bénezet. Mais quel est le rapport avec Eris ?

— Attendez la suite, répondit Sylvia sur un ton sec.

Jérôme interrogea Sylvia du regard mais celle-ci poursuivit, imperturbable.

— Il y a trois ans, Eris a échappé à toute condamnation. Nombreux sont ceux qui leur en veulent. Je me suis donc demandé : qu'est devenue cette boîte ? Deux hommes liés à ce passé qui refont surface le même jour, ça fait beaucoup. Ma petite voix m'a susurré l'idée de me pencher à nouveau sur Eris. Hier, j'ai donc fouiné sur le Net. Je voulais retracer leur parcours. Ils s'intéressent au traitement de la douleur et aux maladies chroniques. Leur développement a été fulgurant. Après la catastrophe de 2016, ils se sont faits discrets… et ont changé de nom.

— C'est donc ça, le rapport avec cette statuette bizarre ! s'exclama Jérôme.

— Exactement. Eris est *devenue* Algea. Pour une boîte qui fait son business sur l'algologie, c'est-à-dire l'étude des douleurs, c'est édifiant, non ?

— Désolé d'insister, osa le capitaine en pesant ses mots pour ne pas attiser le courroux de la psychologue. Mais encore une fois, pourquoi se focaliser sur eux ? Ces deux médecins ont suivi un grand nombre d'essais cliniques conduits par d'autres firmes, que je sache.

— Eris est la seule à s'être trouvée au centre d'un scandale ces dernières années.

— Les victimes sont des médecins, d'accord, mais puisqu'ils se fréquentaient en dehors du travail, le mobile pourrait tout aussi bien ne pas être lié à leur profession, non ? s'enhardit Bénezet.

— Vous le croyez vraiment, capitaine ? s'insurgea Sylvia.

Elle lui colla l'écran de son smartphone sous le nez.

— Ce que vous voyez là, c'est une représentation des Algea, personnifications de la douleur, du chagrin et de la détresse. Ce sont les *filles* d'Eris, la déesse de la discorde. On a trouvé ça dans le cabinet de Meyer. Que voulez-vous de plus ?

Le capitaine se figea devant le ton glacial de la psychologue et le cliché rebutant de la sculpture.

— Bordel…

Silencieux devant l'échange tendu qui se jouait, Jérôme mit quelques secondes pour se convaincre de la pertinence des conclusions que son cerveau surmené venait de tirer.

— Tu pars de très loin, commença-t-il, mais ça mérite qu'on s'y intéresse. Si ces enfoirés sont vraiment de retour et qu'on a une chance de se les faire, je ne les lâcherai pas, crois-moi !

— La coïncidence est trop grosse pour qu'on l'ignore.

Luc Bénezet se leva, jeta son gobelet vide dans la poubelle, posa ses fesses sur le rebord de son bureau et malmena sa tignasse grisonnante.

— Je me demande si je fais bien de vous laisser sur cette affaire ensemble. Lontano, je compte sur toi pour tempérer Cazenave. Si Eris… ou plutôt Algea est vraiment mêlée à tout ça, vous avez intérêt à me tenir au courant de chacune de vos actions, c'est clair ? Interdiction formelle d'agir comme vous l'avez fait hier. Vous avez un plan ?

— On doit examiner la statuette, expliqua Sylvia. Et il faudrait qu'on se rapproche du comité auquel appartenait Meyer. Si Algea a été active récemment, on en trouvera la trace.

— Je doute qu'on puisse leur demander aussi facilement. Cette fois, *je* me charge d'obtenir une commission rogatoire, histoire de couvrir nos arrières. Ensuite, on commandera à bouffer. Vous m'épuisez. Je crève de faim.

Jérôme trouvait son supérieur bien complaisant avec sa collègue. Ça ne lui ressemblait pas.

À croire qu'elle l'avait ensorcelé.

18

Rongé par la curiosité, le major Santonja avait remis le scellé en mains propres à la PJ de Nîmes, mais il tenait à être présent lors de la fouille du domicile d'Éric Meyer. Il s'éclipsa donc peu après s'être joint au déjeuner à la bonne franquette qui battait son plein dans le bureau du capitaine Bénezet.

Munie de gants en latex pour ne pas souiller la statuette, Sylvia avait du mal à contenir son excitation. Elle extirpa l'objet de sa nacelle en plastique. Le soupesa. L'examina sous tous les angles.

Ces trois gamines en albâtre finement taillées dans leur masque de souffrance la mettaient mal à l'aise. La psychologue leva les yeux et comprit qu'il en était de même pour ses collègues.

Que Meyer possède une copie des Douleurs, probablement un bibelot refourgué lors d'un des événements médicaux ou pharmaceutiques qui émaillaient chaque année l'Hexagone, signifiait qu'il avait probablement côtoyé Algea.

La piste était chaude.

Fébrile, elle se focalisa sur le socle de l'objet. Trouva une prise et déclipsa la base, révélant une clé USB noire, sobrement libellée « 2 » au marqueur gris.

Voilà donc ce que cherchait l'assassin. Des données dont la valeur justifiait les précautions prises par Meyer pour les dissimuler. Toute personne concernée par les infos contenues dans cette clé viendrait assurément garnir la liste des suspects du meurtre de Meyer.

Sylvia se tourna vers Bénezet.

— On doit y jeter un œil tout de suite.

— Cette pièce à conviction devrait déjà être au labo, rétorqua le capitaine.

Elle posa la main sur son portable en même temps que son visage se fermait.

— Au point où on en est…, céda Bénezet.

— Merci, capitaine, sourit la psychologue sous les yeux médusés de Jérôme.

Elle sortit sa tablette de son sac, puis y inséra le précieux sésame. Elle ouvrit le premier fichier apparu automatiquement, nommé « Intentions », et découvrit une longue note.

Si vous lisez ces lignes, c'est que mon plan a échoué. Que vous avez été amenés à fouiller mon cabinet dans le cadre de l'enquête sur ma disparition, ou pire encore, sur ma mort. […]

Avant toute chose, je tiens à dire que je ne pouvais plus vivre avec le poids de toutes ces vies brisées sur la conscience. Ma passion, ma dévotion pour mes patients, c'est tout ce que j'ai.

Lorsque de graves incidents se sont produits, je me suis dit qu'il fallait à tout prix que j'agisse, pour que les coupables soient poursuivis et punis. Il était hors de question de fermer les yeux. […]

Je comptais alerter la police depuis un certain temps déjà, pour partager mes doutes sur les pratiques d'Algea, une compagnie qui a présenté son dernier protocole thérapeutique au comité dans lequel je siège. Nous avons émis de sérieuses réserves sur ce protocole mais, malgré tout, Algea a pu conduire ses essais de phase 1 comme prévu, en début d'année. […]

Vous trouverez dans le second fichier de cette clé tout ce que j'ai pu collecter sur eux, ces derniers mois. Je crains que ce ne soit pas assez pour les inquiéter, mais je manque de temps. J'ai l'impression qu'on me surveille. […]

— Voilà qui répond à l'une de mes questions, commenta Sylvia. Algea a bien été active, et tout récemment avec ça ! Par contre, ce sont des essais de phase 1. Eris a été épinglée pour des essais de phase 2.

Bénezet parcourait la missive avec l'air contrit de ceux qui anticipaient les ennuis.

— Quelle est la différence ?

— Pour faire court, les essais de phase 1 concernent des patients sains, tandis que ceux de phase 2 se déroulent avec des patients atteints de la maladie cible.

Étrangement silencieux, Jérôme, obnubilé par le document, reprenait le même teint cireux que la veille. Inquiète, Sylvia fit défiler l'écran tactile et replongea dans les confessions du médecin.

Grâce à mon collègue et ami proche, Sébastien Kumanski, et après avoir longuement insisté auprès de lui, j'ai pu ajouter à mes constatations un échantillon de données issues de leur dernier essai clinique. C'est ce qui m'a décidé à passer à l'action sans plus tarder.

Pourquoi ai-je laissé tant d'années s'écouler sans agir ? La peur, sans doute.

Mais pas seulement.

Il m'a fallu un temps fou pour me convaincre que mes soupçons étaient fondés. Et encore plus pour que Sébastien partage mon avis et accepte de m'aider. Quand je lui ai parlé de mon plan, il a commencé par me dire que nous étions en position de force. Que ça lui donnait des idées. Qu'on pouvait faire beaucoup mieux que de tout balancer à la police.

Qu'on pouvait être riches.

Il projetait d'utiliser ces données pour faire chanter Algea. Obtenir d'eux qu'ils paient très cher en échange de notre silence. De quoi tout plaquer. Changer de vie. Profiter d'une retraite dorée.

J'ai bien sûr refusé, j'ai essayé de le convaincre que ce genre de combines nous perdrait. De nombreuses semaines se sont écoulées avant qu'il abandonne cette idée idiote.

Sébastien a toujours eu un rapport malsain à l'argent et, si vous me lisez, c'est que sa cupidité a fini par l'emporter et qu'il a mis son plan à exécution sans m'en avertir.

Cette clé est une copie de

sauvegarde, connue de moi seul. L'originale, qui contient uniquement notre rapport commun, doit être en sa possession. À moins qu'elle ne soit entre les mains d'Algea.

— Putain, j'en étais sûr ! éructa Jérôme en se levant brusquement, renversant son café au passage. Kumanski est un sale petit enfoiré de première.

Il se baissa pour ramasser le gobelet et le comprima dans son poing.

— Bordel, Cazenave ! s'emporta Bénezet.

— Meyer se sentait surveillé, précisa Sylvia. Je doute que son confrère ait eu besoin de l'épier avant de passer à l'action.

— Lontano a raison, approuva le capitaine.

— Quoi qu'il en soit, cette ordure s'est barrée avec les données, contra Jérôme. Il a forcément quelque chose à se reprocher. Et pour poursuivre votre raisonnement, imaginez que Kumanski soit après Meyer et que, dans le même temps, Algea soit après les deux médecins. Une double chasse. Ça tiendrait la route, non ?

— Ce qui m'échappe, c'est que le comité a certes exprimé des réserves sur le protocole d'essai clinique, mais qu'il a finalement émis un avis favorable. Ça arrive à plus d'un labo, ce genre de mésaventures, fit remarquer Sylvia. Meyer les a sûrement gardés en ligne de mire. Et la vérité, c'est qu'il est mort avant de pouvoir les inquiéter…

Jérôme, qui arpentait la pièce de long en large

comme un automate, reprit soudain place près de la psychologue.

— Et l'autre fichier donne quoi ?

Sylvia tapota sur la seconde icône, dévoilant un rapport compilé par les deux praticiens. Celui supposément utilisé par Kumanski pour faire chanter Algea.

Études précliniques aux conclusions douteuses, méthodologie discutable, zones d'ombre. Un incident reporté lors d'un essai clinique, sans que figure de date ni de preuve concrète.

Ce n'était ni plus ni moins qu'un amas désordonné de soupçons. Loin d'être dupe, Meyer supposait que ce serait trop peu, en l'état, pour aller plus loin.

Sylvia partageait son avis.

Pourtant, le rapport avait atteint son but : attirer leur attention sur les activités d'Algea. Et à voir la rancune tenace qui bouillonnait en Jérôme, le défunt généraliste pouvait se targuer d'avoir réussi au-delà de ses espérances.

19

Effervescence dans le service de pneumologie.

Jérôme et Sylvia avaient bravé le périphérique et ses fameux ronds-points à feux tricolores, spécialité nîmoise, pour gagner le CHU, où ils avaient rendez-vous avec l'un des membres du comité où siégeait Meyer.

Le lieutenant aperçut le sexagénaire qui traversait la cohue à petites foulées, slalomait entre deux infirmières en grande discussion, une aide-soignante poussant un patient en fauteuil roulant et une famille qui déambulait à la recherche de la chambre où séjournait l'un des leurs. Sa blouse blanche tendue à l'extrême par l'embonpoint qu'il trimbalait comme une bouée de sauvetage, l'homme haletait. Jérôme le vit dodeliner et tirer la langue, à bout de souffle.

— Professeur Charles Ferrand. Désolé du retard, mais j'ai une journée de dingue. Ne perdons pas de temps.

Ils se présentèrent. Ferrand leur offrit une poignée de main molle et les précéda dans une pièce moderne dotée d'une grande bibliothèque débordant d'ouvrages de médecine et de philosophie. Au centre de l'espace trônait son bureau, qui disparaissait sous les dossiers aux couvertures colorées.

— Éric était un homme bon et un excellent médecin, lança-t-il sans préambule. Son éthique était irréprochable. C'était son second mandat d'affilée en tant que titulaire au sein du comité. Il était fait pour ça. On voyait que ça le passionnait.

Sylvia, comme à son habitude, s'intéressa aux rapports humains au sein du comité.

— Je n'ai jamais vu d'engueulades, répondit le professeur. Des désaccords, oui. Des débats houleux, oui aussi. Mais c'est notre boulot, justement. Échanger nos points de vue et statuer en gardant en tête que tout se fait dans l'intérêt suprême du patient.

— Est-ce que vous pouvez nous parler d'Algea ?

Surpris par le brusque changement de braquet de la psychologue, Ferrand esquissa un petit mouvement de recul, tout en redressant la monture de ses lunettes.

— C'est donc d'eux qu'il est question. Ne me dites pas qu'il y a un lien… Algea est une entreprise, pas une mafia !

— On est en droit d'en douter, répliqua Jérôme. Il n'y a qu'à voir votre réaction. Que pouvez-vous nous dire sur eux ?

— Hormis qu'il s'agit du nouveau nom d'Eris et que leur organigramme a subi un petit lifting, crut bon de préciser Sylvia.

— Je vois que vous êtes déjà très bien renseignés.

Ce n'était pas un secret, mais j'ai été étonné qu'ils soient aussi vite sur les rails après l'échec de leur essai de 2016 pour un nouveau traitement contre la maladie de Crohn…

Ferrand triturait le bracelet en carbone de sa montre automatique.

— L'année dernière, notre comité s'est prononcé en faveur de leur nouveau protocole thérapeutique. Un essai de phase 1, qui a démarré en janvier. Pour l'instant, tout se passe correctement.

— Malgré l'incident qui a eu lieu ?

— Pardon ?

Le professeur la considéra comme si elle venait de dire la bêtise du siècle.

— Il n'y a eu aucun incident, madame Lontano. Nous l'aurions su.

— C'est ce que soutient le docteur Meyer, expliqua Sylvia, mais sans réelle preuve à l'appui. Il comptait certainement apporter son témoignage pour donner du crédit à l'ensemble. Avec sa mort, tout cela restera un mystère…

— C'est étrange qu'il n'ait pas au moins partagé ses soupçons. Surtout vu le scepticisme général au sujet d'Algea, fit remarquer Ferrand en écartant les bras.

— Comment ça ?

— Même si notre comité a émis un avis positif, c'est passé de justesse. C'est le collège social de la commission qui a fait pencher la balance.

Jérôme, qui sentait que la discussion devenait technique, s'agita sur sa chaise en se raclant la gorge.

— Le collège social ?

— Le CPP est composé à parts égales de membres de la communauté scientifique et de la société civile, expliqua Sylvia.

— OK, je vois. Donc, sans utiliser votre charabia, si on s'était appuyé sur les seules recommandations des experts, leur dossier ne serait pas passé.

— Très probablement, admit Ferrand. Et les raisons sont multiples. La plus importante étant que les données des essais précliniques sont trop peu significatives…

Le pneumologue coupa court à son explication quand Jérôme traduisit sa gêne par un toussotement bien senti.

— Enfin, je vous passe les détails, ce serait trop long et compliqué. Retenez juste que ça s'est joué à rien pour que l'essai clinique n'ait jamais lieu.

Sylvia le remercia pour sa franchise.

— En revanche, ça n'explique pas l'acharnement d'Éric, ajouta-t-il. C'était un homme intègre, capable d'accepter qu'un protocole soit approuvé sans qu'il ait voté pour.

Impatient d'en finir, Jérôme posa les mains à plat sur la table.

— Je récapitule : Algea a eu le feu vert tandis que Meyer voyait rouge. Et il n'en démordait pas, chose inhabituelle chez lui, j'ai bon ?

Assentiment muet du pneumologue et de la psychologue.

— On n'est pas beaucoup plus avancés, dans ce cas. Si ce n'est qu'un médecin comme lui ne se mettrait pas à remuer ciel et terre à moins de reconnaître une injustice. Ou pire, à moins d'avoir des remords.

Ce dernier mot eut le mérite de relancer Sylvia, plongée dans ses pensées.

— « Pourquoi ai-je laissé tant d'années s'écouler », récita-t-elle.

Face à l'incompréhension de Ferrand, Sylvia crut bon de s'excuser.

— Je citais le docteur Meyer dans la note qu'il a laissée derrière lui. Il évoque aussi quelque chose d'« impensable » qui se serait produit. J'avais un doute, au fond de moi, j'espérais qu'il ne parlait pas de *ça*. Mais je dois me rendre à l'évidence…

— Vous pensez qu'il fait référence à l'essai clinique de 2016 ? présuma Ferrand.

Il expira avec la force de celui qui en a gros sur le cœur.

— Éric n'a jamais cessé de douter de cette compagnie. Et il n'est pas le seul. Je siégeais déjà au comité, à l'époque, tout comme lui. En tout, quatre personnes du collège scientifique ont vécu ce cauchemar de l'intérieur et ont été reconduites dans leurs fonctions.

— Sur la base de leurs compétences ?

— J'ose l'espérer, oui.

— Et le collège social ?

— Les sept membres en place actuellement sont nouveaux.

— Que vous dit votre instinct ? interrogea Sylvia.

Désarçonné, Ferrand se laissa aller contre le dossier de sa chaise. Un léger sourire éclaira son faciès strié par la fatigue.

— Éric ne se serait jamais comporté comme il l'a fait sans une bonne raison.

~

Jérôme et Sylvia regagnèrent le parking battu par le mistral. Ils traînaient des pieds à l'ombre des platanes, l'esprit accaparé par les théories qui fusaient à tout va. L'entêtement de Meyer ne devait pas être pris à la légère.

— Kumanski est coupable, Syl. Il a fait ça pour les thunes. À moins qu'il bosse carrément pour Algea ? Dans les deux cas, ça nous conduit au même résultat. Il s'est débarrassé de Meyer et s'est volatilisé ensuite.

— Ce ne sont que des suppositions, Jérôme.

— Le rapport que contenait la clé USB faisait mention d'un couac dans l'essai démarré cette année. Pourtant, Ferrand n'a pas l'air au courant. Ça prouverait que Kumanski a fermé les yeux.

Sylvia marqua le pas.

— À moins qu'il ait subi des pressions pour dissimuler l'incident. Auquel cas, il serait considéré comme une victime.

— On aurait très bien pu le payer pour qu'il la ferme, aussi. Tout comme les membres issus de la société civile de ce fichu comité de protection.

— Du lobbying ?

— Oui, voilà. Que ce soit l'un ou l'autre, une chose est sûre : si c'était moi, j'aurais pas envie que ça se sache, insista Jérôme. Kumanski pouvait craindre un retour de bâton de la justice. C'est pour ça qu'il a hésité avant d'accepter d'aider Meyer.

— Ça se tient. Mais quoi qu'on pense, on doit faire gaffe. Si on se trompe, on n'aura pas de seconde chance.

— Dernière possibilité : dès le départ, Kumanski n'avait aucune intention de s'allier à son collègue. Ça collerait avec ce que je vous rabâche depuis des lustres !

— De toute façon, on doit mettre la main sur lui. Pour ça, j'ai besoin de me faire une meilleure idée de son profil psychologique. Allons interroger sa femme.

Le téléphone de Jérôme retentit.

— Qu'est-ce qui ne va pas ? lança Sylvia en voyant son air catastrophé.

Il raccrocha, assommé.

— On rentre à la PJ. Madame Kumanski attendra. On vient de retrouver le corps de son mari.

20

La vue du sang repoussait Sylvia. Raison pour laquelle Jérôme l'avait laissée en tête à tête avec Bénezet.

Trente-cinq minutes de route furent nécessaires pour rallier Aramon. Sa berline s'enfonça dans la garrigue sur près de trois kilomètres, au gré de chemins toujours plus étroits. Au détour d'une courbe serrée, il se fit une belle frayeur lorsqu'il manqua d'emboutir une ambulance qui fonçait en sens inverse, toutes sirènes hurlantes.

Il s'engagea ensuite sur un tronçon caillouteux, bouffé par la végétation et constellé de nids-de-poule. Tout au bout, une flopée de véhicules obstruait la voie, indiquant que ses collègues étaient déjà sur les lieux.

Envahi par les herbes folles, les détritus en tous genres et les restes de ce qui évoquait un squat assez récent, le terrain clôturé paraissait abandonné depuis des lustres. Au centre de ce décor désolé, à l'ombre de trois immenses oliviers sauvages, une bâtisse aux vitres brisées, colonisée par le lierre, s'élevait sur deux étages. Fébrile dans sa robe de pierres érodées, surmontée d'un toit en tôle ondulée et rouillée, la structure se tenait seule, à l'écart du monde, vacillante et ouverte aux quatre vents. Près du seuil, Jérôme aperçut deux gars de la police technique et scientifique affairés autour d'une vieille Clio grise à l'aile droite rafistolée à gros bouts de scotch.

Lorsqu'un trentenaire de taille moyenne au physique fluet se glissa entre les énormes battants en bois gonflé de l'entrée, laissant apparaître le brassard orange qu'il portait au bras gauche, le lieutenant sut que les choses se compliquaient. Il porta une main sur son front et jura intérieurement.

Bénezet, cet imbécile fini ! Qu'est-ce qu'il ne pige pas dans « Je gère seul » ?

Le capitaine commençait à flipper et à rameuter toutes les forces vives à sa disposition. Signe évident que la situation lui échappait, lentement mais sûrement.

Jérôme ravala ses états d'âme quand le lieutenant Fabien Perez le remarqua et le gratifia d'un ersatz de salut militaire. Opposés tant sur leurs méthodes de travail que sur leur carrure – Perez ressemblait à un ado maigrichon en grève de la faim –, les deux hommes, issus de l'école de police de Nîmes, ne se détestaient pas pour autant. Ils se *supportaient*. Leur rivalité factice était surtout le fruit des atermoiements et des errances décisionnelles de leur hiérarchie, dont le jeu favori consistait à les mettre en compétition permanente.

— Salut, Caze. Alors, prêt pour une virée en enfer ?

— Qu'est-ce que tu fous là ?

Les frêles épaules de Perez semblèrent se désarticuler quand il les haussa.

— J'obéis aux ordres, ma foi. Et c'est pas tous les jours qu'on a autant de morts sur les bras en si peu de temps.

Perez le conduisit dans le bâtiment où un fumet âcre l'agressa d'emblée.

— Je penche pour une ancienne ferme, un truc du genre, précisa son collègue en se couvrant le nez. C'est gigantesque. Il reste un tas de matos d'élevage, et ça pue la merde !

Main en coupe sur les voies respiratoires, Jérôme n'écoutait que d'une oreille. Son attention se dirigeait vers un curieux système de suspension. Juste à côté, les techniciens s'affairaient autour de la dépouille de l'homme qu'il haïssait.

Peau crasseuse, pommettes enfoncées, yeux révulsés, marques persistantes sur le cou : l'asphyxie était la cause probable du décès, après un passage à tabac sur le sol terreux. Le légiste, encore en retard – pour changer – se chargerait de le confirmer.

Jérôme ne savait pas quoi penser. Que faisait le cadavre de Kumanski dans cet endroit reculé ? Le vieux avait été séquestré et torturé, à en juger par l'état de ses poignets et les auréoles sanguinolentes qui maculaient les lambeaux de sa chemise.

Sylvia avait eu raison de supposer que l'algologue était *lui aussi* une victime.

— Il y avait quelqu'un d'autre, lui indiqua Perez

en pointant du doigt la mare de sang noirâtre, à quelques mètres du corps du professeur. L'assassin, j'imagine ? Je l'ai vu avant que le SAMU l'embarque. Pas bien grand, pas bien costaud non plus. La peau basanée. D'après les papiers retrouvés en sa possession, il s'appelle Alexandre Rama. C'est lui qui a prévenu les secours.

Jérôme se remémora le coup de chaud, lorsque sa Peugeot avait failli faire connaissance avec l'ambulance.

— Dans quel état est-il ?

— Son pronostic vital est engagé. C'est tout ce que je sais. On dirait que Kumanski a réussi à se défaire de ses liens et à se défendre. Ça a dû être violent. Regarde-moi un peu l'état de ses mains.

Perez désigna ensuite le dispositif fixé en hauteur.

— Il a dû tirer comme un dingue pour les glisser hors de ces espèces de menottes du Moyen Âge. Presque toute la peau a foutu le camp. C'est dégueulasse.

Jérôme se concentra sur les mains de l'algologue, rouges de sang, les tendons à vif et les os visibles par endroits.

— Un truc m'échappe. Admettons que Kumanski se libère, tente de s'échapper et tombe sur Rama, qui le séquestrait. Les deux se battent…

Jérôme pointa du doigt le scellé contenant un couteau de boucher qu'un technicien transmettait à un collègue.

— Comment le professeur a-t-il mis la main sur cette arme ?

— Il a dû la piquer à son geôlier, d'une manière

ou d'une autre. Qu'est-ce que tu dis de ça : Rama se fait surprendre, perd son arme mais retourne la situation. Kumanski finit au sol, sur le dos. Rama se jette sur lui, l'affaiblit en le tabassant et l'étouffe pour finir le boulot.

— C'est là que le vieux riposte. Du bout des doigts, il attrape le couteau et poignarde son assaillant, sans pour autant se libérer de son emprise.

— Tu vois, ça se tient, Caze. Rama tue Kumanski. Puis il trouve la force d'appeler le SAMU…

— Je trouve le scénario déjà limite, mais là ça devient n'importe quoi. Tu seras d'accord pour dire qu'on voit rarement ça, un tueur qui se loupe à ce point, non ? ironisa Jérôme.

Pourtant, l'appareil de torture renvoyait l'impression d'un acte prémédité. Rama avait-il agi pour son propre compte ? Ou pour celui d'Algea, en éliminant les deux médecins ainsi que tout élément compromettant ?

Il ne fallait écarter aucune hypothèse.

Toutes les théories sont plausibles. Même les plus dingues.

C'est ce que Sylvia aurait dit, si elle avait été là.

Jérôme n'espérait qu'une chose : que Rama s'en tire. Ou qu'il vive juste assez pour qu'il puisse lui arracher des aveux.

— Eh, Caze, tu roupilles ? T'as vraiment l'air à côté de tes pompes, aujourd'hui.

Perez, fidèle à lui-même, était incapable de réfléchir en silence. Jérôme se rendit compte à cet instant qu'une seconde grande gueule manquait à l'appel.

— Où est Escande ?

Il revint vers la zone du drame aux odeurs pestilentielles, talonné par son collègue.

— Le commandant ne bosse pas aujourd'hui, répondit l'un des techniciens sans lâcher ses occupations. Il risque de ne pas revenir avant un bon moment.

— Rien de grave ? s'informa Jérôme.

— Un truc perso, je crois.

— OK, on va faire sans, alors. Vous avez les papiers du suspect ?

— Sous scellés, oui. On termine et tout part au labo dans la foulée.

— Laissez-moi y jeter un œil. Juste deux secondes.

21

Sylvia retrouva un paradoxal semblant de quiétude lorsqu'elle se présenta devant les Fleurs du Malt, une brasserie très animée située à quelques encablures des locaux de la police judiciaire, juste à côté de la gare de Nîmes-centre. Alors que les rayons du soleil se faisaient moins vivaces, elle trouva une table en terrasse et commanda un thé glacé pour calmer ses envies de meurtre.

Après le coup de fil de Jérôme depuis la scène de crime, elle avait eu un échange houleux avec le capitaine Bénezet. Une véritable passe d'armes au sujet de l'identité et du comportement inhabituel d'Alexandre Rama, l'assassin présumé du professeur Kumanski.

Urgence vitale ou non, elle trouvait juste improbable que cet homme se jette volontairement dans leurs filets, avec la certitude d'en découdre avec la justice si par miracle il se rétablissait. Cette théorie enchantait au contraire le capitaine, pour qui les explications les plus simples étaient les meilleures.

« On tient le coupable des deux homicides », lui avait-il soufflé, soulagé.

Frustrée par tant de bêtise, Sylvia sentait le vent tourner. Bénezet lui avait tenu tête. Et même si elle avait de quoi le forcer à la laisser agir à sa guise, le juge Paoli, lui, était intouchable. Et il s'était rangé du côté du capitaine.

Elle devait emprunter les méthodes de Jérôme et agir en catimini.

Une recherche rapide sur le Net concernant le numéro de téléphone trouvé dans les papiers de Rama, communiqué par Jérôme, permit à Sylvia de relier sa cible à un centre d'hébergement et de réinsertion sociale du nord de la ville.

~

Le CHRS de Nîmes se trouvait au beau milieu des collines boisées, dans la zone de Courbessac, à quelques encablures de l'école de police. Loin des grands axes et de l'agitation de la ville.

Jérôme était passé chercher Sylvia devant la gare.

Le soleil avait cédé sa place à une chape de nuages bas. La pluie, drue, était de la partie depuis une dizaine de minutes. Entre les gouttes, les villas aux façades noircies par le temps se succédèrent à mesure que la route, à peine assez large pour un véhicule, gagnait en hauteur. Jusqu'à déboucher sur un embranchement en Y où Sylvia repéra un panneau.

« Maison d'accueil spécialisée des Genévriers. »

Jérôme avança dans l'allée bordée de cyprès et se gara sur le premier emplacement disponible.

— À partir de maintenant, je gère, annonça Sylvia, sur un ton qui ne souffrait aucune contestation, même de la part de son partenaire.

Ils descendirent du véhicule et se hâtèrent jusqu'au bâtiment principal. Après un échange courtois émaillé de questions précises qu'elle négocia avec assurance, la psychologue obtint d'Isabelle Chaumard, la directrice, une cinquantenaire aux cheveux mauves et au visage rieur, la permission d'accéder au logement d'Alexandre Rama. D'après la dirigeante, ce dernier débarquait de l'autre côté de la Méditerranée et résidait aux Genévriers depuis moins d'un an. Un dossier compliqué : chômeur de longue durée, aucune famille connue. Sa maîtrise hésitante de la langue de Molière l'empêchait de s'exprimer comme il le voulait. Malgré ce tableau peu reluisant, son projet de réinsertion sociale progressait de manière satisfaisante. L'événement qui l'impliquait à Aramon marquait un vrai coup d'arrêt dans la vie du centre.

— Est-ce qu'il va bien, au moins ? s'inquiéta-t-elle.

— Il est pris en charge au CHU à l'heure qu'il est. Je vous tiendrai au courant dès qu'on en saura davantage sur son état de santé. Il n'y a vraiment personne à prévenir dans son entourage ?

La directrice secoua la tête, dépitée.

— Hasan, son seul ami, nous a quittés en début d'année.

— Il s'est sorti de la galère ?

— Il est décédé.

Un ange passa dans le bureau.

— C'était un chic type, reprit Chaumard, très apprécié de tout le monde. Dès l'arrivée d'Alexandre, il l'a pris sous son aile, l'a aidé à s'installer, à s'orienter… Alexandre ne s'en est jamais vraiment remis, d'ailleurs.

— Comment son ami a-t-il perdu la vie ?

— Accident de travail.

— Pourriez-vous nous donner son état civil complet ?

Émue, Mme Chaumard posa ses lunettes sur son bureau et se pinça l'arête nasale entre le pouce et l'index.

— Hasan Halimi. Il avait cinquante-trois ans et vivait ici depuis début 2018. Il a perdu sa femme et sa fille en traversant la Méditerranée.

— C'est terrible. Malheureusement, les tragédies, ce n'est pas ce qui manque, ici…

La directrice hocha la tête. Un courant d'empathie s'établit entre les deux femmes.

— Merci pour ces précieuses informations, éluda Sylvia. Si ça ne vous dérange pas, on va…

— Non, allez-y. Pardon. On se retrouve une fois que vous avez fini. Tenez, prenez ses clés.

— Merci encore, on ne sera pas longs.

Le logement, minuscule et équipé du minimum syndical, brillait comme un sou neuf. La liasse de papiers entassés à côté d'une petite télé à écran plat attira d'emblée l'attention de Sylvia, qui s'en empara et donna la moitié à son comparse.

Jérôme épluchait les documents en lien avec la recherche d'emploi d'Alexandre Rama. Contrats de missions en intérim, fiches de paie, avis d'allocations… Cela couvrait dix mois, ce qui collait avec ce que leur avait confié la directrice sur sa date d'arrivée au centre.

Sylvia, quant à elle, éplucha en silence une cinquantaine de feuillets volants d'une méthode d'apprentissage du français. Niveau basique. Rama avait inscrit des notes au crayon. Une écriture appliquée, fine et aérée. Il semblait investi dans sa mission de réinsertion.

Qu'est-ce qui lui a pris de tout bazarder au point de se retrouver suspecté d'un crime ?

Elle mit de côté la pile de leçons et continua son exploration, jusqu'à tomber sur deux blocs d'imprimés fripés, reliés par une agrafe.

Stupéfaite, elle parcourut à toute vitesse les lignes de deux formulaires de consentement éclairé venant d'Algea, signés par Hasan Halimi et Alexandre Rama.

22

Deux jours plus tard.

La cloche sonna. Céline attendit que la classe se vide pour gober un comprimé. Puis elle se laissa aller sur sa chaise, ferma les yeux et poussa un soupir de résignation. Ce mercredi matin n'avait pas été une partie de plaisir. Ses toutes premières heures d'enseignement depuis trois ans, difficiles, représentaient tout de même une petite victoire. Elle en ferait mention dans le carnet où elle consignait les événements marquants de sa rééducation.

Jamais elle n'aurait cru réintégrer un jour l'école primaire Georges-Brassens, son fief, ensemble de petites constructions à la façade rose planté au cœur du village.

D'ordinaire, on ne pouvait pas briguer de poste en pleine année scolaire. L'occasion s'était présentée avec le long congé maladie posé par la professeure qui avait remplacé Céline. Au vu de l'urgence de la situation, Sylvia l'avait encouragée à tenter sa chance. Céline avait postulé en redoutant que le rectorat l'élimine en raison de son historique... et de son handicap.

Mais ce fut l'exact contraire.

Devant les raisons de sa démarche et sa connaissance de l'établissement, l'inspecteur d'académie avait cédé.

Une dizaine de minutes après le départ des enfants, Céline attrapa son sac et ferma la porte de sa salle. Après avoir salué la directrice, elle retrouva Sylvia qui, tout sourire, l'attendait au volant de sa Micra, sur le parking bordé de bouleaux. Visage pâle, Céline grimpa sur le siège passager et la psychologue démarra.

La conversation s'orienta vite sur les difficultés qu'elle avait rencontrées, notamment en raison du retour de son bégaiement et de l'énergie nécessaire pour gérer les cours sur la durée.

— C'est le stress du premier jour. Ça ira de mieux en mieux, la réconforta Sylvia. Tu es de retour sur les rails, c'est le plus important. Comment les enfants le vivent-ils?

— Ça n'a pas l'air de les déranger. C'est moi qui ne suis pas sereine, je le sais bien. J'ai du mal à affronter le regard des autres, même ceux de gamins de primaire. C'était le cas avant mon AVC et c'est pire aujourd'hui. Je me demande sans cesse ce que les gens peuvent bien penser en me voyant traîner la jambe. C'est plus fort que moi.

— C'est une étape obligée. Ces questionnements disparaîtront avec le temps. Et puis, je suis là pour toi, tu le sais.

— Pour être honnête, quelque chose me tracasse.
— Quoi donc ?
— Pourquoi tu tiens tant à m'aider ?
Sylvia serra le volant un peu plus fort.
— C'est mon métier. Je suis ravie de rendre service à Jérôme, qui est un collègue que j'apprécie. Et bien sûr, plus je te découvre, plus je tiens à ce que tu te remettes.
Céline se renfrogna.
— Je veux dire, tu es toujours là à tourner autour de lui… tandis que lui me délaisse de plus en plus. Aujourd'hui, c'est tout juste s'il me parle ! C'est à se demander ce que…
— Je t'arrête tout de suite, nous sommes juste très occupés par l'affaire en cours. Rien de plus.
— Je te connais un peu maintenant. Tu es très ordonnée, réfléchie, continua Céline, qui ne remarquait pas les joues empourprées de la conductrice. Que tu arrives un beau jour, comme ça, n'a rien à voir avec une simple envie de rendre service. Et tu n'es pas étrangère à mon embauche à l'école. Quelle idée as-tu derrière la tête ? Je suis affaiblie, mais pas idiote.
La psychologue garda le silence en effectuant un créneau près de la villa des Cazenave, avant de couper le moteur et de plonger ses iris dans ceux de sa patiente.
— C'est vraiment ce que tu penses ?
Le ton se voulait solennel.
— On agit rarement sans raison, rétorqua l'institutrice.
— Tu te trompes. Je ne suis pas du genre à rester

les bras croisés. Jérôme te le confirmera. Quand mon aide peut être utile à un ami, je fonce sans réfléchir. J'ai toujours été comme ça.

— Et quel est ce dossier qui vous accapare tant ?

— Je ne peux pas t'en parler, tu t'en doutes. J'en suis la première désolée.

De sa main forte, Céline agrippa brusquement le bord de son siège. Ses grands yeux vides, fixés sur le pare-brise droit devant elle, véhiculaient le doute profond qui la rongeait.

— Écoute, reprit Sylvia, quand tout sera terminé, je te raconterai en détail, d'accord ? Quand est-ce qu'on se revoit ?

— Ça peut attendre. Il vaut mieux que j'y aille.

Elle ouvrit la portière avant d'ajouter :

— Merci de m'avoir ramenée.

Elle sortit et regagna son domicile en boitant légèrement.

Sans se retourner.

Après le déjeuner, l'esprit ailleurs et dans un silence perturbé par la tondeuse à gazon du voisin, Céline astiqua la maison comme une forcenée. Jusqu'à ce que les tremblements de son bras droit reprennent, l'obligeant à faire une pause.

Au même moment, son téléphone portable vibra sur le buffet du salon. Elle le saisit de sa main stable et décrocha.

— Salut, maman !

— Salut, toi.

— Désolée, je comptais t'appeler plus tôt mais

j'ai bossé toute la nuit. Alors, comment ça s'est passé, cette reprise ?

Céline choisit de ne pas inquiéter sa fille.

— J'ai pas mal stressé juste avant d'emmener les petits en classe, mais ça valait le coup ! Je suis très contente d'avoir franchi le pas, même si je bégaie encore pas mal…

— C'est génial, maman. Et ça ne peut que s'améliorer. Tout va s'arranger, tu verras. Je te laisse récupérer tranquille. Je vais faire pareil, d'ailleurs. Je suis vannée.

~

Marine remit la musique sur son portable – *Monolith,* d'Erra – et se laissa aller sur l'assise défoncée de son divan. Menton en l'air, elle fixa d'un air dubitatif le recoin du plafond orné de moisissures tout en maudissant son père.

Elle ne regrettait pas son départ. Ça avait été un tel soulagement ! Pas question de retourner dans cette baraque de merde. Mais avait-elle fait le bon choix concernant sa mère ? Elle voulait la préserver, la laisser se concentrer sur sa rééducation avant tout.

Elle pouvait encaisser le reste.

Crevée par sa nuit et les sens engourdis par le joint qu'elle écrasa d'un geste nonchalant sur le bras en bois du sofa, elle ferma les yeux pour échapper aux démons qui pointaient à nouveau le bout de leur nez.

23

Dans le bureau du juge Paoli, prostré sur une chaise à l'assise dure comme de la pierre, Jérôme se trouvait en position de faiblesse face aux deux personnes qu'il exécrait le plus.

Bénezet profita de ce briefing à trois pour exposer les détails de l'audition de Franck, le fils d'Éric Meyer, qu'il avait conduite la veille. Bien longtemps auparavant, l'instabilité financière du fils avait provoqué une dispute, et les deux hommes ne se fréquentaient plus depuis. La mort de son paternel ne semblait guère émouvoir le jeune artiste. Il abordait la question des obsèques et de l'héritage avec un détachement tel qu'il venait de faire appel à une société spécialisée pour s'occuper de ce qu'il qualifiait de « bordel de succession ». Il ne prévoyait pas de s'éterniser dans le Sud. Sa vie parisienne l'attendait. Il sauterait dans le premier train disponible une fois toute cette galère derrière lui et attendrait que l'essentiel lui parvienne : l'argent.

Jérôme ne put s'empêcher d'établir un parallèle avec sa fille. Ferait-elle de même lorsqu'il quitterait ce monde ? Il n'imaginait pas leur relation atteindre de tels extrêmes, mais s'il ne se réconciliait pas avec Marine, qui pouvait prédire ce qui adviendrait ?

Bénezet conclut que la déposition n'apportait aucun élément intéressant à l'enquête. Ça ne surprenait pas Jérôme et, pour être honnête, c'était le dernier de ses soucis à l'heure actuelle, tant la posture de l'homme assis à la gauche du capitaine, beaucoup plus influent, cristallisait son attention.

Crâne luisant, front strié et mâchoire serrée, Christophe Paoli compulsait pour la énième fois les éléments de l'affaire. Il traquait comme à son habitude le moindre détail, la petite bête qui lui permettrait d'étayer ses décisions, aussi déconnectées des réalités du terrain soient-elles.

Lorsqu'il eut fini, il referma le dossier et tapota le tas de feuilles de la paume de la main.

— Bon, on ne va pas tourner autour du pot. L'autopsie du professeur Kumanski, pratiquée ce matin, a conclu à une mort par asphyxie. Son assassin présumé est passé sur le billard après avoir perdu une grande quantité de sang. Il a été placé dans un coma artificiel mais les médecins le jugent hors de danger. En espérant pouvoir interroger Alexandre Rama dans un futur proche et tirer tout ça au clair, je mets le dossier de côté.

— Attendez. Vous suspendez l'enquête ? C'est une blague ? s'exclama Jérôme.

— Je suis on ne peut plus sérieux, lieutenant. On ne va pas mobiliser les effectifs dans le vent. D'autres affaires nous attendent.

— Et Algea, bon sang ! Vous en faites quoi ?

— Algea ? Il n'y a rien de tangible, argua le juge en secouant la tête. On leur posera quelques questions de routine, mais pas question de foutre davantage le bordel dans une entreprise privée sans un minimum de preuves. Vous pensez aux répercussions médiatiques ?

Jérôme fulminait face à la rhétorique de Paoli, qui le prenait clairement pour un gamin.

Il décida d'abattre la carte qui lui restait, en se gardant de mentionner Sylvia afin de la protéger des tensions qu'il anticipait.

— Écoutez… Je suis allé au centre des Genévriers. Là où résidait Alexandre Rama. J'ai mis la main sur des consentements signés par lui et un ami proche, une sorte de mentor, selon la directrice. Et cet ami en question est mort en début d'année, au beau milieu d'un essai clinique ! Laissez-moi creuser cette piste.

— Tu aurais pu nous avertir ! éructa Bénezet.

— Je n'ai fait que prendre les devants, se défendit le lieutenant sans lever le ton.

— De toute façon, si jamais ta théorie se vérifie, alors Rama possède un mobile vieux comme le monde. La vengeance !

Tant de mauvaise foi… C'en était trop pour Jérôme, qui se leva d'un bond, envoyant sa chaise valdinguer par terre.

— Merde, à la fin ! Il faut que ça vous tombe tout cuit dans les mains pour que vous vous décidiez à faire votre putain de job ? Ça ne vous met vraiment pas la puce à l'oreille, l'omniprésence d'Algea dans cette affaire ?

— Pour commencer, vous allez vous calmer, lieutenant, lui intima Paoli. Tout ce qu'on sait, c'est que la théorie d'Éric Meyer, selon laquelle Kumanski aurait pu le trahir afin d'extorquer des fonds à cette compagnie, est invérifiable.

— Vous ne m'enlèverez pas de la tête que Kumanski est coupable.

— Ça suffit, trancha Bénezet. Comme toi, j'ai vu ce que contenait la clé USB de Meyer. Ce n'est pas assez pour prouver quoi que ce soit. Algea n'a rien à voir avec ces crimes. Les incidents cliniques arrivent, c'est malheureux, mais c'est comme ça. Il est donc évident que c'est un acte isolé, commis par quelqu'un qui leur en voulait personnellement.

Conscient d'avoir dépassé les bornes, Jérôme redressa sa chaise mais resta debout. Il tenta de défendre son opinion, mais sa propre voix portait moins. Sa conviction venait d'en prendre un coup.

— Je comprends que tu sois en colère, poursuivit Bénezet. Rama a dû apprendre la mort de son ami de la bouche de Kumanski. Il aura voulu rendre justice lui-même et c'est pour ça qu'il a attaqué le professeur. Je suis certain qu'il nous l'avouera, tout comme il avouera le meurtre de Meyer.

— Ça ne tient pas la route, chef.

— On le saura en temps voulu, coupa sèchement Paoli. D'ici là, on se met en stand-by, point.

Le lieutenant perdit à nouveau pied, désabusé par ce simulacre de débriefing. Il tapa du poing sur la table, provoquant l'ire du capitaine.

— Il faut que tu apprennes à faire la part des choses. Ta femme n'a pas eu de chance. C'est terrible, mais ça altère clairement ton jugement. Perez prendra le relais à partir d'aujourd'hui.

Et, en guise de coup de grâce :

— Quant à toi, quelques semaines de congé te feront le plus grand bien. C'est un ordre.

24

Deux mois et demi plus tard.
Juillet 2019.

La maison d'arrêt de Nîmes comptait parmi les prisons les plus surpeuplées de France. La qualité de vie des détenus, avec un taux d'occupation frôlant les 200 %, faisait l'objet de nombreuses procédures. La plus récente d'entre elles, pour « conditions de détention inhumaines et dégradantes », venait d'atterrir sur le bureau de la Cour européenne des droits de l'homme. L'établissement ne s'était jamais adapté au niveau de délinquance en constante croissance dans la région. Les prisonniers eux-mêmes avaient lancé ce recours en justice, lassés de partager les vétustes cellules de 9 mètres carrés à trois. Surtout en cette période de l'année où Nîmes, la Romaine, cuisait littéralement sous le soleil.

Sylvia longea la façade gris et crème du centre pénitentiaire, franchit les différents points de contrôle et entra dans le bâtiment principal.

Forte de la demande validée par le juge chargé de l'instruction, elle fut conduite dans une pièce d'une vingtaine de mètres carrés qui ne comptait pas moins de dix minuscules tables rondes en fer bouffées par la rouille et entourées de chaises en plastique orange.

Le parloir.

La psychologue prit place à la table la plus éloignée, dans un coin, près d'une des fenêtres et pile sous l'éclairage faiblard d'un néon accroché au plafond. L'endroit le plus confortable, selon elle, pour amener son interlocuteur à se confier dans la cacophonie qui se profilait.

Alors que de nouveaux visiteurs gagnaient la salle, Sylvia passa en revue les derniers événements notables en triturant son pendentif.

Rama s'était réveillé, moins de trois semaines après son opération en urgence. Le coma provoqué pour limiter la souffrance due aux nombreuses blessures abdominales et à leurs répercussions, notamment sur le foie, n'avait entraîné aucune séquelle. Mieux encore, Rama se souvenait de tout et, comme prévu par le juge Paoli et le capitaine Bénezet, il s'était mis à table, s'exprimant en anglais pour lever toute ambiguïté.

Non, il n'avait pas tué Éric Meyer.

Oui, il avait étranglé Sébastien Kumanski.

Il avait épié le professeur pendant des semaines. Constaté ses liens avec Meyer. Suivi les deux praticiens jusqu'en haut « de la montagne » et avait été témoin, caché dans la végétation, de la mort du généraliste, tué par son confrère.

Il avait ensuite attendu le bon moment pour enlever et séquestrer Kumanski, dans un endroit qu'il connaissait pour avoir trimé dans les vignes non loin de là, l'été précédent. Quant aux sévices qu'il lui avait fait subir, de son propre aveu, Rama avait voulu prendre son temps pour « faire payer à ce connard son incompétence et ses magouilles », en mémoire de son « grand frère », Hasan Halimi, mort pendant un essai clinique légitimé par le professeur.

Ces aveux avaient conduit, au terme de cinq semaines de convalescence, au placement en détention de Rama, quinze jours plus tôt. Dans l'attente de son jugement.

Trop beau pour être vrai, se répéta Sylvia, seule sur le pont compte tenu de la mise au repos forcée de Jérôme.

La version officielle souffrait d'incohérences qu'elle tenait à éclaircir avec Rama. Le juge Paoli, sûr de lui, avait accédé à sa requête de parloir, histoire de dissiper les derniers doutes.

Pourquoi personne, hormis elle, ne pensait à l'éventualité d'un troisième individu dans la ferme abandonnée ?

Un brouhaha s'éleva dans l'air, entrecoupé de crissements de chaises sur le sol et de cliquetis de menottes. Les détenus retrouvaient leurs visiteurs dans la liesse, le scepticisme ou la tristesse.

Le système de ventilation brassait de l'air chaud et Sylvia avait la sensation d'étouffer sous son chemisier.

À l'instant où elle se tamponnait le front en se demandant si Rama allait finalement décliner l'entrevue, ce dernier apparut dans l'encadrement de la porte, marchant dans les pas d'un maton taillé comme un ours. Il leva la tête et elle put observer son visage basané, mal rasé, émacié par la fatigue.

Rama la considéra de ses yeux vitreux. Son âme semblait avoir déserté son corps.

Il s'installa lentement, sans un mot.

Ses traits se détendirent dès que Sylvia ouvrit la bouche pour se présenter. L'aisance de la psychologue dans la langue de Shakespeare fut le plus efficace des brise-glaces. Rama retint sa respiration lorsqu'elle exposa la raison de sa visite, mais elle sentit malgré tout que le poisson était ferré.

Pas question de le lâcher.

— Comment ça se passe pour vous, là-dedans ?

— Ça pourrait être pire, avoua le détenu dans un léger haussement d'épaules. Je partage ma cellule avec un seul autre gars. Un dealer en détention provisoire. Le gamin reste dans son coin sans chercher la merde. On peut dire que j'ai de la chance.

— Aucun souci avec les autres prisonniers ?

— Quelques embrouilles pendant les promenades, surtout les premiers jours. Mais ça m'a l'air calme, ici. Faut croire que la chaleur tape sur le système de tout le monde. Même les surveillants me laissent en paix.

Rama répondait avec un flegme qui intriguait Sylvia. On aurait dit un habitué et pourtant, il répondit par l'affirmative lorsqu'elle lui demanda s'il s'agissait de son premier séjour carcéral.

Elle ne disposait que de peu de temps. Fidèle à ses méthodes, elle plongea dans le vif du sujet.

— Vous parlez d'Hasan Halimi comme de votre grand frère, parce qu'il vous a pris sous son aile au centre de réinsertion. Mais est-ce que ça justifiait que vous alliez aussi loin pour le venger ?

Une étincelle de rébellion brilla dans les pupilles du prisonnier.

— Il est mort comme un chien et tout le monde s'en fout. À part moi, personne n'était là pour le pleurer. J'étais prêt à tout pour laver son honneur, et je suis certain qu'il aurait fait la même chose pour moi.

Il reprit son souffle et ajouta :

— Le professeur était un sale type. Hasan a souffert le martyre et il n'était même pas désolé ! Il souriait ! Il m'a tapoté le dos en disant qu'il fallait bien en passer par là pour que la science progresse. Vous vous rendez compte ?

— Mais pourquoi le tuer, lui ?

— Parce que c'est sa faute. Je méprise le laboratoire qui a organisé cet essai, mais c'est à Kumanski que j'ai eu affaire, vous comprenez ? Il a fait passer la mort d'Hasan pour un banal accident de travail, sans lien avec l'essai clinique. Ce chacal méritait de crever !

— Un accident de travail ?

— Oui. Une rupture d'anévrisme sur le chantier où il bossait.

Sylvia analysait chaque syllabe, chaque mouvement de son interlocuteur. Rama manquait de conviction. Sa voix tremblait.

Quelque chose cloche.

Elle se mordilla la lèvre inférieure, puis, d'un ton ferme, traduisit enfin le fond de sa pensée.

— Je ne crois pas un traître mot de ce que vous dites.

Pendant un bref instant, Rama écarquilla les yeux, ébranlé par la soudaineté de la remarque. Son corps se raidit. Ses lèvres s'entrouvrirent sans qu'aucun son ne s'en échappe.

— Je n'y crois pas, répéta Sylvia. Ça n'a aucun sens. Je vais vous avouer une chose, monsieur Rama. Vous êtes un vrai fantôme. J'ai cherché des informations sur vous partout où j'ai pu, pendant des semaines, sans réussir à trouver d'où vous veniez ou qui était votre véritable famille.

— Peu importe. Je suis comme Hasan, balbutia-t-il. J'ai tout risqué pour venir en France. C'est ce qui nous a rapprochés.

Rama se redressa et contre-attaqua d'un air condescendant.

— Est-ce que vous avez déjà perdu quelqu'un de cher, madame Lontano ? Je ne vous le souhaite pas. C'est un bout de vous-même qui s'en va. La douleur est indescriptible. Quand ça arrive, vous êtes prêt à tout pour que ça ne se reproduise pas.

Sa chaise grinça lorsque Sylvia, piquée au vif, recula instinctivement.

— Comment avez-vous eu connaissance de l'essai clinique ?

— Si vous pensez qu'on a toujours le choix…

Rama s'arrêta net et serra les dents, comme

frappé par un Taser invisible. Toute trace de son assurance s'était envolée.

— Qu'est-ce que vous voulez dire par là ?

— Rien. Laissez tomber.

Quasi inexpressives depuis le début de l'entretien, les pupilles du détenu transmirent une émotion nouvelle.

La peur.

— Mais pourquoi ?

— C'est rien, je vous dis !

— Ça va aller. Prenez votre temps et…

— Gardien ! Gardien ! cria Rama dans un français teinté d'un fort accent.

Le maton, attentif, fondit sur eux en quelques enjambées.

— Attendez ! bondit Sylvia. Comment ça, vous n'aviez pas le choix ? Attendez ! Je dois savoir !

Rama se leva, les larmes aux yeux.

— Partez, madame Lontano. S'il vous plaît. Allez-vous-en et, par pitié, ne revenez plus jamais.

Debout, les doigts recroquevillés sur les rebords de la table en fer, la psychologue le regarda s'éloigner.

La détresse soudaine affichée par le détenu lui arracha un frisson.

Rama l'implorait de ne pas le pousser à se livrer. Comme s'il craignait des représailles.

25

D'un geste épuré, fruit de ses progrès moteurs, Céline apporta la touche finale à sa toute dernière toile. Une vue panoramique des salins d'Aigues-Mortes, un paysage à couper le souffle à seulement une heure de la maison. Un de ses endroits favoris.

Un rayon de soleil naissant filtra au travers de la véranda et vint embraser sa création. Dans le silence matinal de ce dimanche d'été, l'institutrice, faciès terne et inexpressif, posa son matériel sur la table à dessin, insensible à son travail. Depuis qu'elle avait repris son poste à temps partiel, elle ne peignait plus aussi souvent. Malgré les vacances et l'atmosphère reposante qui régnait dans l'atelier, toute notion de plaisir s'était évaporée. Au fil des mois, l'ancienne chambre de sa fille avait pourtant pris des allures de musée du bien-être, tant par l'agencement zen de la pièce que par le choix des cadres accrochés aux murs.

Elle l'avait enfin trouvée, la preuve que Sylvia cachait des choses.

Lors de leur dernière séance, Céline avait profité

d'une pause toilettes de la psychologue pour fouiner dans son sac, à la recherche d'un élément, d'un document ou tout autre indice sur ce qui la motivait.

Quelle n'avait pas été sa surprise quand elle avait déniché un stylo usé, orné du nom d'une compagnie qu'elle ne connaissait que trop bien…

Qu'est-ce que cette garce avait à voir avec tout ça ?

~

Jérôme émergea quand son portable vibra sur la table de nuit.

Il porta le mobile devant son visage, la vue encore brouillée et, tout en se frottant les yeux, découvrit un appel manqué. De Fabien Perez, l'enfoiré qui l'évitait comme la peste depuis qu'il avait récupéré l'enquête.

Jérôme se redressa, s'assit sur le rebord du lit et rappela son homologue.

— Je te le dis surtout par respect, je sais à quel point cette affaire te tient à cœur.

La voix hésitante de Perez trahissait sa gêne.

— Tu m'emmerdes avec tes platitudes. Viens-en aux faits.

— Rama est mort. Hier.

— Quoi ?

— Le personnel de la prison l'a retrouvé pendu avec ses draps.

Jérôme se leva en un éclair et se mit à faire les cent pas en gueulant dans l'appareil.

— Putain, c'est pas vrai !

— Paoli ne s'est pas fait prier pour réagir. C'est fini, Caze. C'est pour ça que je t'appelle. On tire un trait définitif sur cette affaire. D'après Rama, Kumanski a tué Meyer. Et Rama lui-même s'est débarrassé du professeur. En somme, tous les individus impliqués dans cette histoire sont morts.

— Tu te fous de ma gueule, j'espère ? Tu comprends pas qu'il a menti ?

— Écoute. Le boss sait pour le parloir. Il a fermé les yeux parce que c'est Lontano qui a fait la démarche et qui s'est pointée là-bas. Mais il n'est pas dupe, il se doute que tu es derrière tout ça. Sérieusement, ça suffit, mon vieux. Je te dis ça en tant que collègue et ami.

— Je suis pas ton pote, connard ! Si tu avais des couilles, tu aurais pu m'aider !

— T'acharne pas, Caze. À quoi ça sert ? On tenait le meurtrier et il est mort. Basta ! Si tu tiens tant que ça à choper des salopards, y en a plein qui courent les rues, c'est pas ça qui manque. Et fais gaffe : Bénezet t'a dans le collimateur. Ne fous pas ta carrière en l'air à cause de cette histoire de merde.

— Rama avait peur. Tu m'entends ? Il flippait. Quelque chose ou quelqu'un le manipulait, c'est évident. Avec Sylvia, on prévoyait de retourner le voir. Faire en sorte qu'il nous dise ce qui l'effrayait à ce point.

Jérôme entendit son collègue tirer sur sa clope et expirer longuement.

— J'ai beaucoup d'estime pour ton travail, mais t'as pas les idées claires, Caze.

— Alors explique-moi, toi qui te crois si malin. Pourquoi mettre fin à ses jours si peu de temps après l'interrogatoire ?

— Je sais pas, moi ! Les conditions de détention ? Les regrets ?

— Je t'en foutrais, moi, des regrets ! On craignait qu'il balance et on l'a fait taire, plutôt.

Perez soupira à l'autre bout du fil.

— Bon, admettons que ce soit vrai et que je veuille t'aider. Comment tu voudrais prouver que ce n'est pas un suicide ? C'est impossible. Je te le répète : tout le monde est mort !

Jérôme, à court d'arguments, envoya valdinguer son smartphone contre le mur.

La nausée l'envahit. Sa seule piste valable venait de tomber à l'eau. Avec elle s'évanouissait l'espoir d'incriminer ceux qui avaient bouleversé à jamais la vie de sa femme. De sa fille.

Et la sienne.

26

Ces derniers temps, la relation s'était dégradée au point où Jérôme redoutait les tête-à-tête avec Céline. Réunion de dernière minute, appel urgent, joggings impromptus… La panoplie de ses parades s'étoffait sans cesse. Elle avait bien essayé de différer sa prise d'anxiolytiques afin de veiller plus tard, mais il rentrait fréquemment après 22 heures.

Au-delà des limites de sa résistance.

Elle ne perdit pas espoir et, un soir, le miracle se produisit. À 20 heures passées de quelques minutes, le moteur de la 308 ronfla dans l'allée.

Céline ne le laissa pas prendre ses aises. Tout juste posait-il le pied à l'intérieur qu'elle lui sautait dessus.

— Tu vas écouter ce que j'ai à te dire, ou je te jure que je m'en vais !

— Bonsoir à toi aussi !

Elle ignora le sarcasme et lui ordonna de prendre place dans son fauteuil fétiche, tandis qu'elle s'asseyait sur le sofa, face à lui.

Il la scruta d'un air surpris. Démaquillée,

décoiffée, la peau sèche, elle était d'une pâleur cadavérique.

— Quelque chose ne va pas ?

— Tu es sérieux ? Tu n'es plus qu'un fantôme dans cette maison. Ça fait des semaines que j'essaie de te parler. Tu m'ignores royalement !

— J'ai beaucoup de...

— De travail ? Et alors ? Ça te dispense de me parler au moins dix minutes par jour ?

Elle le fixa intensément.

— Je t'ai connu beaucoup plus intelligent que ça.

Jérôme baissa la tête. Ses mains trituraient le stylo qu'il venait de prendre sur la table basse.

Un silence pesant s'installa. Chaque seconde qui défilait nourrissait la colère de sa femme.

Jusqu'à l'explosion.

— Tu t'envoies en l'air avec cette sorcière pendant qu'elle nous espionne ?

— Mais tu délires complètement, ma parole !

Abasourdi par cette agressivité, Jérôme ne put réprimer un rire nerveux.

— Où vas-tu chercher des conneries pareilles ?

Céline, mains crispées sur ses genoux, ne lâcha pas le morceau.

— Tu as déjà envisagé le fait que Sylvia ne soit pas celle que tu crois ? Qu'elle ne nous veuille pas que du bien ?

— Et ça continue ! T'as pris ton traitement ?

— En seulement sept mois, elle t'a littéralement arraché à moi. Tu t'en rends compte au moins ?

— Réponds-moi : tu l'as pris, oui ou non ?

— Tes absences. Ta façon de t'adresser à moi,

poursuivit-elle. Ton comportement ce soir ! Qu'est-ce qu'elle a fait de toi ?

— On est amis, rien d'autre. Elle te soutient aussi. Il faut vraiment que tu arrêtes la parano.

Paupières plissées, Céline renifla bruyamment.

— Je suis perdue, Jérôme. Tu ne t'intéresses plus à moi. Aucun encouragement, jamais. Le vide. À ma place, n'importe qui se poserait des questions.

Jérôme recula sur son siège, comme pour tempérer sa colère.

— Parle-moi de ton enquête. Je me fous du secret de l'instruction, je me fous des conséquences, j'ai besoin de savoir ce qui te pousse à être comme ça avec moi.

— Désolé, mais ces choses-là doivent rester au sein du service, se défendit-il. Pas que dans mon intérêt, dans celui de mes collègues également. Si je suis aussi distant, c'est pour ton bien. Cette affaire est un cauchemar. Mais je dois aller au bout, coûte que coûte.

— Je ne comprends pas qu'un dossier, aussi important soit-il, justifie ta conduite. La seule chose qui compte, c'est notre famille. Pas l'enquête, pas Sylvia : notre famille, martela-t-elle.

— Et si je te demande un peu plus de temps ?

— C'est non négociable. Si tu continues à t'acharner, tu nous perdras pour de bon, Marine et moi.

27

Août 2019.

Depuis la mort de Rama et l'arrêt de l'enquête, Jérôme avait sombré dans un abîme sans fond. Que ce soit chez lui ou à la PJ, toute motivation l'avait quitté. Il errait comme une âme en peine dans le dédale d'un quotidien monotone et insipide.

La dépression le guettait.

L'ultimatum lancé par Céline n'avait pas découragé ses velléités. Son cœur avait entendu le cri de détresse de sa femme, mais une part de lui-même ne pouvait se résoudre à abandonner. Il avait une dernière carte à jouer.

Seul.

Jérôme s'extirpa de sa berline et, après avoir pesté contre le cagnard qui sévissait aujourd'hui (comme depuis le début de la semaine), concentra son attention sur le complexe de recherche et développement d'Algea, droit devant lui.

L'épicentre de ses cauchemars.

Le gigantesque campus de l'entreprise comptait davantage de salariés que d'habitants dans le village où il s'enracinait, Codolet, en marge des eaux calmes de la Cèze. Un environnement que Jérôme aurait volontiers qualifié d'idyllique s'il n'avait pas abrité ces suppôts de Satan.

Il s'indignait encore de la facilité avec laquelle Eris avait pu renaître ici, sous le nom d'Algea, après le fiasco de 2016.

Vacances d'été obligent, Jérôme traversa un parking à moitié vide. Il croisa quelques employés en nage, qui pressèrent le pas sans se soucier de lui. La chaleur sèche, si caractéristique du Gard, lui brûlait la peau. Asséchait sa gorge.

On ne s'habituait jamais à plus de quarante degrés à l'ombre au plus fort de l'été. Et dire que ce n'était que le début ! Ce scénario se répéterait invariablement à l'avenir. Il empirerait, même.

Après avoir trouvé un peu de répit sous l'arche du bâtiment principal, Jérôme respira un grand coup et entra en territoire ennemi. La climatisation le cueillit et il se surprit à frissonner en se présentant à l'accueil. La jeune femme qui y officiait, à peine plus vieille que sa fille, prévint son hôte d'un simple coup de fil, avant de lui indiquer sur un plan interactif le chemin à suivre.

Les bureaux de l'exécutif se situaient au dernier étage de l'immeuble.

Les sens en alerte, Jérôme fut escorté par un trentenaire, impeccable dans son costume en lin, jusque dans l'antre du patron de la firme, Raphaël Teissier.

Cheveux cendrés coupés en brosse, teint rougeaud

et nez proéminent, regard sévère sous ses lunettes rondes : Jérôme reconnut immédiatement sa cible, en grande conversation avec un collaborateur. Teissier s'arrêta net en s'apercevant de sa présence. Les deux hommes échangèrent un long regard suivi d'un imperceptible hochement de tête.

— Monsieur, je vous présente Jérôme Cazenave, lieutenant de la police judiciaire de Nîmes.

— Merci, Paul, répondit Teissier avant de congédier ce dernier d'une voix ferme. Lieutenant, ne restez pas là. Installez-vous. Je me doutais que vous viendriez fouiner ici un jour, même si je vous attendais plus tôt.

La soixantaine galopante, Teissier se caractérisait par une élégance sobre et respirait la courtoisie dans sa manière de s'exprimer.

— J'ai eu un petit contretemps, ironisa Jérôme pour évoquer les déboires ayant conduit à l'arrêt de l'investigation. Et j'ai dû attendre votre retour de congés. Vous êtes rouge comme une écrevisse. Le soleil de Marbella ne vous réussit pas trop, on dirait.

Le directeur éclata de rire, avant d'être interrompu par son collègue qui lui signifia qu'il repasserait en fin de journée.

Ce dernier se leva pour quitter la pièce et Jérôme fut frappé par sa taille – deux mètres, au bas mot – et par sa mâchoire, aussi large que celle d'un molosse. L'employé en imposait.

— Ne perdons pas de temps, si vous le voulez bien, lança le directeur lorsqu'ils furent seuls. Je respecte votre démarche et suis tout à fait disposé à répondre à vos questions, du moment qu'elles tiennent la route. Mais avant tout, je souhaiterais vous en poser une.

— Allez-y.

— Vos supérieurs savent que vous êtes là ? L'investigation est close, si je ne m'abuse. Et rien ne nous met en cause.

Jérôme secoua la tête.

— La seule chose qui m'intéresse, c'est la vérité.

— Vous la connaissez déjà. Tout le monde la connaît. Le problème, c'est qu'elle ne vous plaît pas et que vous vous obstinez à vouloir la façonner à votre guise.

— Ce qui m'ennuie, c'est cette sensation de doute permanent qui s'installe quand on se penche sur vos activités. Il y a trois ans, vous avez foutu en l'air la vie de ma femme. Et depuis le début de cette année, Algea est le dénominateur commun de plusieurs morts violentes. Alexandre Rama semblait savoir quelque chose mais il était terrifié à l'idée de parler.

— Je ne comprends pas.

— Il a participé à l'essai que vous avez démarré au mois de janvier.

— Et donc ?

— Un de ses amis est mort. Ça vous dit quelque chose ?

— Je ne vois pas, non.

— Vous en êtes sûr ?

— Évidemment. Je suis tout ça de très près. C'est du futur de notre compagnie qu'il s'agit. Vous n'imaginez pas les retombées économiques lorsqu'un candidat médicament testé avec succès est mis sur le marché. Les enjeux sont gigantesques.

— Je mesure bien, au contraire, la quantité de pognon en jeu dans cette affaire. Quoi de mieux pour justifier que vous vous débarrassiez de ceux qui se mettraient en travers de votre chemin ?

— Je ne vous permets pas d'insinuer de telles choses.

— Éric Meyer et Sébastien Kumanski étaient deux sacrées nuisances pour vous, poursuivit le lieutenant. Ils voulaient vous attaquer de front, à la suite de la mort d'Hasan Halimi. Résultat ? Assassinés. Quant à Alexandre Rama, il joue le rôle du coupable parfait. Se suicider alors qu'il avait tout fait pour rester en vie quelques semaines auparavant, c'est étrange, non ?

— Ce n'est que votre interprétation des faits, lieutenant.

— Si on réfléchit cinq minutes et qu'on se demande qui sort gagnant de tout ça…

Le lieutenant agita l'index en direction du chef d'entreprise.

— Mes supérieurs se sont fait berner, mais je ne suis pas comme eux.

— Je me répète, mais vous ne vous fondez que sur des suppositions.

— Avec tout le respect que je vous dois : je n'en ai rien à foutre. Je ne vous lâcherai pas.

Étonnamment calme, Teissier se leva, fit quelques pas vers la baie vitrée et, mains dans les poches, admira la vue sur la Cèze.

— Pour vous prouver ma bonne foi, si ça peut

vous aider à arrêter là vos accusations grossières, je vous ouvre les portes de mon site. Vous pourrez consulter tous les documents, à l'exception de ce qui touche à l'identité de nos patients et à l'intégrité de nos données, bien entendu. Vous pourrez ainsi vous rendre compte de notre rigueur et de notre professionnalisme. En échange, promettez-moi de ne plus jamais venir nous importuner de la sorte, ou nous serions dans l'obligation de vous poursuivre. Sommes-nous d'accord ?

28

Septembre 2019.

L'approche de la rentrée des classes provoquait chaque fois la même effervescence au sein du village. Certains parents bénissaient cette reprise après deux mois à se coltiner leur progéniture non-stop, quand d'autres auraient tout donné pour quelques semaines supplémentaires ; les enfants, partagés entre la joie de retrouver les copains et l'appréhension de repartir pour une nouvelle année scolaire, étaient traversés par une foule de sentiments dont ils se souviendraient plus tard avec nostalgie ; les professeurs, pour la plus grande partie, piaffaient d'impatience à l'idée de retrouver leur salle de classe fétiche et d'enseigner à de nouveaux élèves.

Cette rentrée avait une saveur particulière pour Céline, puisqu'il s'agissait de la première depuis sa réintégration. Les préparatifs allaient bon train. Le grand jour approchait et elle aurait pu profiter de cette période pour se soustraire à l'atmosphère irrespirable qui régnait chez elle, mais il n'en était rien.

Jérôme accaparait ses pensées au point de la rendre folle.

Lorsqu'elle l'avait menacé d'une séparation, il avait pris ses distances avec Sylvia, mais il continuait de l'éviter, elle.

Presque rien n'avait changé, en somme.

Elle ne supportait plus d'être prise pour une conne. Le peu de confiance restant entre eux s'était envolé.

Le dialogue était rompu.

Céline avait aussi coupé les ponts avec Sylvia. Elle ne pouvait plus lui accorder sa confiance.

Désormais, Céline penserait à elle en priorité.

Elle essaya de chasser ses pensées négatives en quittant l'établissement scolaire, en fin d'après-midi. La mélancolie l'envahit lorsqu'elle se rappela Marine, pas plus haute que trois pommes, cartable sur le dos, la boule au ventre et la larme à l'œil, franchissant les grilles le jour de la rentrée. Une époque heureuse. Révolue.

Son cœur se serra.

~

Marine se préparait dans sa minuscule salle de bains humide et à la propreté douteuse. Elle s'appliquait à mettre un noir à lèvres en adéquation avec sa tenue. L'exercice n'était pas facile, la cocaïne consommée avec volupté quelques minutes avant la faisait planer. Son téléphone retentit, coupant court aux accords de *Born in Winter* de Gojira.

— Salut, maman.

— Salut, toi. Je ne te dérange pas ?

— Je vais pas tarder à aller bosser, là.

— Tu me manques, ma chérie. Ça fait une éternité que je ne t'ai pas vue.

— Ouais, je sais bien, fit Marine d'un air détaché. C'est parce que je n'ai pas de temps à perdre, ma petite maman.

— Merci pour moi…

— Pourquoi on ne se voit plus, d'après toi ?

— Eh bien, c'est à toi de me le dire. Aux dernières nouvelles, tu ne supportes pas la décision que ton père et moi avons prise et tu ne veux pas me voir dans cet état, je me trompe ?

— Tu me prends donc vraiment pour une connasse, putain. Tu crois que j'ai fui parce que tu es handicapée ?

— C'est ce que tu m'as toujours dit.

— Et tu crois vraiment à ces conneries ? Attends une seconde.

Marine termina grossièrement de se maquiller et gagna le salon, dans un état aussi délabré que le reste de l'appartement. Un coup d'œil à la ronde lui permit de repérer son paquet de clopes entamé sur le micro-ondes. Elle ouvrit la fenêtre sur la grisaille alsacienne, surprenante en cette période de grandes chaleurs, s'alluma une tige et tira dessus comme une forcenée.

— Tu sais quoi ? La veille du début de ton essai

clinique, j'ai appelé l'hôpital et je me suis fait passer pour toi.

— Mais pourquoi ?

— C'est évident, maman. J'allais pas te laisser entre les mains de ces labos qui ne pensent qu'à faire du chiffre sur le dos des gens ! Sauf que papa m'a surprise. Il m'a poussée contre le mur, attrapée par la gorge et m'a dit que si je m'obstinais à aller contre ta volonté, ça irait très mal.

— Tu te moques de moi ? Il ne m'a jamais parlé de ça…

— J'ai l'air de plaisanter ? Il aurait pu me tuer. J'ai gardé des traces au cou pendant des semaines, je les ai cachées avec un foulard pour éviter que tu t'en rendes compte ! Papa s'est excusé en mettant ça sur le compte du stress et m'a suppliée de ne rien te dire. Et moi, comme une conne, je l'ai écouté. Mais la situation ne s'est pas arrangée et il a fini par me dire de m'en aller. Tu comprends, maintenant, pourquoi j'ai rejoint mon copain en Alsace ? Il est hors de question que je remette les pieds à Poulx. Plus jamais.

~

Céline s'était effondrée en pleurs après avoir raccroché. Comment avait-elle pu passer à côté de *ça* ? Elle se sentait misérable. Tout ça n'aurait jamais eu lieu si elle n'avait pas insisté pour participer à ce maudit essai clinique !

Sous le choc, elle tenta de recouvrer ses esprits, avant de se résoudre à appeler son mari.

Dehors, le tonnerre grondait. Le climat lourd de ces derniers jours virait à l'orage.

Les cieux lui indiquaient la marche à suivre.

— Tu es allé trop loin, espèce de minable !

— Céline ? Qu'est-ce qui t'arrive ? Tu as pris quelque chose ? Calme-toi, je serai à la maison dans dix minutes.

Elle avisa l'arme personnelle de son époux, un Sig Sauer déniché dans son coffre-fort et posé à côté d'elle.

— Ce sera trop tard ! J'en ai marre. Marre ! Ça ne peut plus durer. Je vais me foutre en l'air. Je ne manquerai à personne, surtout pas à toi.

— Ne dis pas ça. On va discuter tous les deux, d'accord ? J'arrive. On va trouver une solution. En attendant, promets-moi de ne pas faire de bêtise.

— Je te laisse cinq minutes. On… on va régler ça une bonne fois pour toutes. Toi et moi. Ta pétasse n'a pas intérêt à traîner dans le coin sinon je lui règle aussi son compte, c'est clair ?

Céline coupa la communication, ravagée par la peine.

Le regard vide, l'institutrice fit disparaître deux comprimés dans sa bouche. Puis elle mania le pistolet d'une main tremblante, alors que dehors tombaient les premières gouttes de pluie.

29

Le suicide d'Alexandre Rama touchait Sylvia au plus profond de son âme. Le regard implorant du détenu quittant le parloir hantait ses nuits. Peut-être serait-il en vie, à l'heure qu'il est, si elle n'était pas allée l'interroger en prison.

Le juge imputait à Rama l'assassinat du professeur Kumanski, lui-même soupçonné d'avoir éliminé son confrère, Éric Meyer.

Tous trois étaient morts. Une boucle mortelle un peu trop convenue, selon la psychologue. Comme orchestrée dans l'ombre, de main de maître. Mais hélas, aucune preuve ne lui permettait d'étayer ce constat.

Comment empêcher que la flamme de l'enquête s'éteigne pour de bon ?

Malgré ses efforts, les Cazenave avaient pris leurs distances avec elle. Jérôme ignorait ses relances, tandis que Céline avait annulé toutes leurs séances à venir.

Quant à Bénezet, il était vain de faire pression sur lui : il était déjà passé à autre chose et, au vu des conséquences de son parloir avec Rama, elle pouvait s'estimer heureuse de s'en tirer à si bon compte.

Sylvia peinait à s'en relever. Jamais elle n'aurait pensé perdre le contrôle des événements de manière aussi abrupte. Avec cet échec, elle trahissait la promesse qu'elle s'était faite.

Pour éviter de ruminer, elle se murait dans le travail. Elle venait d'accepter un job à temps partiel dans la maison de retraite d'un village voisin. Une petite structure familiale où elle appréciait de donner un coup de main, malgré la simplicité des consultations qu'elle dispensait.

Peu après 17 heures, elle en termina avec Mme Combe, soixante-dix-neuf ans, très alerte et pétrie d'humour, dont la soudaine perte d'autonomie avait précipité l'arrivée dans l'établissement. L'adaptation s'effectuait dans la douleur, la patiente vivant comme un drame la cassure nette de sa routine de vie et la séparation avec Bagel, son berger malinois, remis à la SPA.

Sylvia quitta la chambre en promettant de repasser le lendemain, puis s'excusa pour le retard auprès de l'aide-soignante qui attendait dehors de prendre le relais.

Alors qu'elle traversait la passerelle qui reliait les deux bâtiments de l'EHPAD, Sylvia se perdit dans ses pensées.

Que faisaient les Cazenave en ce moment même ? Comment leur relation avait-elle évolué depuis qu'elle était hors de l'équation ?

Arrivée devant la chambre où devait se dérouler sa prochaine entrevue, elle ferma les yeux et expira bruyamment pour chasser le mal-être qui l'envahissait. Puis elle toqua à la porte et entra sans attendre de réponse.

Trente minutes plus tard, même gestuelle.

Dire au revoir. Promettre de revenir. Croiser l'aide-soignante. La voir arborer le même air exaspéré. S'excuser pour le retard accumulé.

Elle consultait l'heure sur son portable quand elle remarqua la petite enveloppe en haut à droite de l'écran.

Hello Syl. Désolé pour le long silence.

Ne m'en veux pas. Je t'expliquerai.

Je me suis frotté à Algea et je pense avoir compris ce qu'ils trament…

Rejoins-moi à la maison ce soir, 21 heures.

J'ai besoin de ton aide.

Elle tira si fort sur son pendentif que le fermoir se cassa.

~

Mains ancrées sur le volant de sa Micra, Sylvia rallia d'abord Marguerittes. L'appétit coupé par l'excitation et la crainte de réapparaître devant

Céline – qui vivrait sans doute cela comme un affront –, elle se força à avaler un sandwich en vitesse.

Intenable, elle tailla à nouveau le bitume à toute berzingue. La pluie intense qui tombait depuis quelques minutes ne la perturbait pas. Jérôme devait avoir fait une découverte très importante pour subitement refaire surface en lui demandant de venir chez lui en urgence.

Au cœur de l'effervescence qui l'agitait, un relent de frustration persistait à l'idée qu'elle avait été écartée par le lieutenant – même si, elle le savait, il ne cherchait qu'à la protéger d'éventuelles sanctions internes.

Sous les trombes d'eau, le ciel se para de son manteau nocturne en un temps record. À 20 h 40, Sylvia était devant la demeure des Cazenave.

Elle patienta et, à la faveur d'une accalmie, posa le pied à terre. La villa était plongée dans les ténèbres. Seule la lumière du salon brillait au travers des rideaux, comme un phare dans la tempête.

Sylvia verrouillait sa voiture lorsqu'une détonation claqua.

Elle sursauta, les yeux ronds, le visage figé entre incompréhension et terreur. À peine avait-elle eu le temps de remettre ses sens d'aplomb qu'un autre coup de feu retentissait.

Dans un état second, guidée par ses réflexes, elle piqua un sprint et ouvrit le portail à la volée, avant d'être rattrapée *in extremis* par sa raison. Elle risquait gros en se précipitant de la sorte, à découvert.

Haletante, elle gravit une à une les marches du

perron et s'arrêta devant la porte. Craignant un troisième coup de feu et incertaine de ce qu'elle allait trouver, elle abaissa lentement la poignée. Poussa le battant, un centimètre après l'autre.

Elle ne put réprimer un hurlement déchirant.

Une plainte bestiale.

Céline gisait en chien de fusil sur le sofa du salon. Regard terne et bouche ouverte, un flot épais et continu de sang s'écoulait d'une plaie béante sur son ventre. Il n'y avait plus rien à faire pour elle.

Pliée en deux par la nausée, Sylvia tituba jusqu'à Jérôme, inerte dans son fauteuil fétiche, son arme à la main. Un filet d'air frais entrait depuis l'une des baies vitrées, entrouverte derrière lui.

Les jambes de Sylvia cessèrent de la soutenir et elle tomba à genoux. Agitée de spasmes, la vision troublée par les sanglots qui la ravageaient, elle se hissa à la force des bras pour rallier le corps du lieutenant. Elle effleura du bout des doigts la plaie immonde qui maculait la droite de sa tête d'un voile écarlate. Puis elle lui attrapa le poignet et, tremblante, chercha un pouls.

Une trace de vie.

TROISIÈME PARTIE

Les souvenirs oubliés ne sont pas perdus.

SIGMUND FREUD

30

Retour au présent.
Août 2021.

Lannemezan. Au centre du plateau éponyme, l'un des derniers bastions se dressant sur le chemin de l'Espagne. Tout autour, parée de son manteau herbeux et en majorité stérile, la terre évoquait par endroits les steppes eurasiennes. En aval, côté sud-ouest, les champs s'étiraient à perte de vue. À l'horizon, les cimes blanches de la chaîne des Pyrénées surplombaient la vallée. Le soleil à son zénith illuminait la zone de ses rayons.

Un paysage de carte postale.

Au travers des vitres teintées du fourgon cellulaire qui, gyrophare rugissant, fendait la départementale à grande vitesse, Jérôme cherchait vainement une échappatoire. Un mélange de stress et d'inconfort grandissait à mesure que la destination approchait.

Il avisa une énième fois l'agent pénitentiaire qu'on avait spécialement affecté à l'hôpital depuis son réveil. Assis à ses côtés, ce dernier fixait la route de ses yeux de fouine. L'un des flics désignés pour diriger l'opération siégeait un rang devant eux, bras croisés sur son ventre proéminent, visage poupon rougi par la chaleur, regard absent, le corps ballotté par les soubresauts du véhicule. L'un comme l'autre n'avaient pipé mot depuis leur départ du CHU. En comptant le chauffeur et son collègue à l'avant, aussi muets que leurs congénères, quatre fonctionnaires avaient été affectés à ce transfert. La nervosité apparente de chacun rendait l'atmosphère pesante.

Dix minutes plus tard, la façade blanc et crème du centre pénitentiaire se découpa dans le champ de vision de Jérôme. Voilà donc où il était supposé croupir depuis la mort de sa femme, soit presque deux ans.

L'utilitaire contourna le bâtiment principal pour se positionner devant une grille annexe, quelques centaines de mètres plus loin.

Sans doute voulait-on le faire entrer à l'abri des regards.

Après une brève attente, l'accès s'ouvrit. Le véhicule roula au pas, tanguant légèrement sur le chemin caillouteux, avant de s'arrêter dans un crissement, au bout d'une trentaine de mètres. Le moteur se tut, la porte coulissa et l'air chaud s'engouffra dans l'habitacle avec voracité.

— Terminus, le centre de détention, annonça l'agent sur un ton monocorde.

Les battements du cœur de Jérôme redoublèrent d'intensité lorsqu'il foula le sol de la prison. Son esprit ne se souvenait pas, mais son corps lui envoyait tous les signaux inverses.

Il craignait cet endroit. Plus que tout.

S'il avait vraiment été incarcéré ici, il devait y avoir une raison. L'idée qu'il puisse avoir tué Céline le terrifiait.

Mains liées, Jérôme traîna des pieds sous la pression du surveillant. Le flic enrobé, quant à lui, se tenait en retrait, tandis que les deux autres faisaient demi-tour pour replacer le fourgon dans le sens de la marche.

— Je croyais qu'on m'emmenait à la maison centrale ?

Une violente poussée dans le dos le fit trébucher.

— Tu veux retourner là où tu t'es fait défoncer la gueule ? rétorqua l'agent. Elle est bien bonne, celle-là. Tu serais pas un peu maso, des fois ?

— Je ne me souviens de rien.

— À ce qui paraît, ouais. Mais tu sais quoi ? Je m'en fous complètement. Garde ta salive pour plus tard.

— Pourquoi ?

— Le directeur veut se faire sa propre idée de la situation. En attendant, c'est le centre de détention pour ta pomme. Tu vas être chouchouté. Tu devrais être content.

— Pourquoi ?

L'agent lui cogna l'arrière du crâne d'une petite tape.

— T'as fini avec tes « pourquoi » ? T'es un putain de perroquet, c'est ça ? éructa-t-il de sa voix grave. Ici, on est loin des tarés de la maison centrale. Ça vaut mieux pour toi, crois-moi. Alors ferme-la et arrête de m'emmerder.

Son interlocuteur était soudainement devenu bavard. Très bavard. Certainement le sentiment d'évoluer enfin en terrain connu. Jérôme ne supportait pas sa familiarité ni son ton condescendant, mais à l'écouter, il n'avait aucun souci à se faire tant qu'il resterait ici, hors d'atteinte des détenus les plus dangereux.

Alors pourquoi son intuition lui suggérait-elle le contraire ?

Il se retourna et dévisagea le surveillant avec insistance. Physique trapu. Costaud et sec à la fois. Casquette bleu foncé vissée sur la tête. Tempes rasées à blanc, veines apparentes. Faciès sévère. Nez en patate et lèvres épaisses. La gueule cassée d'un ancien boxeur.

— Tu veux ma photo ? Avance !

L'agent accompagna sa réprimande d'un petit rictus malsain, laissant apparaître ses incisives jaunies. Jérôme se remit dans le sens de la marche.

Le duo pénétra dans un bâtiment. Le flic qui les suivait, toujours aussi discret, resta sur le seuil, signa quelques documents et prit congé sans demander son reste. À sa place, un nouvel agent pénitentiaire, la quarantaine, petit, cheveux courts, muscles saillants sous son polo réglementaire, opéra l'humiliante fouille intégrale avant de s'adresser à son aîné.

— C'est bon, Garnault. Il est clean.

— Parfait. Je te le laisse. À plus, Fournier.

Le dénommé Fournier parapha un papier à la

va-vite et attendit que Jérôme se rhabille avant de lui remettre son paquetage. Les deux hommes franchirent ensuite plusieurs portes – sous bonne garde – et s'engagèrent dans un long couloir flanqué de dix cellules. Cinq de chaque côté. Alertés par le bruit, les autres détenus accueillirent le nouveau venu en battant à tout rompre les barreaux de fer.

— Sale flic !

— Enculé de condé !

Les cris et injonctions désordonnées qui accompagnaient le concert métallique suintaient la haine et le mépris.

Jérôme paniqua. S'il était vraiment un *condé*, il ne donnait pas cher de sa peau. Les gens de cette espèce ne comptaient que des ennemis derrière les barreaux…

L'estomac noué, il regarda Fournier ouvrir la dernière porte sur leur gauche, avant de céder au soulagement en découvrant l'agencement spartiate d'une cellule individuelle.

— Bienvenue dans ton nid douillet.

~

Le policier bedonnant regagna l'utilitaire d'un pas rapide. Quelques kilomètres plus loin, on le déposa à la terrasse d'un troquet qui ne payait pas de mine.

Nicolas Escande l'y attendait.

— Enfin, Perez ! Comment ça s'est passé, ce transfert ? Il est dans quel état ?

— Il a la gueule en vrac, c'est une vraie loque et

sa mémoire déconne à plein tube. Il est en vie, mais c'est plus le même, c'est clair.

— Il t'a reconnu ?

— Ça m'étonnerait. J'ai tout fait pour ne pas croiser son regard.

— Faut dire que t'as pas mal changé en deux ans. Tu regrettes de ne pas l'avoir aidé, hein ?

— Fais pas chier, Escande, grommela Perez. J'y peux rien si la bouffe m'aide à déstresser. Je galère depuis que j'ai arrêté la clope.

— Avoue-le !

— Tu sais très bien ce que je pense. Sans parler de son passage à tabac en taule, le voir à nouveau frôler la mort… bien sûr que ça m'a remué. Ça me rappelle à quel point j'ai déconné. Que ça lui plaise ou non, j'aurais dû enquêter avec lui. Mais il est hors de question que Bénezet apprenne qu'on s'intéresse encore à cette histoire. Je ne peux pas me permettre de me faire virer.

— Tu vois, Perez, t'es un type intègre. C'est ça que j'aime chez toi. Et tu sais aussi bien que moi que Jérôme n'a pas tué sa femme. Le rapport balistique ne va pas dans ce sens. La vérité, c'est qu'on ne sait toujours pas ce qui s'est passé, ce soir-là.

— En tout cas, en ce qui concerne son escorte, on s'en tire bien. Le juge s'attendait probablement à ce qu'on réagisse et c'est pour ça qu'il a accepté que j'en fasse partie. Mais c'était exceptionnel. Si on s'obstine à se rapprocher de Jérôme, ça va paraître suspect.

— Pourtant, il faut bien qu'on trouve un moyen de l'aider.

Perez leva les yeux en l'air.

— On est flics, pas magiciens ! On n'a rien d'autre que notre parole. Libre à toi de te griller si tu y tiens tant. Vois avec Sylvia et son avocat, martela Perez en se levant. Mais si j'étais toi, j'arrêterais avec ces conneries. Faut qu'on soit lucides, mon vieux. Jérôme a été jugé coupable. Point. Je vois pas ce qu'on gagnera à remuer davantage la merde, à part finir dans le collimateur du capitaine.

Le cœur tenaillé par des émotions contraires en dépit de la froideur de ses propos, le lieutenant enjoignit à son collègue de quitter les lieux.

31

Jérôme se sentait piégé entre deux lamelles, sous l'œil grossissant d'un microscope à effet tunnel. Scruté de part en part, décortiqué jusqu'à l'âme. De l'autre côté de l'objectif, derrière les verres épais de lunettes à monture rectangulaire, la mine sévère de Jean-Louis Minvielle, le directeur du centre pénitentiaire de Lannemezan. Depuis quinze minutes, ce dernier le bombardait de questions tout en caressant son bouc poivre et sel soigneusement taillé.

Jérôme avait beau répéter qu'il s'était toujours exprimé sans accent et qu'il ne se souvenait ni de lui ni de cet endroit, il se heurtait à un mur. En dépit de la note confidentielle du médecin et du rapport d'évaluation psychologique alignés sur son bureau, Minvielle doutait de son état de santé.

— Ne soyez pas aussi désespéré, monsieur Cazenave. Je ne fais que mon boulot, tempéra le directeur. Je vois bien que vous vous en êtes pris plein la tronche, si je peux me permettre. Mais qui me dit que ce n'est pas un stratagème pour vous épargner de retourner auprès de vos petits copains et venir saccager mon centre de détention ?

Jérôme écarta les mains autant que ses liens le lui permettaient.

— C'est dingue, ce que vous insinuez ! Depuis que je me suis réveillé, on me met sur le dos des tas de choses que je n'ai jamais faites.

Un petit rictus se dessina sur le visage de Minvielle alors qu'il posait une main à plat sur la missive du docteur Roig.

— Laissez-moi vous rafraîchir la mémoire. Pour un ancien lieutenant de police, vous ne semblez pas très au fait du respect de l'ordre. À peine arrivé ici, vous vous êtes distingué comme l'un des pires fauteurs de troubles. Trafics, chantages, bagarres… Toujours fourré dans les mauvais coups.

Jérôme repensa à ce qu'avait dit l'avocat, dans sa chambre d'hôpital, au sujet de ses tendances autodestructrices.

— Combien de fois je vous ai vu assis à cette place, à prétendre que ce n'était pas votre faute, que vous ne faisiez que vous défendre ? ajouta le directeur. Soyons réalistes : ce qui s'est passé vous pendait au nez. Vous devinez donc sans mal ce qui se produira si je vous réintègre dans le bloc principal, non ? L'idée que vous tentiez d'y échapper en jouant la comédie ne me paraît pas complètement folle.

— Écoutez, je ne pige rien à ce que vous dites. Mon avocat vous a-t-il contacté ?

— Il m'a littéralement supplié de vous protéger.

— Est-ce que j'aurai le droit de téléphoner ? Je dois joindre ma fille.

— On verra plus tard, en fonction de votre comportement. C'est *ma* prison. C'est *moi* qui décide où. Quand. Avec qui. Je tenais d'abord à juger de votre miraculeux changement de caractère avant de me prononcer.

— Et quel est votre verdict, *monsieur le directeur* ?

Le quinquagénaire le foudroya du regard.

— Je ne suis pas assez fou pour vous renvoyer tout de suite dans la fosse aux lions. Vous passerez les deux prochaines semaines en centre de détention, sous surveillance permanente, le temps pour votre avocat de déposer sa demande. Mais soyons clairs. Cette partie de l'établissement n'est pas adaptée aux meurtriers comme vous. Au moindre pas de travers, c'est retour illico à la maison centrale.

32

Jérôme prenait lentement la mesure du lieu, de sa condition et de celle de ses congénères. Parmi ces derniers figuraient des petits trafiquants, des guetteurs, des mules, des receleurs. Aucun gros poisson. Très jeunes, ils ne cachaient pas leur hostilité envers lui, le *sale flic*, l'*enfoiré de condé*, le bouc émissaire tout désigné de leurs déboires avec la justice.

Le directeur ne lui avait accordé aucun traitement de faveur : repas, promenades et douche deux fois par semaine comme tout le monde. Pour parer aux mauvaises surprises, Jérôme restait à l'écart du groupe, imperméable aux provocations et visible aux yeux des matons, Fournier en tête.

Lorsque l'un de ses neuf compagnons d'infortune quitta le centre, un nouvel individu à la peau fripée et aux cheveux gris le remplaça, s'imposant d'emblée comme nouveau chef de meute. La manière dont il menait les gamins à la baguette prouvait sa grande expérience du microcosme carcéral. Cet homme, qui en plus d'une forte odeur d'eau de Cologne dégageait un charisme certain, ne manquait pas une occasion de le jauger du regard. Ses effluves ne lui étaient pas inconnus. Confus, Jérôme traversa la semaine comme une ombre, entre deux mondes, sans savoir auquel se rattacher. Jusqu'à se convaincre qu'il débloquait et qu'il devait se focaliser sur sa vie de détenu. Aussi inconcevable que cela paraisse.

Le matin du septième jour, le loquet en fer claqua et la porte s'ouvrit, dévoilant les traits fatigués de Fournier. Exit le petit sourire en coin dont le maton ne se départissait jamais. Éprouvé, il menotta Jérôme sans ménagement et s'adressa à lui d'un ton glacial.

— T'as de la visite.

Fidèle à sa promesse, Serge Gaillard venait lui faire part de ses avancées. Il lui confia que Sylvia avait convaincu Jacques Vidal, son voisin d'en face, de venir témoigner en sa faveur. Le vieil homme, par peur des représailles, avait tout gardé pour lui de longs mois.

— Le juge a accepté la demande de révision du procès. L'audition de M. Vidal aura lieu lundi matin.

— Soit quatre jours avant mon retour dans le bloc principal, s'inquiéta Jérôme. Est-ce qu'on aura une chance de me faire libérer avant ?

Gaillard s'accouda à la table, croisa les doigts et plongea son regard dans le sien.

— Je vais être franc. La réponse est non. Une fois cette étape franchie, il faudra déposer une demande de suspension de peine.

Jérôme roula des yeux devant la complexité de la procédure.

— Une idée des délais ?

— Jusqu'au verdict ? Comptez trois semaines. Peut-être moins, mais je ne tablerais pas là-dessus.

La voix de l'ancien policier chevrota.

— C'est foutu, je ne sortirai jamais d'ici… Ou alors, les pieds devant.

— Je vais essayer de prolonger votre séjour en centre de détention. Les choses évoluent positivement. Minvielle est au courant. Sa petite réputation lui importe beaucoup. Si la procédure aboutit à votre libération et qu'il vous arrive malheur entre-temps, il ne résistera pas à la déferlante médiatique. Croyez-moi, il m'écoutera.

— Je dois absolument appeler ma fille. Le directeur m'en empêche pour le moment, et je doute que cela change. Vous pouvez faire quelque chose ?

— Jérôme, cela fait des années que votre fille ne vous parle plus. Restez concentré sur votre défense.

33

Pousser le chariot de fer aux roues grinçantes et capricieuses jusque dans la première cellule. Saluer ses collègues d'infortune et échanger des banalités.

— Cazenave ! Magne-toi un peu le cul, on n'a pas toute la journée !

S'excuser et s'atteler à la tâche. Récupérer les anciens draps à même le sol et y déposer les nouveaux. Sortir et jeter la literie souillée dans le grand sac prévu à cet effet. Attendre que le maton geignard referme la porte et lui emboîter le pas dans les allées bruyantes du pénitencier.

Pousser le chariot. Encore.

Nouvelle cellule, rituel identique.

Terminer sa besogne sans broncher, rapporter le chariot à la laverie et réintégrer son taudis de trois mètres carrés, en attendant la prochaine possibilité de se promener.

~

Lever les yeux. Contempler le ciel bleu à l'infini. Prendre une grosse goulée d'air. Sous les rayons agressifs du soleil, apprécier ce simulacre de liberté.

Dans les miradors comme dans la cour intérieure, les surveillants affichaient leur nervosité. Rares étaient les promenades paisibles, sans que l'un des deux clans dominant le bloc se fasse remarquer.

Celle du jour ne dérogeait pas à la règle.

Encore sous l'effet des médicaments administrés dans le cadre de sa thérapie, Jérôme traîna au point de se retrouver isolé.

Tout se déroula très vite.

Deux bras puissants jaillirent dans son dos pour se refermer sur sa poitrine. L'adrénaline le tira de sa torpeur passagère. Il se débattit avec vigueur alors qu'on l'entraînait vers l'arrière, hors de la vue des matons.

Dans un angle mort.

— Lâche-moi, enfoiré ! Lâche-moi !

Face à lui, un homme à la carrure imposante qu'il n'avait jamais encore croisé fendit le rideau formé par ses subalternes. Mal rasé, la peau brune, il le transperçait du regard de celui qui s'apprête à commettre l'irréparable.

Jérôme se dit que sa dernière heure était arrivée. Il se démena avec l'énergie du désespoir, hurlant de toutes ses forces pour qu'on vienne le sauver. Un coup aussi précis que violent à la base de la nuque neutralisa ses velléités. Pourtant grand gaillard, Jérôme s'écroula lourdement et son crâne heurta le bitume bouillant. Sonné, il eut le réflexe de se protéger la tête lorsqu'une véritable tempête s'abattit sur lui. Les secondes s'étirèrent. La conscience de Jérôme s'étiolait lorsque des cris couvrirent le déluge qui le submergeait.

— IL EST LÀ ! IL EST LÀ ! DÉPÊCHEZ-VOUS !

Avant de s'évanouir, ses sens captèrent les effluves fruités émanant de l'un des hommes qui l'entouraient.

~

Jérôme se réveilla en sursaut, le front luisant de sueur, les bras levés, comme un boxeur prêt à parer un direct en pleine tête. Son crâne lui faisait un mal de chien.

Passé cet instant de désorientation totale, il baissa la garde et prit conscience qu'il était dans sa cellule. Il venait de faire un sacré cauchemar.

Sa main se porta sur sa cicatrice frontale, où la douleur pulsait particulièrement fort.

Deux détails lui revinrent en mémoire.

L'odeur de ce fichu parfum. Et les yeux assoiffés de sang de cet homme qui fondait sur lui.

34

Serge Gaillard s'était montré digne de confiance. Que ce soit au sujet de la prolongation de sa détention hors du bloc principal, validée par le directeur ; du témoignage de Jacques Vidal, jugé recevable ; et de la demande de suspension de peine qui avait suivi, acceptée après dix-sept jours d'évaluation, l'avocat avait brillé par son efficacité.

Dans l'obscurité de sa geôle, allongé sur son lit, les mains croisées derrière la tête, Jérôme entamait sa dernière nuit avant de respirer à nouveau l'air frais de la liberté. On le relâchait sous condition, le temps que l'enquête officiellement rouverte conduise à de nouvelles conclusions.

D'autres épreuves l'attendaient dehors, il le savait. Il les affronterait comme elles viendraient.

Il se surprenait à imaginer que sa fille l'attendait à sa sortie, derrière les grandes portes de la prison. Elle seule pourrait lui dire ce qui était arrivé à Céline.

Alors que le sommeil l'emportait enfin, un faible claquement métallique arracha Jérôme à ses songes.

Il ouvrit les paupières et retint sa respiration, sens en exergue, à l'affût du moindre mouvement.

Silence total.

Pourtant, il n'avait pas rêvé. On venait de déverrouiller l'accès à sa cellule.

En pleine nuit.

Jérôme se redressa. La porte ne bougea pas d'un centimètre.

Cœur battant, il se leva et s'approcha à pas de loup. Sur le seuil, il ouvrit et se risqua à une discrète œillade à travers l'interstice.

Une silhouette se mouvait de l'autre côté du couloir. Droit dans sa direction.

En proie à la panique, Jérôme réintégra sa geôle et chercha dans la précipitation de quoi se défendre. Rien ici ne lui permettait de faire du mal à qui que ce soit, y compris à sa propre personne.

À présent, il entendait distinctement des pas.

La porte s'ouvrit avec une lenteur calculée et la carrure de son assaillant nocturne se découpa dans l'encadrement. Lorsque l'individu s'avança, Jérôme reconnut l'homme aux cheveux gris coiffés en brosse et au charisme certain qui le reluquait sans cesse.

Celui qu'il avait vu dans son rêve.

Acculé, Jérôme adopta une posture défensive. Il vendrait chèrement sa peau.

— Calme-toi, fiston. T'as rien à craindre. C'est Fournier qui m'a permis de venir te voir, dit-il en désignant du pouce le néant derrière lui. Alors comme ça, tu sors demain ?

L'inconnu s'exprimait avec un ton assuré. Sa voix rocailleuse interdisait toute discrétion, ce qui ne semblait pas le déranger.

— On se connaît ?

— Je vais m'expliquer, mais boucle-la, tu veux ? Assieds-toi. J'ai pas beaucoup de temps.

Jérôme s'exécuta tout en restant à bonne distance de son interlocuteur, muscles bandés, prêt à réagir en cas de besoin.

— Je m'appelle Gio Esposito, continua son visiteur. Je suis tombé pour trafic de bijoux et de montres de luxe sur la Côte d'Azur, y a une plombe de ça. On s'en fout, mais bon, comme il paraît que t'as le ciboulot ratatiné, je me dis que ça pourrait t'aider à te rappeler. Les pierres, les gonzesses, la thune et les casinos… Ça te revient ou pas ?

Le regard désemparé et le timide « non » qu'il reçut en retour l'indignèrent.

— Putain, c'est quoi, cet accent de fillette ? Ils t'ont pris tes couilles, aussi ? Sans déconner…

Gio s'adossa au mur, face à lui, et croisa ses bras noirs de tatouages.

— Écoute, fiston. Je vais pas passer par quatre chemins. C'est moi qui t'ai sauvé les miches. Quand t'as débarqué, t'as vite pigé que j'étais un des mecs les plus respectés du bloc. T'as suivi mes conseils et fait tes preuves. C'est grâce à mes gars que ce jour-là, ces enculés de basanés ont pas eu l'occasion de te finir. C'est grâce à moi que les gardiens ont pu t'emmener à temps à l'infirmerie. Sans ça, tu crevais sur place, comme un clébard.

Tout se mélangeait dans l'esprit de Jérôme. Ce

rêve qu'il avait fait était donc une réminiscence de son passé proche ? Esposito n'avait aucune raison de mentir : s'il avait voulu le tuer, il l'aurait déjà fait.

— Ça ne m'explique pas ce que tu fais là, rétorqua-t-il avec aplomb. Parce que si j'ai bien suivi et que tu ne me racontes pas de craques, tu arrives tout droit de la maison centrale.

Gio acquiesça.

— Exact. J'attends ce moment depuis le jour où j'ai appris que t'étais enfermé ici. Ceux qui voulaient ta peau ont pété un câble quand ils ont su que t'avais pas clamsé. Ils m'ont tenu pour responsable. Ça a dégénéré plus fort que d'habitude. Mais faut croire que ce con de dirlo suit la situation de près. Pour me protéger, il a pas hésité à m'envoyer ici. Ce qui est complètement débile, au passage. J'ai beau avoir soixante-cinq balais, je suis capable de me défendre. Mais bon, ça m'a donné l'occasion de te voir avant que tu te barres…

— Si c'est pour me demander un retour d'ascenseur, je ne peux rien pour toi…

— T'inquiète, coupa le vieil homme. J'ai besoin de rien. C'est juste que t'es un de mes gars et je voulais te mettre en garde.

— Contre quoi ?

— Ces connards qui t'ont attaqué. C'est pas tombé du ciel. Ils avaient un contrat sur ta tronche, j'en suis persuadé. Après leur avoir cassé la gueule, on a tenté de leur tirer les vers du nez, mais ces salopards sont coriaces. Ils ont rien lâché, et j'aime pas ça. Pas du tout. Alors, quoi que tu fasses une fois dehors, fais gaffe à ton cul, fiston.

35

La respiration lente, les épaules lasses, Sylvia patientait dans le silence de sa voiture garée non loin du centre pénitentiaire. Elle cuisait littéralement sous le soleil accablant, scrutant au travers de sa fenêtre baissée la porte séparant son monde de l'enfer carcéral. Un mélange d'excitation et d'appréhension lui comprimait la poitrine et faisait battre son cœur plus fort que de raison.

Même si Jérôme avait changé au point d'être méconnaissable, il n'en restait pas moins son arme la plus précieuse. Qu'il se souvienne d'elle ou non.

La situation était certes compliquée, mais pas insurmontable.

Elle avait pris soin d'appeler le docteur Roig avant de gagner Lannemezan. Le praticien lui avait fortement conseillé de rester près de Jérôme et d'accompagner ses premiers pas dans cet environnement qu'il ne maîtriserait pas. Il fallait le ménager. L'adaptation à sa nouvelle vie ne se ferait pas sans difficultés.

Pour le reste, tout dépendait de sa propre volonté.

Plus il se confronterait à sa réalité, plus ses souvenirs seraient susceptibles de revenir.

Au prix d'un grincement sinistre, la grande porte bleu roi s'effaça au profit d'une silhouette longiligne affublée d'un survêtement, d'une casquette et d'un sac à dos noirs. Un homme hébété et négligé, comme en témoignait sa barbe fournie et indisciplinée. Mais un homme en vie.

Un homme libre.

~

Le claquement qui résonna derrière lui arracha un soupir de soulagement. Il ferma les paupières, inspira à pleins poumons et se délecta de la caresse brûlante du soleil sur sa peau moite.

Sa détention s'achevait. L'instauration d'un contrôle judiciaire hebdomadaire avec interdiction de quitter le territoire national lui rappelait néanmoins le caractère provisoire de sa sortie. La mise en garde de Gio Esposito ancrée dans un coin de sa tête, il se jura de ne plus jamais remettre les pieds dans cet endroit de malheur et commença à chercher celle qui l'attendait. Serge Gaillard l'avait prévenu, plus tôt dans la matinée. Sylvia était là pour l'accueillir.

La porte d'une citadine rouge sang s'ouvrit sur son occupante, qui s'extirpa de l'habitacle avec maladresse et lui fit un timide signe de la main. Jérôme combla la trentaine de mètres qui les séparait tout en avisant la frange qui dansait devant les yeux de Sylvia, ses lunettes rondes ainsi que l'ovale parfait de son visage. Menue, elle portait un haut blanc, un jean brut et des Converse blanches. On aurait dit une jeune étudiante fraîchement diplômée.

Elle lui sourit.

Il l'imita.

Lorsque les yeux pétillants de Sylvia accrochèrent les siens, Jérôme vacilla.

La psychologue fit un pas en avant pour le soutenir.

— Ça… ça va aller, balbutia-t-il.

Confus, il ajouta :

— Merci d'être venue me chercher. Et désolé, on est censés se connaître, mais…

— Te tracasse pas, coupa Sylvia, elle-même déstabilisée. J'imagine ce que tu ressens. Du moins, j'essaie. Alors on va y aller étape par étape, d'accord ?

Elle se tourna et désigna l'arrière de la voiture.

— J'ai fait deux, trois courses avant de venir. Ça te fera des fringues de rechange.

— Merci.

— Pas de quoi. Allez, jette ton sac dans le coffre et grimpe. On rentre à Nîmes. Ça nous laissera tout le temps de discuter.

Sylvia profita du premier tronçon de voyage pour raconter à Jérôme leur première rencontre, deux ans auparavant. Elle vanta les mérites de leur collaboration et la complicité qui les unissait. Distrait, Jérôme observait le miniballon aux couleurs du LOSC qui pendouillait, accroché au rétroviseur central. Il finit par attraper l'objet. La signature d'un joueur pour un certain Marc le fit sourire.

— Marc? C'est ton fils?

Le ton désinvolte qu'il employa prit Sylvia de court.

— Oui, finit-elle par répondre.

— C'est un chouette cadeau.

— Tu as faim? demanda-t-elle pour couper court au malaise qui naissait dans sa poitrine. On devrait s'arrêter un peu. J'ai le dos en compote et ma nuque ressemble à un bout de bois.

Tout en déjeunant, Sylvia évoqua tant bien que mal son parcours professionnel et sa vie dans le Nord. Puis elle embraya sur le soutien psychologique qu'elle avait fourni à Jérôme après sa condamnation, sans faire mention de l'enquête de 2019, sujet trop sensible à ce stade. Jérôme l'écouta avec attention et posa de nombreuses questions sur sa supposée dépression. Un échange au cours duquel il s'escrima à donner corps à ce passé oublié, ce qui ravit la psychologue. Il n'y avait pas meilleur brise-glace. Jérôme était en pleine période d'acceptation de soi. S'il continuait à ce rythme, il atteindrait bientôt la phase suivante, celle de la recherche de la vérité, porté par une attitude positive, orienté vers le futur. Sylvia devait à tout prix encourager ce processus. Rien ne se produirait sans que Jérôme prenne conscience que sa vie était un chantier dont il était le seul maître d'œuvre.

Après une pause plus longue que prévu, ils

reprirent leur chemin en discutant cette fois de la condamnation de Jérôme et des enjeux à venir.

— Je ne croirai pas à la mort de ma femme avant d'en avoir la preuve, la prévint-il. C'est non négociable. J'ai besoin de ça, tu comprends ?

Elle hocha la tête, sans quitter la route des yeux.

— Si ça ne tenait qu'à moi, tu aurais déjà le dossier entre les mains. Malheureusement, ce n'est pas demain la veille que ça arrivera… Je suis en froid avec le groupe Bénezet à la PJ. Je leur en veux à mort de t'avoir abandonné. Et c'est réciproque depuis que j'ai provoqué ta libération et la reprise de l'enquête. Le capitaine Bénezet est furieux. Il vit ça comme une humiliation. Surtout qu'il est seul à bord, maintenant : le juge Paoli a été muté. Le nouveau magistrat est bien moins frileux que lui, apparemment.

Elle ne lui laissa pas le temps d'ouvrir la bouche et ajouta :

— J'ai prévu autre chose, mais on arrivera un peu trop tard pour ça, aujourd'hui. Sois patient. On s'y rendra demain, à la première heure. En attendant, tu restes à la maison. Tu dois te reposer. Prendre des forces. Tu vas en avoir besoin.

36

Ses baskets crissaient sur les allées en gravillons parsemées de touffes d'herbe jaunie. Ses yeux fatigués et embués d'une émotion grandissante décortiquaient chaque sépulture qui croisait son chemin. Visage grave, lèvres scellées, Jérôme déchiffrait au passage les noms des défunts au milieu des gerbes de fleurs déposées par leurs proches. Il grappillait les secondes comme pour retarder l'inéluctable.

Par pudeur, Sylvia était restée près du grand cyprès qui marquait l'entrée du cimetière communal de Poulx, après lui avoir indiqué l'endroit où reposait sa femme. Elle se contentait de l'observer de loin, avec une certaine appréhension.

Jérôme parvint au carré tant redouté. Voir son propre patronyme gravé en lettres capitales dans le marbre le ramena tout droit à ses jeunes années et au décès accidentel de ses parents, lors d'inondations massives suivies d'un glissement de terrain qui s'était produit alors qu'il était en déplacement. La crue exceptionnelle avait emporté véhicules, maisons et habitants en l'espace de quelques heures à peine.

Un frisson descendit le long de sa colonne vertébrale. Il y était. Et à moins d'aller vérifier à l'intérieur, ce lopin de terre abritait la dépouille de sa chère et tendre, disparue le 4 septembre 2019.

Deux ans.

Sylvia Lontano ne lui avait pas menti.

Serge Gaillard non plus.

Il pourrait imaginer un complot, une machination destinée à le rendre fou, à se jouer de lui pour une raison qui lui échapperait. Mais, au fond, il savait depuis qu'il était sorti de son coma. Seule la réalité crue, froide, s'imposait à lui.

Jérôme suait abondamment et respirait la bouche ouverte. Des larmes ruisselaient sur ses joues. Il retira sa casquette, exposant les larges cicatrices qui labouraient son visage et son crâne, avant de s'accroupir pour toucher la stèle funéraire du bout des doigts. Sur le marbre bouillant reposaient plusieurs pots en céramique remplis de fleurs fraîches, certainement déposés par Sylvia.

Sonné, avec l'impression d'assister impuissant, à quai, au passage du train de ses regrets, il ne put réprimer les sanglots qui éclatèrent sans prévenir.

— Je suis désolé, mon amour. Tellement désolé. Je me sens con à un point… C'est un cauchemar. Un putain de cauchemar. Comment est-ce que je suis censé faire sans toi ?

Il venait de prononcer ces mots tout haut, d'une

voix brisée, écorchée. Il serra les dents et plissa les paupières afin d'endiguer sa peine.

Jérôme resta recroquevillé de longues minutes, à divaguer, messes basses dans le bruissement des feuilles sous un léger mistral, avant de se résoudre à abandonner sa moitié. Il expira son désarroi et se leva pour rejoindre Sylvia, en vue de la deuxième étape de ce tour improvisé dans son passé.

— Est-ce que j'ai tué ma femme ?

— Non. Je te jure que non. C'est une mise en scène et nous allons le prouver.

— Je voudrais tellement te croire, sanglota Jérôme.

Lorsque la psychologue remonta la route de la Baume, Jérôme reconnut ce tronçon qui courait à travers la garrigue et qu'il empruntait au quotidien pour rejoindre Nîmes. Un mal de crâne intense le cueillit avant qu'il puisse en faire la remarque. Mains plaquées sur les tempes, il cligna des yeux avec une frénésie quasi épileptique.

À l'allure modérée de la Micra sur la route baignée de lumière se superposait par intermittence le rugissement de sa Peugeot de fonction, lancée à pleine vitesse sur le même tracé, de nuit, sous une pluie torrentielle.

— Jérôme ? Oh, Jérôme ! Qu'est-ce qui ne va pas ? Tu veux que je m'arrête ?

L'intervention de Sylvia le sortit de sa crise.

— Ça va, t'inquiète pas…

— Rien d'étonnant à ce que tu réagisses à ce

qui nous entoure. Mais dis-moi si tu as besoin de souffler, d'accord ?

Jérôme leva le pouce alors que la Nissan entrait dans un lotissement légèrement en pente. Sylvia ralentit et se gara sur le bas-côté, dans une manœuvre qui trahissait une certaine habitude.

— On y est.

~

S'il s'était attendu à ça !

Comment une propriété pouvait changer autant en l'espace de deux ans ? Sa villa n'était plus qu'un vulgaire squat délabré.

Jérôme s'avança en détaillant le mur de façade, marqué par la coulure des eaux de pluie et criblé de tags. Il empoigna l'un des barreaux du portail, parcouru par une épaisse chaîne en acier renforcé. Un cadenas barrait l'accès au jardin aux allures de forêt vierge.

— J'ai passé ma vie à chasser les jeunes qui venaient fumer leurs joints et picoler à l'abri des regards, indiqua Sylvia, désabusée, en sortant une clé de sa poche. J'ai tout tenté pour leur faire passer l'envie de transformer ta maison en dépotoir. Mais rien ne les arrête et, à moins de monter la garde vingt-quatre heures sur vingt-quatre…

Elle fit sauter le verrou et précéda Jérôme au travers de l'épaisse végétation, jusqu'à la porte d'entrée.

L'intérieur sentait le renfermé et la poussière. Une odeur âcre agressa la gorge de Jérôme. Il toussa dans son poing tout en explorant d'un pas résolu son habitation laissée à l'abandon. Dans le séjour au sol crasseux, jonché d'éclats de vaisselle, de mégots et de bouts de carton à moitié pourris, une bonne partie de leurs meubles d'antan manquaient à l'appel. Disparus également les décorations, l'électroménager et l'horloge ancienne. Les deux grands sofas du salon ainsi que son fauteuil fétiche étaient éventrés et constellés de taches de moisissure. Certaines vitres, brisées, étaient condamnées par des planches de bois fixées sur le bâti de la fenêtre.

— Pourquoi personne ne s'est occupé de la maison ? s'insurgea-t-il.

— J'ai fait ce que j'ai pu, se défendit Sylvia. Légalement, il aurait fallu que ta fille prenne le relais, mais…

Jérôme s'arrêta net et fit volte-face.

— Gaillard m'a dit qu'elle ne voulait plus me voir. Tu peux m'expliquer ?

— Nous l'avons rencontrée. Elle nous a envoyés promener et depuis, plus de nouvelles. Ce n'est pas faute d'avoir essayé… jusqu'à ce qu'elle nous menace de porter plainte pour harcèlement si on s'obstinait.

Jérôme leva les bras en signe d'impuissance.

— Elle doit penser que j'ai tué sa mère. Tu m'étonnes qu'elle ne veuille pas m'approcher !

Jérôme continua son inspection en pénétrant dans une grande pièce sombre dotée d'une véranda aux vitres fêlées.

— Tu te souviens de cet endroit ? lança Sylvia depuis le couloir.

— C'est là que Céline entreposait ses tableaux, non ?

— Malheureusement, toutes les toiles ont disparu.

— Il ne me reste plus rien d'elle, regretta Jérôme.

— Céline m'avait offert sa toute première toile. Mais tu sais…

Sylvia hésita, sachant qu'elle allait le blesser.

— C'est moi qui lui ai suggéré de peindre, dans le cadre de sa rééducation. Ça s'appelle le *daily painting*.

La pression rattrapa Jérôme, qui se crispa. Trop de dissonances entre *sa* réalité et celle qu'il se prenait de plein fouet depuis sa sortie.

— Je dois absolument aller voir Marine. Elle seule peut m'aider à trouver les pièces manquantes du puzzle.

Sylvia approuva cet élan de lucidité d'un hochement de tête, avant d'ajouter que la vérité se cachait sans doute dans les replis de l'enquête menée deux ans plus tôt.

— Si le reste de la baraque est dans cet état, alors j'en ai assez vu, rumina Jérôme en regagnant l'entrée.

Sylvia le suivit en s'interrogeant. Se rendait-il compte de son évolution ? Forçait-il les choses ou est-ce qu'à son contact, son naturel enfoui revenait au galop ?

De retour à Marguerittes, elle lui relata l'enquête de 2019 dans les moindres détails. Jérôme découvrit une version insoupçonnée de lui-même. Il écouta en partant du principe que ce passé existait bel et bien.

Sylvia choisit d'ignorer la recommandation du docteur Roig. Elle ne s'opposa pas à l'idée de laisser Jérôme se rendre seul en Alsace pour rencontrer sa fille. De son côté, elle retournerait à Lannemezan afin de creuser la piste encore fraîche de l'agression dont avait été victime l'ancien policier dans l'enceinte de la prison. Sans accès au dossier d'instruction, il s'agissait là de leur unique espoir. Aussi, par acquit de conscience, elle comptait tenter une dernière fois sa chance auprès de Bénezet, peu importe combien ce dernier la haïssait pour avoir remis son travail et son autorité en cause.

— En parlant de la prison…, lança Jérôme. J'ai eu de la visite, la nuit précédant ma sortie. Un type qui s'appelle Esposito. J'ai cru qu'il allait s'en prendre à moi, mais apparemment il me protégeait pendant mon séjour en taule. Il m'a conseillé de surveiller mes arrières, une fois dehors. D'après lui, ça n'avait rien d'un accident. On voulait vraiment me tuer.

— « On » ? répéta la psychologue.

— Tout ce que je sais, c'est qu'il les appelait les « enculés de basanés ».

37

La nuit enveloppait Stockfeld, quartier animé du sud de Strasbourg. Les coins reculés ne manquaient pas dans cette zone entourée par le massif forestier du Neuhof. En son cœur, une ferme désaffectée transformée en un gigantesque club underground s'éveillait chaque week-end.

Terrée à des kilomètres de la ville, au bout d'un unique chemin emprunté par les fêtards en quête de sensations fortes, l'Obsidienne se voulait à l'image de la roche dont il tirait son nom : sombre et volcanique.

Comme d'habitude, Marine s'était pointée en milieu de soirée avec son mec, Florian Zimmermann, un Alsacien pur jus de seize ans son aîné. Un type filiforme, à la peau diaphane recouverte de tatouages tribaux, à la barbe démesurément longue et aux yeux de rapace. Il avait hérité de plusieurs terrains – dont celui-ci – à la mort de ses parents et en avait détourné l'utilisation pour les besoins de son réseau.

Un business tentaculaire.

Marine avait passé deux heures avec Flo, en catimini dans l'arrière-salle, le temps de se prendre quelques lignes de blanche, de s'envoyer en l'air et d'entamer son capital sobriété avant une soirée qui s'annonçait bouillante. L'Obs avait les reins assez solides pour accueillir près de cinq cents personnes.

Ce soir, nul doute que la salle serait pleine à craquer.

À minuit tapant, Marine, déjà bien entamée, salua ses troupes avant le début des hostilités. La plupart des employés la fusillaient du regard. Ils ne pouvaient pas la piffer, la jalousaient probablement parce qu'elle était la protégée de Zimmermann, mais elle n'en avait strictement rien à cirer. Elle était intouchable. S'en prendre à elle ou, à l'inverse, lui faire du gringue, revenait à se faire dézinguer par son cher et tendre. Certains pourraient en témoigner, s'ils ne croupissaient pas six pieds sous terre, leur dépouille marquée du sceau des pires sévices imaginables.

Lors du passage en revue des équipes, Marine croisa les prunelles luisantes de défi d'un barman de son âge. Elle lui offrit en retour un rictus provocateur et plein de dédain. Une manière de dire : Ose afficher ouvertement ta haine contre moi, sale con.

Puis elle s'adressa aux troupes :

— Ce soir, on fait honneur à l'Obs et on écoule tout ce qu'on a. Pour ceux qui demandent de la C, rien ne change, faites signe aux gars postés devant chaque comptoir en utilisant le code habituel. Ils s'occuperont du reste.

Deux heures plus tard, la musique électro saturait l'air, les corps agglutinés se mouvaient, la température atteignait des sommets. Les verres se vidaient, la fumée intoxiquait les poumons et la dope se répandait dans les veines.

Marine enchaînait les joints et sifflait les vodka-Red Bull comme du petit-lait. Juchée sur ses Demonia noires aux semelles démesurées, elle se déhanchait avec nonchalance le long de son chemin de ronde, où son œil entraîné surveillait chaque point de vente. Flo lui faisait aveuglément confiance et elle le lui rendait bien.

Lassée par le bruit, la jeune femme décida de rejoindre sa moitié dans l'arrière-salle, au tréfonds du bâtiment principal. Elle perturba un rendez-vous entre Flo et Luan, ce mastodonte à la peau cuivrée qui la matait chaque fois avec la même insistance.

Tous deux étaient confortablement installés sur de larges sofas en cuir, seule touche de luxe dans un environnement négligé et poussiéreux.

Florian Zimmermann était rompu aux errances de Marine. Mieux, il les tolérait. C'était bien la seule à pouvoir le déranger pendant ses réunions de travail.

— Comment ça se passe ? lança-t-il d'une voix atone.

Marine vint s'asseoir sur ses genoux et l'embrassa avec fougue, sans se soucier une seconde de son invité.

— Comme d'hab', t'inquiète pas.

Elle se détourna de son homme et reluqua la table basse en verre jonchée de cadavres de bières, de sachets de poudre et d'une bouteille de vodka qu'elle saisit par le goulot.

— Vas-y mollo. La soirée est encore longue.

Elle prit une lampée et se mit à rire comme une ado.

— Tout ça, c'est à cause de *lui*. J'arrive pas à croire qu'il soit sorti de taule après ce qu'il a fait.

— Oublie ton père. Il a le cerveau en compote, non ?

— C'est ce que son avocat m'a dit dans son dernier message, ouais. Justement, c'est ça qui me chiffonne, tu vois ? Manquerait plus qu'il me prenne pour sa pote et qu'il vienne me faire chier.

— Tu veux qu'on s'en occupe ?

— Ça va pas ? Tu ne mérites pas d'aller en prison pour ce connard. Paraît que l'enquête est rouverte à cause d'un nouveau témoignage. Mais j'y crois pas une seule seconde. Ce type a tué ma mère. Et en admettant qu'il n'ait pas appuyé sur la gâchette, c'est bien lui qui l'a envoyée au casse-pipe. Quand ils comprendront ça, il retournera derrière les barreaux, le seul endroit où il mérite d'être.

Assis en face du couple, à l'étroit dans son costume, Luan en rajouta une couche de sa voix rauque.

— C'est du passé, tout ça. Pense à nos affaires. Tu fais du bon boulot. Faut que ça continue. T'es importante pour nous, tu sais ?

Marine avisa l'invité d'un œil réprobateur. De quel droit s'immisçait-il dans ses histoires de famille ? Elle ne pouvait pas le blairer, avec sa tronche de clebs…

— Je vois pas en quoi ça te concerne. Je me mêle pas de tes affaires, moi, non ? Dis-lui, Flo !

Le caïd ignora la remarque et préféra se réfugier dans le mutisme. Pourquoi accordait-il autant de crédit à ce type ?

Contrariée, Marine reprit une rasade de vodka, grimaça en reposant la bouteille sur la table et se leva d'un bond.

— Au passage, Olivier me regardait de travers, tout à l'heure, dit-elle à son mec. Ça serait bien que tu le remettes en place. À moins que t'aies vraiment perdu ta langue, et tes couilles par la même occasion…

Elle quitta la pièce sans demander son reste. Elle se maudissait parfois pour ce caractère qu'elle tenait de Jérôme Cazenave, l'homme qu'elle détestait le plus sur terre.

Une fois seuls, les deux hommes se toisèrent un instant, circonspects.

— Tâche de garder un œil sur elle. Cette gonzesse, c'est notre assurance-vie, fit remarquer Luan.

Zimmermann ficha une clope à la commissure de ses lèvres et s'y reprit à deux fois pour l'allumer. Il balança le briquet qui tinta sur le verre de la table et expira un long nuage de fumée.

— C'est bon, pas la peine de radoter. Si vous tombez, on perd tout. Marine, je la gère. Quant à son père… Je sais qu'il vous a causé des soucis par le passé, mais il n'est pas une menace dans son état actuel. S'il nous emmerde, je te préviendrai, d'accord ?

Il se pencha en avant et poursuivit :

— Plutôt que de te faire du mauvais sang, quand est-ce que tu repars à la chasse ?

38

Un échec cuisant. Voilà par quoi s'était soldée la tentative de Sylvia de renouer avec Luc Bénezet, afin d'accéder au dossier d'enquête. Le capitaine venait de se séparer de sa femme. Le chantage n'avait plus prise sur lui. Il avait congédié Sylvia sans même demander de nouvelles de Jérôme, qu'elle avait laissé à la gare quelques heures plus tôt, billet pour Strasbourg, liquidités, téléphone et coordonnées de sa fille en main.

Sur le parking, Sylvia croisa le lieutenant Perez, essoufflé et transpirant à grandes eaux.

Elle s'éloigna en se targuant de ne pas repartir les mains vides. Entre deux remontrances, le capitaine avait consenti à lui lâcher une info – qui ne tarderait pas à devenir publique – pour qu'elle débarrasse le plancher. Une info qui justifiait qu'il ne se défile pas face à elle.

Le parquet avait confié l'affaire Céline Cazenave à l'équipe du capitaine Folcher, grand rival de Bénezet au sein de la police nîmoise. Tous ceux dont le nom figurait dans les rapports initiaux pouvaient être réquisitionnés à tout moment pour assister son groupe si besoin.

Sylvia ne pouvait pas mettre la main sur le dossier. À moins d'être convoquée. Un scénario plausible, car après tout, elle était la première arrivée sur les lieux du drame, ce soir-là.

En attendant, comme prévu, il était temps de se rendre à la prison. Assistée de Serge, elle avait aussi effectué une demande de parloir, afin de rencontrer ce fameux Esposito à qui Jérôme devait la vie. Au vu du délai tardif de la requête, ils avaient dû miser sur le bon vouloir du directeur Minvielle.

Ce dernier avait accepté.

Aux abords de l'échangeur Nîmes-Ouest, point d'entrée vers la Languedocienne, l'autoroute qui traversait l'Occitanie, le téléphone de Sylvia sonna. Elle s'arrêta sur le bas-côté, juste avant la zone de péage.

— Serge?

Elle entendit les pas précipités de l'avocat pour s'isoler. Il devait être au palais de justice à cette heure-ci.

— Syl, tu es encore chez Bénezet?

— Non, pourquoi?

— J'ai reçu un coup de fil du commandant de la police scientifique. Nicolas Escande.

— Qu'est-ce qu'il veut?

— Accroche-toi. Il dit que la nouvelle expertise des analyses effectuées sur la scène de crime de Céline Cazenave met en cause les précédentes conclusions de l'enquête. Notamment pour ce qui est de la balistique. Pour lui, le doute est permis quant à la culpabilité de Jérôme.

— Comment ça ?

— À l'époque, c'est son second qui a géré l'affaire à sa place. Escande était en arrêt de longue durée, au chevet de sa mère malade. Il n'a pas bossé pendant cinq mois.

Sylvia repensa aux confidences de Jérôme peu après le meurtre de Sébastien Kumanski. Escande était absent depuis quelques jours déjà, pour raisons familiales. Serge et elle s'étaient arrêtés aux conclusions du compte rendu de la scientifique sans prêter attention à qui l'avait rédigé. Il n'y avait aucune raison de douter de leur expertise.

— Les conclusions ne collent pas avec les prélèvements et les analyses réalisés, ajouta Serge. On ne peut pas trancher, en fait. Ni dans un sens ni dans l'autre.

Le cœur de Sylvia battit à tout rompre.

C'était une avancée timide, mais une avancée quand même. Le groupe du capitaine Folcher, doté d'un regard neuf sur l'affaire, ne passerait pas à côté de ce genre de détails. En admettant qu'ils bossent en toute indépendance.

— J'ai du mal à comprendre où veut en venir Escande, lança-t-elle. Pourquoi se réveiller aussi longtemps après les faits ?

— Il craignait des représailles. Son second lui a avoué avoir subi des pressions de la part de Bénezet, à l'époque. Tu connais le capitaine, il a dû chercher à clore l'affaire sans traîner. Jusqu'à présent, Escande n'avait personne à qui s'adresser sans se retrouver sur un siège éjectable.

— Et qu'est-ce qui l'a convaincu de se jeter à l'eau ?

Sylvia trouva la réponse à sa question avant que Serge réponde :

— Notre projet de faire sortir Jérôme en conditionnelle. Bénezet… Putain, mais quelle ordure !

Écœurée, elle éprouva le besoin de prendre l'air. Elle sortit et contourna sa citadine pour se mettre à l'abri du flot de véhicules se dirigeant vers le péage.

— Est-ce que tu peux rencontrer le commandant ? demanda-t-elle en levant la voix pour couvrir le vacarme ambiant.

— C'est la première chose que je lui ai demandée. Il refuse toute implication directe, répondit l'avocat tout de go. Sauf s'il n'a pas le choix, ce qui risque d'arriver si son témoignage est requis dans le cadre de la contre-enquête. Je vais insister, on ne sait jamais.

— Un dernier truc me chiffonne. À tout hasard, tu saurais pourquoi il s'adresse à nous et pas à la nouvelle équipe chargée du dossier, justement ?

— J'imagine qu'il doit avoir davantage confiance en nous. Surtout que l'on côtoie Jérôme directement.

— Oui, fit Sylvia. Tu as sûrement raison.

Elle jeta un coup d'œil à sa montre.

— Écoute, il faut que j'y aille si je veux arriver en début de soirée.

— Sois prudente.

— Toi aussi. Et fais-moi une faveur : tiens-toi le plus loin possible du commissariat, d'accord ?

39

En décalage avec le monde qui l'entourait. Voilà comment Jérôme se définissait après s'être mêlé à la foule pour la première fois depuis sa sortie, à l'occasion de son périple en train vers Strasbourg, avec un transit dans la capitale en prime. Il se sentait à part, comme une anomalie, un intrus dans ce monde aux antipodes de celui qu'il connaissait.

Arrivé à bon port, un appart-hôtel à deux pas de la gare, en milieu de soirée, il avait hésité à se rendre immédiatement à l'adresse indiquée par Sylvia, avant de se raviser. Il valait mieux récupérer d'abord. Ne pas se précipiter.

À l'issue d'une nuit agitée, il s'éveilla avec ce même sentiment de dépersonnalisation chevillé au corps. Se retrouver à huit cents kilomètres de chez lui, dans le but de revoir sa fille, alors que dans son esprit elle vivait à Toulouse : l'écart de perception était aussi grand que celui affiché au thermomètre entre Occitanie et Grand Est en cette période de l'année.

Jérôme prit une douche brûlante qui n'eut pas

l'effet relaxant escompté, puis se prépara et sortit. Il se fit violence pour avaler un en-cas dans un Starbucks, avant de prendre le tram en direction du Neuhof.

Dominées par le stress, ses pensées se tournaient vers sa fille.

Sa seule famille.

~

La sonnette retentit, d'abord timidement, puis sans discontinuer. Le silence revint, avant que le concert reprenne de plus belle, agrémenté de coups sourds sur la porte.

La tête lourde, les sens engourdis, Marine émergea difficilement d'un sommeil court et non réparateur. La lumière du jour agressa ses rétines lorsqu'elle entrouvrit les paupières. Ça cognait sévère contre ses tempes. Elle jura entre ses dents, se demandant ce que son compagnon avait encore fait de sa clé.

Elle se leva non sans difficulté et constata qu'elle portait encore ses fringues de la veille. Son champ de vision rétréci par la fatigue tanguait à chacun de ses pas tandis qu'elle traversait le séjour comme un zombie.

Marine tourna le loquet et ouvrit en grommelant.

— Bordel, Flo, qu'est-ce qui te pr…

Sa voix s'estompa lorsque leurs iris se connectèrent, l'espace d'un instant. La jeune femme claqua la porte par réflexe et la verrouilla dans la foulée.

Papa?

Bon sang de merde ! Son père se tenait de l'autre côté du seuil. Rien à voir avec celui de ses souvenirs, mais l'éclat de ses yeux ne mentait pas. C'était bien lui.

Son plus grand cauchemar.

Lui aussi semblait chamboulé par l'aperçu furtif qu'il avait eu d'elle.

— Marine ?

— Qu'est-ce que tu fous là ?

— S'il te plaît, est-ce qu'on peut discuter ?

— Tu te prends pour qui ? Tu crois que tu peux débarquer comme ça chez moi ? Qui t'a donné mon adresse ?

— Sylvia.

— Qu'est-ce que tu veux ? Balance ton baratin à travers la porte, je ne veux plus voir ta gueule.

— Il paraît que ça fait presque cinq ans qu'on s'est pas vus, c'est vrai ? Je n'ai plus que toi, j'ai besoin que tu m'expliques…

Cinq ans. À peine le temps de panser ses blessures. De faire le deuil de son *moi* antérieur.

— Y a rien à expliquer.

— J'ai… j'ai tout oublié, Marine. Et je n'arrive pas à croire ce qu'on m'a dit. Que s'est-il passé avec ta mère ? Tu sais que ce n'est pas moi qui l'ai tuée, quand même ? C'est un coup monté et je vais le prouver.

— Va au diable, asséna-t-elle. Si tu ne l'as pas tuée, c'est tout comme, avec ton enquête de merde et tes décisions pourries. Je n'oublierai jamais le soir où tes collègues flics m'ont appelée pour m'annoncer la nouvelle. Tu étais dans un état grave. Et moi ? J'ai dû enterrer maman toute seule !

Sans s'en apercevoir, Marine venait de hurler les derniers mots.

— Pardonne-moi…

— T'as tout foutu en l'air ! Retourne en taule ! C'est là-bas, ta vraie place.

Le silence qui s'ensuivit poussa la jeune femme à regarder au travers de l'œil-de-bœuf.

Son père s'était rasé la tête. Son visage labouré de cicatrices se tordait dans un rictus de souffrance continue. Ses mains trituraient une casquette noire. Son désespoir paraissait sincère. La pâleur de sa peau rivalisait avec celle de Flo. Sa maigreur extrême aussi. Tout, absolument tout chez son paternel exsudait la détresse.

Bien malgré elle, son cœur se serra. La pathétique transformation de son père n'était pas sans lui rappeler la sienne.

— Mais qu'est-ce que tu me reproches, à la fin ?

— Certains actes sont indélébiles, papa. Laisse-moi tranquille, s'il te plaît…

Elle continuait de l'observer à travers l'ovale mais sa vue se brouillait de larmes naissantes.

— Écoute, je suis dans un appart-hôtel du centre-ville, place Kléber. J'y resterai tant que je ne t'aurai pas vue, tu m'entends ? Sylvia m'a aussi donné ton numéro. Je t'enverrai le mien, d'accord ? Dis quelque chose !

Marine cessa d'épier Jérôme. Elle s'adossa contre la porte et leva le menton, la mine contrite, ravagée par le doute.

— On verra…, concéda-t-elle dans un soupir. Maintenant, va-t'en.

Le parquet du palier lui répondit par son grincement caractéristique, bientôt suivi par celui, plus étouffé, des premières marches de l'escalier.

~

Flanqué de Bak, son second, Florian Zimmermann rentrait enfin chez lui après une nuit blanche à planifier les prochaines opérations. Luan s'absentait pour de longues semaines après chaque visite ; Flo devait donc s'assurer de ne rien oublier tant qu'il l'avait sous la main.

Tout maniaque qu'il était, Zimmermann ne laissait rien au hasard. Comme le prouvait ce logement HLM à mille lieues du repaire présumé d'un des plus gros narcotrafiquants de la région.

Sur le parking de la propriété, son sbire l'alerta : un type louche quittait son immeuble. Ce dernier les croisa en les saluant et s'éclipsa au détour du bloc.

— Jamais vu, dit Bak. Tu le connais ?

— Non, mentit Zimmermann. Sûrement un nouveau locataire.

Sans rien laisser transparaître, le caïd tombait des nues. Le père de sa copine semblait avoir perdu la moitié de son poids mais il correspondait bien au type qu'il avait vu dans le journal à l'époque du procès. Jérôme Cazenave était ici, à Strasbourg ? Plus inquiétant encore, il essayait déjà d'entrer en contact avec Marine ! Cette dernière l'avait certainement refoulé, mais sa réponse cinglante de la veille, lorsqu'il avait suggéré que ses gars s'occupent de son père, laissait planer le doute.

Flo réfléchit à toute vitesse en grimpant l'escalier quatre à quatre, tandis que son comparse fermait la marche. Devait-il prévenir Luan ? Non, avant toute chose, il se devait de vérifier que la situation ne tournait pas en sa défaveur.

Si Marine renouait avec son paternel, il se retrouverait face à un choix impossible.

Arrivé au troisième étage, il tenta en vain d'ouvrir la porte. La clé de sa petite amie bloquait la serrure. Il tambourina devant son lieutenant sidéré.

— Marine ! Qu'est-ce que tu fous ? Ouvre ! Tu m'entends ? Ouvre cette putain de porte !

Cernes profonds, yeux gonflés et teint cireux, la jeune femme se dévoila sous un jour déplorable. Flo ordonna à son subordonné de l'attendre dehors. Il claqua la porte et n'y alla pas par quatre chemins.

— Je viens de voir ton père sortir d'ici. Qu'est-ce qu'il voulait ? chuchota-t-il en plaquant ses mains sur les épaules de sa copine et en la fixant intensément.

— Me parler.

Marine ne se souciait guère d'être discrète.

— De quoi ?

— T'inquiète pas, je l'ai envoyé se faire foutre.

Flo maintint son emprise.

— Est-ce qu'il t'a dit ce qu'il comptait faire ?

— Non, et c'est pas mon problème. Il est juste complètement à la ramasse. Je lui ai dit de dégager. Lâche-moi, maintenant, tu me fais mal !

Piqué au vif par cette dernière remarque, il s'écarta et Marine se réfugia là où elle sombrait moins d'une heure auparavant. Sous la couette.

Elle éclata en sanglots.

Toutes ces années passées à oublier, se donner de la consistance, jouer la dure…

Il avait suffi d'un regard hébété pour que sa carapace vole en éclats.

40

La Barthe-de-Neste, à quelques encablures de Lannemezan. Sylvia redoutait ce retour au pénitencier, arpenté tellement de fois au cours de l'année écoulée, alors qu'elle venait voir Jérôme, qu'elle aurait pu le qualifier de résidence secondaire. Le personnel ne la traitait plus telle une visiteuse lambda mais comme l'une des leurs, une experte de plus au service des détenus, un témoin de leur quotidien difficile. Une sorte de respect mutuel s'était installé entre les parties.

Une fois apprêtée, Sylvia quitta la maison d'hôte où elle avait passé la nuit – un endroit plus conforme à ses goûts, loin des hôtels sans âme et hors de prix que Serge affectionnait – et retrouva les hauts murs gris de la prison en fin de matinée, la boule au ventre. Une pluie fine l'accueillit à sa descente de voiture, sur le parking désert. Trois mots prononcés avec détachement par Jérôme tournaient en boucle dans son cerveau.

Enculés de basanés.

Une expression qui donnait un éclairage inédit

à ses recherches. S'il n'était pas réduit à l'état de coquille vide, l'ancien policier l'aurait certainement compris, lui aussi.

La promiscuité dans le parloir de l'établissement de haute sécurité, composé d'une dizaine d'emplacements ouverts sur une allée centrale, était effarante. Chaque espace comprenait sa table fixée au sol et trois chaises en plastique. Rudimentaire, l'ensemble était surveillé par une demi-douzaine de caméras. Un dispositif opposé à ce qu'on pouvait espérer de l'une des prisons abritant le gotha des criminels de France.

Sylvia, qui comparait volontiers ce lieu à une étable, retrouva Esposito dans le dernier de ces enclos que n'auraient pas renié les bêtes. Le trafiquant la gratifia de son plus beau sourire.

— Je me doutais que vous viendriez, répondit-il après qu'elle l'ait salué. Vous êtes du genre tenace, vous, hein ?

Sylvia écarquilla les yeux tandis qu'il passait une main dans sa chevelure argentée et éparse.

— Ça vous étonne ? Quand Cazenave était ici, vous débarquiez tous les quatre matins. Tout le monde vous connaît. Comment va-t-il ?

— Il tient le choc. Pour l'instant, il essaie de se retrouver…

— Je l'aime bien, ce petit. Un gros tempérament, un mec qui ne se laisse pas marcher sur les pieds. Ça me fout en l'air de le voir dans cet état. Où est-il ?

— À un endroit où j'aurais dû l'accompagner.

Mais si je veux l'innocenter, il y a des pistes que je dois creuser sans attendre.

— Comme celle de ses agresseurs ? C'est pour ça que vous êtes là, n'est-ce pas ?

La perspicacité d'Esposito ne la surprenait pas. En revanche, elle trouvait incroyable qu'un gangster de ce calibre prenne un ancien flic sous son aile et se montre aussi concerné par son devenir. Derrière les barreaux, les cartes étaient rebattues, les statuts des uns et des autres ne signifiaient plus rien. Seule la loi du plus fort prévalait et chacun faisait le nécessaire pour survivre, quitte à forger des alliances contre nature. Mais cette règle ne valait pas pour les flics, en général.

— Jérôme m'a parlé de votre visite dans sa cellule, la veille de sa sortie. Vous avez eu des mots très… spéciaux pour désigner ceux qui l'ont attaqué.

— Cet enfoiré de sangsue et son groupe de bras cassés ?

— J'ai plutôt entendu « ces enculés de basanés ».

— C'est pareil. La Sangsue, c'est le trou du cul qui les dirige. Dans cette prison, plusieurs clans se tirent la bourre, mais deux prédominent. Le mien, et celui de ces fils de putes. On se met sur la gueule sans arrêt, et c'est encore pire depuis que cet enfoiré est arrivé.

— Il est nouveau ?

— Cueilli par les Stups à bord d'un go fast, de retour des Pays-Bas, il y a quelques mois. Entre nous, se faire serrer aussi facilement, ça ressemble pas à ce genre de type. Mais qui sait, peut-être que les flics ont fait leur boulot correctement, pour une fois !

Il s'esclaffa comme s'il venait de sortir la blague du siècle, avant d'ajouter sur un ton plus sérieux :

— À moins qu'il y ait une bonne raison à son incarcération… Dans le milieu, je connais un paquet de gars hyperloyaux prêts à finir en taule pour remplir leur mission…

— Jusqu'à se faire coffrer exprès ? Ça me paraît tiré par les cheveux, objecta Sylvia.

— Détrompez-vous… C'est pour ça que j'ai prévenu Cazenave avant sa sortie. Certains n'ont aucune limite. Pas sûr qu'il ait compris, vu son pète au casque, mais je me doutais qu'il vous en parlerait.

— Donc, pour vous, on pourrait imaginer que l'agresseur de Jérôme rende des comptes à l'extérieur ? Que l'attaque ait été… commanditée ?

— Exactement, petite.

— Mais pourquoi ?

— Ça, c'est votre problème. En tout cas, ne sous-estimez pas ces mecs. Ils protègent quelque chose ou quelqu'un et sont prêts à tout pour ça.

Sylvia se tut, le temps de remettre de l'ordre dans son esprit. Les propos insensés du prisonnier collaient avec l'idée que *l'ancien* Jérôme se faisait d'Algea. Celle d'une firme déterminée à couvrir ses erreurs. Jusqu'à l'extrême.

Le profil de la Sangsue et de son groupe la laissait perplexe. Pour quelle raison des trafiquants de drogue s'allieraient avec un labo de recherche ? Pourquoi aller aussi loin pour réduire Jérôme au silence ? Il devait y avoir autre chose qu'un simple business de came derrière tout ça.

La psychologue raconta l'histoire d'Algea et des morts violentes qui entouraient la firme. Un sourire ironique se dessina sur le visage d'Esposito à mesure qu'elle parlait.

— On dirait que vous avez réveillé un monstre…

— Dans ce cas, pourquoi n'ont-ils rien tenté avant ? Quel a été le déclencheur ?

Sylvia eut un déclic à peine la question posée.

Le projet de faire libérer Jérôme et de reprendre l'enquête !

Pas peu fière de son idée, elle en avait touché deux mots à l'ancien lieutenant quelques semaines avant qu'il se fasse tabasser.

— Cazenave m'avait dit qu'il espérait sortir bientôt de ce trou à rats, confirma Esposito. Qu'il avait quelque chose d'important à régler. Certains de mes gars le savaient aussi. L'info tourne vite par ici. Ces enfoirés ont dû l'apprendre. Ça les a poussés à agir.

Il la pointa du doigt.

— À moins que ce soit vous qui soyez surveillée.

La psychologue fixa son interlocuteur comme une illuminée. Elle n'avait jamais envisagé un tel scénario. Ou plutôt, elle n'avait jamais *voulu* l'envisager. Face à un ennemi qu'elle devinait patient, organisé et calculateur, le danger planait aussi sur Serge et elle. Pourtant, rien ne leur était arrivé, au point qu'ils ne soupçonnaient pas du tout son existence.

Ils n'agissent qu'en cas de besoin absolu, conclut-elle. *Chaque action est réfléchie et empêche quiconque de remonter jusqu'à eux. Il aura fallu qu'un criminel aguerri m'expose une théorie issue de sa propre expérience pour que j'ouvre les yeux…*

D'une voix mal assurée, elle s'enquit du nom de la fameuse Sangsue.

Adlan Asimov. Un Français d'origine caucasienne sur qui se tournait désormais toute son attention.

— Je vais vous dire la même chose qu'au petit, conclut le sexagénaire. En un peu moins rude. Faites gaffe à votre petit cul, ma belle.

Troublée, Sylvia détourna le regard. À mesure que la vérité approchait, le danger se faisait plus épais, plus prégnant.

Elle sentait déjà son souffle lui effleurer la nuque.

41

Sylvia retourna dans sa chambre après un déjeuner rapide. Assise en tailleur sur son lit, son ordinateur sur les jambes et sa tasse de thé fumante sur la table de nuit, elle se lança dans ses recherches.

Elle dégota trois articles de quotidiens nationaux traitant d'un go fast, intercepté sur l'autoroute A4 par les policiers de l'office antistupéfiants et de la BRI de Strasbourg. Six personnes arrêtées, trois véhicules confisqués et près de vingt kilos de cocaïne saisis.

Le meneur supposé du trafic, Adlan Asimov, faisait partie des individus appréhendés, tous issus de la communauté albanaise.

Sylvia ne croyait pas aux coïncidences. Que toute cette histoire soit reliée à la région où se trouvait actuellement Jérôme ne laissait rien présager de bon.

Elle confia à Serge le soin de creuser le sujet, puis trouva sur le Net les coordonnées de quatre Asimov dans la région strasbourgeoise.

Le premier numéro n'était plus attribué.

Le suivant correspondait à une étudiante en deuxième année de sciences politiques à l'université de Strasbourg. La voix fluette de Jessica Asimov se fit entendre après trois sonneries.

— Désolée de vous déranger. Je cherche Adlan, il ne répond pas à mes appels, mentit Sylvia. Est-ce que vous sauriez où il est ?

— Qui êtes-vous ?

— Une amie.

— Mon frère est en prison depuis un bail, soupira la jeune femme. Et je ne vois pas en quoi je peux vous aider, désolée.

— Votre frère ? laissa échapper Sylvia.

Elle s'en voulut aussitôt.

— Si vous êtes proche d'Adlan, comme vous le prétendez, vous sauriez qu'on est en froid, tous les deux. Donc je répète ma question : qui êtes-vous ?

L'échange se tendait. Sylvia fit tourner ses méninges pour ne pas dilapider le peu de crédit restant.

— Vous avez raison. Je vous prie de m'excuser pour ma maladresse, mais je ne savais pas comment vous aborder. Je vais être franche : un ami a été agressé dans la prison où il est incarcéré avec votre frère. Adlan est impliqué dans cet incident. J'ai besoin d'en apprendre un maximum sur lui.

— Pour quoi faire ? Il peut crever, s'insurgea Jessica. À cause de lui, mes parents vivent dans la honte.

Les propos de la jeune femme suintaient la rancœur.

— Et si je vous disais que, grâce à vous, je pourrais alourdir sa peine ? osa Sylvia.

— Comment vous feriez ça ?

— La vérité, c'est que votre frère est l'agresseur. Il était à deux doigts de tuer mon ami. Je dispose d'informations qui laissent penser que le trafic de drogue n'est pas sa seule activité. Si possible, j'aimerais en discuter avec vous. De vive voix.

Après une courte hésitation, Jessica Asimov accepta, ajoutant qu'elles feraient mieux de se retrouver en ville plutôt que chez elle. Rendez-vous fut pris pour le lendemain en début d'après-midi. Jessica devait sacrément haïr son frère pour accepter l'aide d'une totale inconnue.

Éreintée, la psychologue s'allongea et scruta son portable. Le silence prolongé de Jérôme commençait à l'inquiéter.

42

Sylvia sursauta lorsque le mobile vibra dans sa main.

— Ça fait trois fois que je te sonne !

— Serge ? Je m'étais endormie, admit-elle, honteuse. Mais j'ai du nouveau. J'ai trouvé la sœur d'Adlan Asimov.

Serge la félicita de cette avancée et lui fit part de ses trouvailles à propos du go fast. Les sentences prononcées, dérisoires et symptomatiques, selon lui, des défaillances du système judiciaire actuel, s'échelonnaient entre dix-huit mois et trois ans de prison ferme. La peine la plus lourde était celle d'Asimov.

— Trois d'entre eux sont incarcérés à Lannemezan, poursuivit-il.

— Est-ce qu'il est possible pour un avocat de décider du lieu d'exécution d'une peine ?

— Non. Il peut formuler un souhait, à la rigueur. Sans garantie. Au final, la décision revient au magistrat ou à l'administration pénitentiaire. Pourquoi ?

Sylvia s'expliqua. Serge comprit le point de vue

d'Esposito. Cependant, il estimait la mise en œuvre compliquée, à moins de tomber sur un juge bien luné. Ou de posséder un carnet d'adresses fourni. Ou un sacré compte en banque.

— Tout dépend de l'envergure de ce réseau, conclut-il. S'ils ont le bras assez long, rien n'est impossible. C'est valable quel que soit le domaine, d'ailleurs.

Serge marquait un point.

— Tu as vu Nicolas Escande ?

— En coup de vent, au milieu de la foule dans le centre commercial Carré Sud. Il vient juste de partir. Il est très prudent. Il craint toujours autant que ses supérieurs lui fassent payer toute implication.

— C'est déjà inespéré qu'il ait accepté de se montrer. Qu'est-ce qu'il avait de si important à te dire ?

— Figure-toi que Fabien Perez a fait partie de l'escorte qui a ramené Jérôme à Lannemezan !

— Pardon ?

Jérôme ne lui avait rien confié à ce sujet. Il n'avait pas dû reconnaître son ancien collègue. Pas étonnant vu la spectaculaire transformation physique de ce dernier. Elle-même avait été choquée en le croisant, la veille, après son entrevue avec le capitaine.

— Pourquoi... Comment est-ce qu'il s'est retrouvé là ? s'étonna-t-elle.

— Lui et Escande s'inquiétaient pour Jérôme. Perez a donc sollicité le juge pour intégrer le convoi. Pour se justifier, il a soutenu que tout le monde à la PJ avait très mal vécu le coma et la longue hospitalisation de Jérôme. Qu'il s'agissait quand même d'un de leurs anciens camarades et qu'ils se sentaient responsables de sa déchéance. Mais en réalité, et c'est là que ça devient intéressant, ni Bénezet ni personne à la PJ n'a exprimé de remords ni levé le petit doigt face à cette situation.

— Tu veux dire que Perez a agi seul pour intégrer l'escorte ?

— C'est ça. Et si tu veux mon avis, les excuses employées pour se mettre le juge dans la poche reflètent ses propres sentiments.

— Bénezet n'est pas au courant pour l'escorte ?

— Il a fini par l'apprendre. Perez s'est pris un sacré savon, apparemment.

Sylvia comprit où Serge voulait en venir.

— Il y a deux ans, pendant l'enquête sur Algea, expliqua-t-elle, c'est Perez qui a repris le flambeau après que Bénezet et le juge Paoli ont mis Jérôme sur la touche. Qui sait comment ça s'est passé pour lui ensuite ?

— Vu son attitude, je crois qu'on a notre réponse. Il regrette de s'être laissé manipuler.

Sylvia s'était-elle trompée sur son compte ? La prise d'une dizaine de kilos en deux ans ne témoignait-elle pas de toute cette frustration accumulée ? De ce dilemme qui, sous ses airs durs et catégoriques, rongeait les sangs de Perez ?

— Selon Escande, Perez ne fait que se plaindre, ajouta Serge. Il a peur d'aller plus loin, mais ne semble pas fermé à l'idée d'aider Jérôme.

— Tu crois qu'on peut le rallier à notre cause ?

— Ça vaut le coup d'essayer. Je vais tâter le terrain.

— J’aurais préféré être là, mais je dois aller à Strasbourg retrouver Jérôme et interroger la sœur d’Asimov. Et pour être honnête, tu es un bien meilleur baratineur que moi.

43

Déboussolé par l'échange houleux avec Marine, Jérôme déambula jusque dans les rues pavées du quartier de la Petite France. Il erra sans but, insensible à la caresse du vent qui s'insinuait entre les maisons à colombages, sourd à la vie qui battait son plein, hermétique à la beauté du lieu et aveugle aux regards en coin lancés par certains des passants croisés sur son chemin, effrayés par sa gueule cassée.

Son portable le tira de sa torpeur mais, peu enclin à la discussion, il choisit d'ignorer l'appel. Sylvia récidiva avec un SMS quelques secondes plus tard. Elle lui demandait de ses nouvelles. Il fourra l'appareil dans sa poche, hors de sa vue.

Lorsque la faim le tirailla, il acheta un sandwich puis reprit ses pérégrinations jusqu'à trouver refuge sur un banc, dans un square coincé entre deux bras du fleuve qui coulait sous les fameux ponts couverts, célèbre repère touristique de la cité alsacienne. Là, il put casser la croûte et réfléchir aux événements de la matinée.

Marine avait tellement changé ! Après tout ce temps sans la voir, un battement de porte avait suffi pour qu'il ancre son image dans sa rétine. Elle lui faisait penser à Céline dans sa jeunesse. Son physique, son look gothique et son air ahuri quand elle lui avait – brièvement – ouvert : tout le ramenait à sa femme, aux balbutiements de leur couple à une époque joyeuse et insouciante, à mille lieues du cauchemar qu'il traversait aujourd'hui.

Elle semblait en avoir gros sur le cœur.

À l'évidence, un différend les opposait et il se sentait idiot de ne pas en connaître la teneur.

Rassasié, il lui écrivit. Lui redit qu'il irait l'attendre au pied de la statue du général Kléber, sur la place éponyme, à partir de 14 heures ; qu'il ne bougerait pas tant qu'elle ne serait pas là et qu'il était important pour eux deux d'aplanir les choses.

Sur place, Jérôme observa le bal des badauds pendant des heures. L'après-midi fila en un éclair et il commençait à baisser les bras – en se promettant de réessayer le lendemain – lorsque Marine apparut enfin. Mains dans les poches de son gilet, perchée sur des semelles compensées, vêtue de noir des pieds à la tête, elle le fixait avec une intensité accentuée par le fard sombre qui recouvrait ses paupières. Elle arborait un anneau argenté en forme de fer à cheval au septum nasal et plusieurs autres ornaient son oreille gauche, côté où son crâne était rasé de près, une coupe *half hawk* qui soulignait la finesse de ses traits.

Jérôme la gratifia d'un sourire emprunté et lui proposa d'aller au Starbucks. Elle accepta d'un signe de tête et prit soin de garder ses distances pendant qu'ils marchaient. Cinq minutes plus tard, tous deux s'installaient en terrasse, une boisson en main, sous l'un des grands parasols blancs dressés face aux lueurs déclinantes.

— Alors, tu veux quoi ? osa la jeune femme, sur le qui-vive. Et c'est quoi, cet accent tout pourri ? Pourquoi t'es si… poli ? Tu le fais exprès ?

Marine ne se départissait pas de ce regard abyssal. Il releva la visière de sa casquette pour mieux l'affronter.

— C'est… la prison, apparemment. Marine, j'ai besoin de savoir. Pourquoi me détestes-tu ?

— Tu te souviens vraiment de rien ?

— C'est plus compliqué que ça. Disons qu'il y a une part de vérité dans mes souvenirs : notre famille, notre maison, ton enfance… et une autre que je suis persuadé d'avoir vécue, alors que c'est faux. Je croyais que ta mère était vivante, que je gérais une agence de sécurité, que tu vivais à Toulouse… Les choses me reviennent peu à peu, par flashs. Mais pour être honnête, je crois que je refoule les éléments qui ne me montrent pas à mon avantage.

— Comme si tu idéalisais ta vie.

— J'ai l'impression de ne pas avoir vécu la vie qu'on me prête. Le médecin appelle ça le syndrome des faux souvenirs.

— Donc, l'accident de maman, son handicap,

sa rééducation avec Sylvia, notre… dispute, tout ça ne te dit rien ?

— Pour moi, ta mère a toujours été en excellente santé. Elle traversait une dépression et on avait quelques soucis de couple, mais rien d'aussi tragique que ce que m'a raconté Sylvia.

— Bon sang de merde…

Marine tourna la tête et, de l'index, cueillit une larme sur le point de s'échapper.

— Une seconde.

— Prends ton temps.

Tête basse, la jeune femme se pinça l'arête nasale et se concentra sur sa respiration pour évacuer le trop-plein d'émotions qui l'envahissait.

— Pour la faire courte, tu as poussé maman à faire l'essai. Quand tu as découvert que j'étais à deux doigts de l'en empêcher, tu as pété un câble. Tu m'as violentée, papa. Et tu m'as foutue à la porte. Après l'AVC, maman avait besoin de toi. Et toi, tu pensais qu'à coincer les types responsables de son état. Tu te sentais coupable de l'avoir laissée participer à leur essai clinique. Ton enquête a foiré et t'as commencé à déprimer, à faire n'importe quoi au lieu de t'occuper d'elle. Elle a même menacé de te quitter pour que t'ouvres les yeux !

— Je ne me rappelle même pas que je suis flic, tu sais…

Marine bouillonnait de rage, à présent.

— Si maman n'est plus là et si notre famille a explosé, c'est à cause de toi. Que tu te ramènes aujourd'hui avec ta mémoire flinguée n'y changera rien.

— Certains actes sont indélébiles, murmura-t-il, abasourdi. Je suis désolé…

Jérôme se trouva pathétique.

— On ne peut pas revenir en arrière. Juste affronter les conséquences, chacun à sa manière. Regarde-moi, j'ai tout lâché pour vivre ici. Je bosse pour mon mec, je fume, je picole, je baise, et je ferai tout ce que je peux pour oublier mon ancienne vie.

— Tu fais quoi comme boulot ?

La jeune femme se décomposa à nouveau.

— Quelque chose que le véritable toi n'aurait pas aimé. Du business. Dans le monde de la nuit.

— Tu deales, c'est ça ?

— Disons que je suis en contact avec le fournisseur.

— Le fournisseur ?

Marine resta muette. Elle s'en voulut immédiatement d'avoir si vite lâché le morceau à son flic de père. Le goût de la provocation, sans doute. Si la mémoire de Jérôme était vraiment en gruyère, elle s'en sortirait bien.

Il grimaça. L'image d'un parking inondé de soleil transita dans son esprit.

— J'imagine que je n'ai pas mon mot à dire, rétorqua-t-il, contrarié. Tu fais ce que tu veux, après tout, tant que tu n'y touches pas.

— Ça te regarde pas.

Le portable de Marine sonna.

— Le taf, justement. Faut que j'y aille.

Il comprit qu'il était inutile de chercher à la retenir.

— On se reverra ? s'inquiéta-t-il.

— Un jour, qui sait. J'ai besoin de digérer, là. Merci pour le café.

— Marine, je te crois. Je crois chacun de tes mots et je te jure de faire le travail nécessaire sur moi pour ne plus jamais te faire de mal.

Elle s'éloigna sans demander son reste.

~

Recroquevillée sur son siège en fond de rame, Marine laissait aller son chagrin. Voir son père détaché et amorphe alors qu'elle oscillait entre tristesse et colère lui avait sapé le moral.

Lorsque le tram s'arrêta à sa station, la jeune femme descendit avec la ferme résolution de verrouiller à double tour le placard de son passé.

Elle pressa le pas sans s'apercevoir qu'on la suivait.

44

— Comment ça s'est passé ? demanda Sylvia lorsque Jérôme l'appela enfin.

— Elle me tolère. Enfin, je crois… C'est encore un peu frais. Elle est distante, mais le dialogue s'est installé. Tout ça me paraît tellement dingue !

— Tu es rentré à l'appart-hôtel ? poursuivit-elle.

— À l'instant.

— D'accord. Ne t'éloigne sous aucun prétexte. Si tu sors, reste dans des endroits fréquentés.

Jérôme s'étonna de cette consigne stricte.

— Je suis en danger ?

— Tout nous ramène à Strasbourg. Gio Esposito m'a donné le nom de ton agresseur. Adlan Asimov. Il fait partie d'un vaste réseau de trafiquants de drogue. Ta fille vit depuis longtemps dans un quartier voisin du sien. Dans le doute, il vaut mieux ne prendre aucun risque.

— Tu arrives quand ?

— Demain, vers 13 heures. Au sujet de cette histoire de trafic, les derniers éléments nous orientent vers une affaire de stupéfiants. Mais ce n'est pas l'objet de l'enquête que l'on menait en 2019. On s'intéressait à Algea et à ses essais cliniques, souligna Sylvia. Je pense qu'on doit persévérer dans cette voie. Tu sais, à l'époque, j'ai été marquée au fer rouge par la mort d'Alexandre Rama, cet homme arrivé depuis moins d'un an sur le sol français.

— Raconte.

— À l'époque, tu soutenais qu'on l'avait piégé parce qu'il voulait venger la mort d'Hasan Halimi, son mentor et par ailleurs immigré, lui aussi. Un décès survenu au cours d'un essai mené par Algea... Étrangement, Bénezet t'a écarté peu après que tu avais émis cette hypothèse qui tenait pourtant la route.

— Pourquoi est-ce qu'il a fait ça ?

— Il disait que tu étais trop imprévisible, trop impliqué sur le plan émotionnel... Cet imbécile n'a pas cherché à comprendre. Plus tard, le juge a clos l'enquête et inculpé Rama, qui avait avoué.

Tendu, Jérôme sentait gronder la colère au fond de lui.

— J'ai une vague impression de déjà-vu, concéda-t-il.

— Il y a de quoi, ironisa la psychologue. Quand je suis allée interroger Rama en prison, je l'ai senti prêt à se confier, mais il devait craindre des représailles. Finalement, il n'a rien dit et on l'a retrouvé pendu dans sa cellule, huit jours plus tard. Mais bien sûr, ni toi ni moi n'avons cru à un suicide... La mort de cet homme m'a dévastée. J'ai énormément culpabilisé, je me suis dit que c'était à cause de ma visite. C'est après ça que tu as décidé de continuer à travailler en solo sur Algea…

Jérôme resta muet un moment. Jamais Sylvia n'avait été aussi loin dans les détails. Jusqu'à lui faire entrevoir ses propres démons.

— Plus tu t'exposeras à ton passé et plus les souvenirs seront susceptibles de réapparaître, souffla-t-elle. Mais on y va à ton rythme. Tu es encore fragile, donc si tu as du mal à encaisser, tu n'hésites pas à me stopper, OK ?

Jérôme lui décrivit ce parking baigné de soleil, près d'un cours d'eau, qu'il avait entraperçu en pensée en discutant avec Marine.

— C'est bizarre. Vous parliez de quoi exactement ? s'enquit Sylvia.

— De son travail…

Jérôme hésita une courte seconde.

— … Dans la vente. Du fait qu'elle s'occupait des négociations avec son « fournisseur », précisa-t-il en mettant l'accent sur le dernier mot.

— Son fournisseur ? C'est ça qui t'a fait réagir ?

— Ça te dit quelque chose ?

— Ton flash… Si je pars du principe que c'est un endroit que tu as visité en lien avec toute cette histoire, c'est forcément le site d'Algea, à Codolet. Tu y as appris quelque chose d'important au sujet de Rama, expliqua-t-elle. Suffisamment pour me presser de te retrouver chez toi le soir même, alors qu'on ne s'était pas vus depuis des lustres. Une fois arrivée sur place, je vous ai découverts, Céline, toi et tout ce sang… Et tout ça est devenu secondaire. Sans compter que tu as tout oublié de cette journée.

Pas étonnant, vu le trauma subi, mais je me suis toujours demandé ce que tu avais bien pu trouver…

Jérôme saisit où elle voulait en venir, mais il la laissa conclure elle -même.

— En mettant bout à bout ce que tu me dis, j'imagine que l'élément capital sur lequel tu avais mis la main, c'est l'existence probable d'un intermédiaire fournissant des patients à Algea ?

QUATRIÈME PARTIE

Un homme est toujours la proie de ses vérités.

ALBERT CAMUS

45

Fiévreux, fatigué, Marc revint des toilettes, le pas lent, plié en deux. Il s'affala sur son lit avant de se mettre en position fœtale, les mains plaquées sur son ventre. Les diarrhées n'en finissaient plus de l'affaiblir.

— Laisse-moi le faire, maman ! Tu vois bien que ça ne peut plus durer !

Sylvia contempla le visage émacié de son fils, grimaçant de douleur.

— Tu es sûr de toi ?

— Oui… Je peux même plus sortir ! J'ai loupé les cours combien de fois depuis le début de l'année ? Et c'est à moi de décider, c'est moi qui souffre !

Elle ne sut quoi répondre. Les crises augmentaient en fréquence. En intensité, aussi.

Plus de collège pour Marc. Plus de parties de foot sur le terrain vague avec ses copains de toujours. Le traitement aux corticoïdes ne lui donnait que de courtes plages de répit. Ça ne pouvait pas continuer de la sorte. Qu'y avait-il de plus désarmant que de voir son enfant dans cet état, sans pouvoir atténuer sa souffrance ?

Agenouillée près du lit, Sylvia prit la main de Marc et la serra aussi fort qu'elle put. Son fils planta ses iris dans les siens. Les larmes dévalèrent ses joues pâles et creuses. Une supplique muette qui la fit frissonner.

— Écoute, mon chéri, je dois d'abord m'assurer que tout se passera bien.

— Mais le docteur a dit que j'étais compatible !

— Je sais, trésor. S'il le dit, il n'y a pas de raison que tu ne puisses pas participer. Mais avant, je crois qu'on va devoir passer par la case hôpital.

Elle caressa son avant-bras en poursuivant.

— Tu ne manges presque plus rien.

— Dès que j'avale un truc, c'est pire.

— Je veux parler de tout ça une dernière fois avec le médecin. Et si ton état le permet, j'irai voir l'entreprise qui organise ces essais cliniques. Ça te va ?

— Promis ?

— Oui, mon chéri. En attendant, essaie de te reposer. Je reste près de toi.

Les lèvres de Sylvia se plissèrent alors qu'elle posait sa main sur le front perlant de sueur de son fils.

Elle se sentait tellement impuissante…

~

Dans cette vaste pièce aux tons impersonnels, les yeux rivés sur la liasse de papiers qui lui brûlait les mains, Sylvia se trouvait face à un dilemme.

Troquer un risque contre un autre.

Lequel éviter ?

Habituée à se confronter avec détachement aux

maux de ses patients, elle se retrouvait de l'autre côté de la ligne jaune, dans l'arène des décisions qui font basculer une vie.

Seule certitude : il y aurait un avant et un après.

Dans son impeccable costume gris hors de prix, mains velues croisées sur le bureau, le directeur du site de Lille-Seclin sondait Sylvia du regard. Tête inclinée sur la droite, signe d'une vigilance accrue, le sexagénaire moustachu tenta l'approche sincère et empathique.

— Je comprends votre hésitation. Vous avez insisté pour me voir en personne. J'ai accédé à votre requête, en raison de la relative notoriété dont vous jouissez dans notre région. Mais des garanties, madame Lontano, je n'en ai aucune. La seule chose que je peux affirmer, c'est que les essais de phase 1 sur les volontaires sains sont concluants. Nous continuons d'accumuler énormément de données. Rien n'est laissé au hasard, vous vous en doutez.

Sylvia retira ses lunettes et se frotta les yeux.

Jamais elle n'aurait imaginé mettre les pieds dans les locaux d'un labo de recherche privé. Ni devoir composer avec la maladie de Crohn de son fils, si innocent.

— En à peine vingt mois, notre vie est devenue un cauchemar.

— Alors sautez le pas. Le gain potentiel est énorme : une amélioration de la qualité de vie de votre fils. Il est volontaire, coche toutes les cases et le protocole est non invasif. C'est une chance.

Sylvia fixa le paragraphe expliquant le déroulé

des essais. Marc avait déjà signifié son accord, remplissant une des deux conditions préalables à son intégration au programme.

— Votre consentement et celui de votre conjoint sont indispensables, relança le directeur.

— Je suis veuve.

Nouveau coup d'œil vers l'ogre de papier.

— Donnez-moi deux minutes de plus.

— Tout le temps qu'il vous faudra, madame.

Rien n'était plus insupportable pour une mère que d'assister, impuissante, à la lente dégradation de l'état de santé de son enfant. Il restait un infime espoir de sortir de l'impasse. Mais à quel prix?

Sylvia se leva d'un coup. Les mèches auburn de son carré long dansèrent devant ses yeux.

— Le risque zéro n'existe pas, reprit le directeur comme s'il lisait en elle. Vivre, c'est voguer dans une mer houleuse où chaque décision détermine le cap. Ne rien tenter équivaudrait à abandonner le navire, vous ne croyez pas?

Sylvia déglutit. Pas question de couler à pic sans tenter une ultime manœuvre. Parier sur un dénouement positif pour Marc.

Sans un mot, elle plaqua la dernière page du formulaire sur le bureau et y apposa sa signature.

— Merci, madame Lontano. Vous pouvez garder le stylo. En espérant qu'il devienne le symbole du retour à une vie joyeuse pour votre fils.

46

Après une sieste nécessaire mais agitée, Sylvia boucla ses affaires. Elle n'avait que trop tardé. Il fallait traverser une nouvelle fois l'Occitanie pour attraper le train à Nîmes le lendemain matin. Tant pis pour la fatigue.

Du temps, elle n'en avait pas. C'était même l'inverse.

Elle courait après.

~

Depuis la fenêtre de sa chambre, Jérôme observait le tramway qui remontait la rue jusqu'au pied de son bâtiment. L'artère piétonne, bordée de commerces, s'était illuminée en réponse à la chape d'obscurité qui recouvrait désormais la ville.

Après des heures perdues à retourner le problème dans tous les sens, il attrapa sa veste et quitta sa chambre d'hôtel. Il n'y avait pas trente-six mille réseaux de trafiquants de drogue dans la région. La probabilité que sa fille gravite autour de la communauté albanaise – et de la Sangsue en particulier – était réelle.

Une partie de lui tentait de le raisonner. Il pourrait laisser filer la nuit, attendre jusqu'au lendemain que la psychologue lui prête main-forte. Deux personnes valaient mieux qu'une. Mais ce soir, Marine travaillait.

L'occasion ne se représenterait pas.

Dans la fraîcheur septembrale, Jérôme traversa la place Kléber, sauta dans un taxi et rejoignit le quartier où vivait sa fille. Avant de se fondre dans la nuit, il fit promettre au chauffeur de l'attendre, moyennant un billet supplémentaire.

Mains dans les poches, il traversa la cour sans se presser, comme l'aurait fait un simple résident. Aux aguets, il pénétra dans la cage d'escalier et grimpa à pas feutrés jusqu'au troisième.

Des éclats de voix émanaient des murs fins du vieil appartement de Marine.

— Putain, Flo, je te dis qu'il est rentré chez lui et que je ne compte pas le revoir ! C'est quoi, ton problème ? J'arrive pas à croire que t'aies demandé à Bak de me suivre, putain !

— C'est pour ton bien.

— Tu fais chier !

— Tu vas te calmer, et on se retrouve à l'Obs tout à l'heure. Tu n'as qu'à prendre la Golf.

Comprenant que le dénommé Flo était sur le point de partir, Jérôme monta d'un étage. Pardessus la rambarde, il se focalisa sur le carré de vestibule visible en contrebas. À l'affût du moindre mouvement.

Une porte claqua.

Un homme traversa son champ de vision en traînant des pieds avant de dévaler les escaliers. Barbu, tempes dégarnies et cheveux en bataille, avant-bras bardés de tatouages, vêtements amples. Jérôme reconnut l'un des deux individus croisés en fin de matinée, alors qu'il quittait la résidence. Ce type à peine plus jeune que lui était le compagnon de sa fille ?

Il descendit à son tour, en prenant soin de garder ses distances. Tapi dans l'ombre, il vit sa cible monter dans un SUV et ce dernier s'élancer dans un rugissement. Jérôme se mit alors en quête de la Golf, qu'il localisa dans le parking situé à l'arrière de l'immeuble.

~

Fabien Perez adorait râler. Trouver des excuses. Remettre les choses au lendemain, voire à jamais pour les plus dénuées d'intérêt.

Mais pas cette fois.

Cet enfoiré d'Escande, au lieu de suivre son conseil à la lettre, l'avait vendu à l'avocat et la psy. Bien renseigné, Serge Gaillard l'avait embobiné en jouant sur sa corde sensible : ses regrets enfouis.

À 21 heures, sous le clair de lune, Perez traîna ses guêtres jusqu'au quartier des arènes de Nîmes, à deux pas de l'esplanade. Le cabinet se trouvait non loin du célèbre amphithéâtre romain, au cœur d'un dédale de rues pavées, zone piétonne située derrière le palais de justice. Le lieutenant sonna puis poussa la porte cochère, traversa la cour et, pantelant comme à chaque soupçon d'effort physique, emprunta un étroit escalier de pierre jusqu'au premier étage.

L'air grave, Gaillard l'attendait sur le seuil de son office. Affublé d'une chemise blanche aux manches retroussées et délesté de sa cravate, il l'invita à entrer puis désigna l'un des confortables fauteuils qui peuplaient un coin de la pièce.

— Un café, peut-être ?

Perez s'affala dans son siège.

— Si vous avez quelque chose de plus frais, je suis preneur.

— Une bière, alors.

Sans attendre confirmation, l'homme de loi sortit une bouteille du mini-frigo et la décapsula pendant que son café coulait.

Murs en pierre de taille, large bureau en merisier, mobilier en cuir, tapis en cachemire… Du sol au plafond, l'antre reflétait la bonne santé financière et l'excentricité de son propriétaire.

— Et voilà.

— Merci.

Perez se désaltéra en avisant les deux cadres photo disposés sur une étagère, face à lui. Un petit garçon – *cinq ou six ans maxi,* se dit-il – apparaissait sur le premier, flanqué d'une version plus jeune de Gaillard, à peine reconnaissable sans son sempiternel costume. Le second montrait une jeune femme à la peau laiteuse et aux cheveux roux foncé posant avec eux, radieuse. Elle ne portait pas de lunettes, ce qui n'empêcha pas Perez d'identifier Sylvia.

— Qu'est-ce que vous attendez de moi, précisément ?

— Que vous m'appeliez Serge, pour commencer.

— Gaillard, ça ira très bien, répliqua Perez qui repoussait toute forme d'intimité. Ensuite ?

— Comme évoqué au téléphone, je sais que vous avez supervisé le transfert de Jérôme Cazenave à Lannemezan, le mois dernier. Avouez-le : son sort vous importe. L'homme intègre que vous êtes ne peut pas supporter une telle injustice, je me trompe ?

Perez gratta la barbe drue qui recouvrait ses joues rebondies. Il avait eu tout le temps de réfléchir depuis le premier coup de fil de Gaillard. Caze était en conditionnelle. Les choses se présentaient bien. Rien ne l'empêchait d'être honnête, à présent.

— C'était un sacré bon enquêteur. J'ai les boules de constater à quel point les collègues se foutent de ce qui lui arrive. J'avais bien plus confiance en lui qu'en notre hiérarchie.

L'avocat aborda la période critique entourant la mort de Céline.

— Ses propos tenaient la route et j'aurais été prêt à l'aider, mais ça manquait de preuves. Quand Bénezet m'a nommé à sa place, il était déjà trop tard. Le capitaine et le juge se sont juste servis de moi pour faire passer la pilule à Caze. Et comme un con, c'est ce que j'ai fait. Je me suis écrasé. Je ne voulais pas risquer une sanction alors que la messe était dite…

Le lieutenant désigna sa silhouette inharmonieuse et ses formes rebondies.

— Voilà ce que j'ai gagné au change, à me morfondre et à m'empiffrer pendant deux ans. Une vie de vieux garçon, obèse, coupé du monde. Quand je ne suis pas au boulot, je passe tout mon temps enfermé. Je ne suis même plus foutu de me déplacer sans cracher mes poumons.

— Sans mauvais jeu de mots, mon cher, je vous donne l'occasion de repartir du bon pied. Aidez-nous à régler cette vieille affaire, en plus de l'accusation de meurtre qui pèse sur Jérôme.

— Et comment ? Je sais bien que la donne a changé, mais vu son état, c'est mal barré…

— Vous ne direz plus ça quand je vous mettrai au courant des derniers développements, coupa Gaillard. J'ai deux ou trois idées sur la manière dont vous pourriez nous assister. Vous êtes sûr de ne pas vouloir de café ? On va en avoir pour un moment.

Le lieutenant considéra sa bière, avant de la vider d'un trait.

— Sans sucre, le café. Faut vraiment que je me reprenne en main.

Gaillard hocha la tête et se leva, satisfait.

Le regard de Perez se perdit à nouveau dans la contemplation des cadres photo. Il pointa le plus proche du doigt et posa la question qui lui brûlait les lèvres.

— Puisqu'on est dans le quart d'heure confidences… C'est la psy avec vous, là, non ?

Gaillard considéra le cliché avec nostalgie.

— On se connaît depuis très longtemps.
— Donc ce gosse, c'est le vôtre ?
— Il y a un air de famille, n'est-ce pas ? C'est mon neveu. Mon filleul, même.

47

Au bout de vingt minutes d'une planque silencieuse, Marine apparut. D'un pas pressé, elle fendit l'obscurité du parking en direction de la Golf repérée par Jérôme.

— Suivez discrètement cette voiture, indiqua ce dernier au chauffeur de taxi.

L'horloge digitale du taxi indiquait 21 h 57.

Au gré des kilomètres, les grappes d'habitations se clairsemèrent. Les lampadaires longeant la route s'espacèrent jusqu'à disparaître au détour d'un petit lotissement bordé par une maison de retraite. Au-delà, seuls les phares de la berline percèrent la nuit, traçant un chemin étroit et rectiligne au travers de la nature omniprésente.

Ils ne croisaient plus personne, ce qui incita Jérôme à demander d'accroître la distance avec la Golf. Le chauffeur le prévint qu'ils entraient dans le massif forestier du Neuhof, une gigantesque étendue naturelle à la signalétique quasi absente, théâtre de faits divers macabres relayés dans les gazettes alsaciennes depuis des années.

Alors que la filature se poursuivait dans une série de courbes plus ou moins prononcées, Jérôme regretta de ne pas avoir averti Sylvia de son incartade nocturne. Il semblait qu'il l'avait sciemment mise de côté pour n'en faire qu'à sa tête, par le passé. Au prétexte de la préserver. Et voilà qu'il reproduisait le même schéma.

Un coup de frein inopiné le ramena à la réalité. Les pneus s'immobilisèrent dans un crissement.

— Elle vient de tourner à gauche, expliqua le chauffeur. En direction de cette bâtisse, là-bas. Je continue ?

Jérôme se pencha vers l'avant de l'habitacle. Le contour d'une imposante structure se découpait entre les arbres, à environ trois cents mètres de leur position.

— Je vais descendre ici.

— Je vous attends ?

— Non, allez-y. Je vous ai pris assez de temps comme ça.

Jérôme jeta un œil au tableau de bord, glissa deux billets au conducteur et le remercia avant de claquer la porte.

Le froid était plus intense dans cette zone reculée. Un léger vent sifflait entre les frênes. Frissonnant, Jérôme attendit que le taxi s'éloigne, puis coupa à travers champs.

À mi-chemin, rattrapé par sa conscience, il envoya un court message à Sylvia, avant de mettre son téléphone en mode silencieux et de reprendre sa progression.

Il arriva en marge d'un vaste terrain occupé par une flopée de véhicules, dont le SUV de Flo et ses acolytes, ainsi que la Golf de sa fille. Au centre se tenait une ancienne ferme, ensemble de trois édifices en forme de U, aux toitures en ardoise criblée d'impacts et aux murs en pierre rongés par le temps. Le tout tombait en désuétude et ne montrait aucun signe d'activité.

Intrigué par ce calme, Jérôme contourna la zone et tomba sur la grange, faiblement éclairée, au sein du bâtiment le plus éloigné de la route. L'ouverture, gueule béante tournée vers la forêt, était indécelable depuis l'endroit où il se tenait quelques minutes auparavant.

Après avoir scanné les environs une dernière fois, il se risqua à combler, à découvert, la dizaine de mètres qui le séparaient de son nouvel objectif. Il se colla au mur et jeta un coup d'œil à l'intérieur.

Personne.

Immense, la grange renfermait détritus en tout genre, carcasses de matériel agricole, chariots élévateurs ainsi qu'une foule de palettes sur lesquelles reposaient des piles de cartons.

Au même moment, le rugissement croissant d'une grosse cylindrée troubla la quiétude de la forêt. Le bolide se rapprochait.

Jérôme aperçut un escalier dans un recoin de la grange et s'y précipita.

Un long couloir éclairé de plafonniers en néons se dévoila sous ses yeux. Il s'étirait jusqu'à une ouverture qu'il devinait très large. Sur sa droite, deux pièces en enfilade. Les sanitaires.

Jérôme s'y réfugia et profita de ce répit temporaire pour vérifier son portable.

Pas de réseau.

Il étouffa un juron, rempocha l'appareil, puis colla son oreille contre le battant. Très vite, des bruits de pas résonnèrent dans le conduit. Lorsqu'ils s'éloignèrent, Jérôme entrouvrit la porte, suffisamment pour apercevoir un homme si grand qu'il devait avancer légèrement courbé pour éviter que son crâne racle le plafond. Jérôme écarquilla les yeux devant la stature du colosse, sa large musculature et son cou de taureau.

Une vraie bête.

48

Ce n'était pas sa première rencontre avec ce type. Il en était certain. Jérôme fouilla en vain sa mémoire, ne parvenant qu'à raviver les céphalées intenses qui l'accompagnaient dans ces moments de confusion.

Il patienta quelques minutes avant de sortir de sa cachette. Il déboucha après quelques pas sur une salle au volume stupéfiant.

Des lumières diffuses attirèrent son attention sur la demi-douzaine de bars établis sur le pourtour de la pièce, sur les amplis volumineux disséminés dans tous les coins, ainsi que sur les bouches d'aération indispensables à la viabilité d'une telle installation. Jérôme remarqua l'escalier en fer forgé qui desservait des alcôves en enfilade, certainement réservées aux clients les plus importants. L'un des murs affichait le nom du lieu en lettres de néon écarlates.

L'OBSIDIENNE

Un club underground. Certainement illégal.

Totalement vide. Il était sûrement trop tôt pour les premiers invités.

Des claquements rapprochés résonnèrent derrière lui. Poussé par l'adrénaline, il s'accroupit près de l'une des enceintes géantes plantées au pied de piliers de béton. Juste à temps pour voir un deuxième homme faire irruption. Cheveux frisés mi-longs, allure féline, habillé comme un militaire, celui-ci marmonnait dans sa barbe de Viking en traversant le club au ralenti. Jérôme reconnut l'homme qui accompagnait Flo lorsqu'il les avait croisés en sortant de la résidence de Marine. Apathique, le nouvel arrivant gravit l'escalier et disparut dans le passage central.

Jérôme s'assura que personne d'autre n'arrivait et, au culot, pénétra dans la salle voisine. Il utilisa la lumière de son portable pour se faufiler en silence jusqu'au mur, là où il pouvait entendre clairement ce qui se déroulait de l'autre côté.

Un cri guttural lui parvint, doublé des paroles du colosse :

— T'avais promis de me prévenir. Qu'est-ce qui t'a pris, Flo ? Réponds-moi, putain !

— Qu'est-ce que tu fous encore là ? T'es pas censé être sur la route ?

— J'y serais, si Bak m'avait pas appelé en catastrophe ce midi ! Heureusement qu'il est un peu moins con que toi…

— Merde, Luan, de quoi tu parles ? Arrête tes conneries ! Détache-nous ! cracha Marine, à bout de nerfs.

Jérôme tressaillit en comprenant que sa fille était en mauvaise posture. Poings serrés, il dut contenir sa rage lorsqu'il entendit Luan la gifler avant de répliquer :

— Toi, tu fermes ta gueule !

— Tu vois, Flo, c'est à cause de ta grognasse qu'on en est là, fit une voix braillarde que Jérôme attribua au type à la barbe de Viking. Tu t'es ramolli au point de mettre en péril le business ?

— Bak, enculé de traître, réagit Flo en articulant avec peine.

— Je bosse autant pour toi que pour Luan, mon vieux. Tu m'as pas laissé le choix. Dès l'instant où tu m'as planté sur le palier de ton appart pour t'expliquer avec Marine, j'ai compris qu'elle avait vu son père. Que c'était lui qu'on venait de croiser sur le parking. Que tu le savais et que tu cherchais à passer tout ça sous silence. Je pouvais pas te laisser tout foutre en l'air pour une histoire de cul, t'es pas d'accord ?

Jérôme se figea dans l'obscurité. Pourquoi se mettaient-ils dans cet état pour de simples retrouvailles père-fille ? Le craignaient-ils à ce point ?

— Je pige rien, pourquoi vous me prenez tous la tête avec mon père ?

— T'en fais pas, ma belle. On va avoir une petite discussion, tout à l'heure, l'interrompit Luan. Juste toi et moi.

Marine poussa un râle suivi d'une bordée d'injures.

— Tu l'emmènes où, connard ? Si tu la touches,

tu vas le regretter ! rugit Flo. Tu m'entends ? Je vais te saigner !

Un bruit sourd stoppa net les velléités du trafiquant et rendit Marine hystérique.

— La paix, enfin ! Il commençait à me casser les oreilles, se plaignit Bak. Et toi, tu vas suivre le même chemin si tu ne te calmes pas tout de suite.

— Laisse, rétorqua Luan. Je m'en occupe. Appelle les autres. Qu'ils gèrent l'Obsidienne, c'est compris ? Rejoins-moi dès que t'as terminé.

Comprenant qu'ils étaient sur le point de s'en aller, Jérôme fit demi-tour et parvint à courir jusqu'au parking où il se tapit au milieu des moteurs endormis.

49

Marine remontait le couloir souterrain en se débattant et en gémissant, anxieuse du sort réservé à Flo. La poigne ferme de Luan sur sa nuque la contraignait à filer droit tandis que le plastique de ses liens lui cisaillait la peau.

Convaincue d'avoir été manipulée, la jeune femme était en plein orage intérieur. La débandade de ce soir avait un lien avec son père. Et Flo le savait.

Comment avait-elle pu être naïve à ce point ?

Non, Flo est incapable de faire ça. Mais Luan…

Dehors, le vent soulevait des nuages de poussière. Ils arrivaient près du SUV quand une énième bourrasque les obligea à se protéger l'espace d'une seconde.

Tout s'enchaîna très vite.

Un homme surgit de l'ombre d'un véhicule voisin et se jeta sur Luan, l'atteignant à la tête. Sonné, mais toujours debout, l'Albanais découvrit avec stupeur les traits de son agresseur. Marine laissa échapper un cri.

— Papa !

Sous la riposte, Jérôme valdingua contre la carrosserie d'une berline. Débordé par la puissance du colosse, il subit un autre assaut mais parvint à se relever.

— Je ne te laisserai pas l'emmener, lança-t-il, à bout de souffle. Tu ne la toucheras pas, tu m'entends !

À l'écart, Marine se figea en entendant les mots de son paternel, proches de ceux prononcés quelques minutes plus tôt par Flo. Son instinct la rattrapa alors que les deux hommes se jaugeaient.

Elle jeta un coup d'œil à la ronde.

Personne.

Terrifiée, elle se précipita vers le bois, courant aussi vite que ses semelles compensées le lui permettaient.

Elle entendit Luan s'élancer à sa poursuite en lui hurlant qu'elle ne s'échapperait pas, « petite salope ». Puis un cri. Le bruit de corps qui chutent.

— Cours !

Au sol, la Bête peinait à se défaire de l'emprise de son père, qui s'accrochait à ses basques avec la force du désespoir. Les larmes aux yeux, Marine redoubla d'efforts pour s'éloigner du danger. Jusqu'à disparaître, engloutie par la forêt.

Happée par l'obscurité.

50

De retour dans la solitude de son pavillon marguerittois, Sylvia découvrit le SMS de Jérôme sur son mobile et comprit que sa nuit serait courte.

Je suis retourné voir Marine. Repose-toi et ne t'inquiète pas.

Qu'avait-il de si urgent à voir avec sa fille qui ne puisse pas attendre le lendemain ?

Son regard désabusé s'arrêta sur ses bagages. Elle soupira, défit sa valise puis en boucla une autre en se demandant si ce n'était pas *elle*, le problème. Si elle n'en faisait pas trop par excès de contrôle.

Était-ce surprenant que Jérôme veuille profiter des retrouvailles avec sa fille ? Surtout si celle-ci se montrait réceptive – ce qui était inespéré, il fallait l'avouer.

Sylvia se délesta d'une partie de son anxiété sous l'eau chaude de la douche et, rassérénée, échoua sur le sofa. Elle avala un thé et la moitié d'un paquet de gâteaux avant d'essayer, sans succès, de joindre Jérôme.

Épuisée, elle monta se coucher et dormit trois heures d'affilée avant que l'inquiétude la rattrape.

Les yeux grands ouverts dans le noir, Sylvia décida de joindre la première concernée par l'escapade nocturne de Jérôme.

— Allô !

Elle se redressa d'un coup.

— Marine ? C'est Sylvia. Tu es avec ton père ? Tout va bien ?

Elle entendait la jeune femme haleter et les bourrasques perturber l'échange.

— Ce connard l'a chopé !

— Quoi ? Attends, calme-toi ! De quoi tu parles ?

— C'est trop long, répondit sèchement Marine. Et ma batterie est presque morte. Il va les buter !

La jeune femme était sur les nerfs. Sylvia n'en tirerait rien dans ces conditions.

— Où es-tu ?

— Planquée dans un squat, pas loin du centreville.

— J'arrive à Strasbourg à 13 heures. Retrouve-moi à la gare. En attendant, ne bouge surtout pas !

— Je t'expliquerai, mais t'as pas intérêt à appeler les flics, tu m'entends ?

La communication coupa net.

Abasourdie, Sylvia laissa un message vocal à Serge, priant pour que ce dernier en prenne connaissance le plus vite possible. Il fallait au moins prévenir le lieutenant Perez.

Le reste de la nuit ne fut qu'un long calvaire.

51

Exténuée, Marine déambula dans les rues de Strasbourg une bonne moitié de la matinée. Elle se sentait poisseuse. Son corps entier la faisait souffrir – ses poignets en particulier, encore irrités par les liens qu'elle avait dû garder jusqu'à ce qu'un SDF l'aide à s'en débarrasser. Elle avait sué sang et eau pour se mettre en sécurité et le contrecoup était rude.

Elle aurait voulu secourir Flo et son père – mais la fuite avait été la seule échappatoire possible.

Elle voulait croire que l'appel de Sylvia ne devait rien au hasard.

Lorsque la psychologue débarqua, Marine se dit qu'elle n'avait pas tant changé que ça, depuis la dernière fois qu'elles s'étaient croisées, au lendemain des funérailles de sa mère. Sylvia la salua en souriant.

— Qu'est-ce que tu mijotes ? rétorqua Marine avec son agressivité habituelle. Au téléphone, j'ai bien compris que t'avais déjà prévu de monter à Strasbourg.

Mal à l'aise, la jeune femme sentait Sylvia l'ausculter du regard.

— Je vais t'expliquer. L'hôtel est à deux pas d'ici. Tu dois me raconter tout ce que tu sais. Fais-moi confiance, d'accord ?

~

Requinquée, assise sur le lit dans la chambre d'hôtel, Marine raconta sa nuit cauchemardesque, n'omettant aucun détail. Debout face à elle, Sylvia l'assomma de questions sur le rôle de Luan. La jeune femme avoua son implication dans le trafic de came, ce qui expliquait qu'elle ne veuille pas avoir affaire à la police. Puis elle revint sur la révélation qu'elle avait eue, la veille, dans les coulisses de l'Obsidienne, sur le lien présumé avec l'enquête de son père.

— Tout ça date clairement pas d'hier et moi, je me réveille mille ans après ! déplora-t-elle. Je me suis jamais sentie aussi conne de toute ma vie. D'ailleurs, je me demande si mon père se fout pas de ma gueule, lui aussi.

— Comment ça ?

— Il prétend avoir tout oublié, mais je commence à en douter.

— Pour avoir discuté avec son médecin à l'hôpital, je t'assure que le diagnostic est bien réel.

Marine se sentait nauséeuse.

— Et Flo ? Aujourd'hui, je suis certaine qu'il

m'aime, enfin, je crois… Mais au départ, il voulait juste garder un œil sur moi ?

Elle tressaillit lorsque Sylvia posa la main sur son épaule.

— Tu lui demanderas quand on l'aura retrouvé.

— Si on ne se bouge pas, ils vont les faire disparaître tous les deux.

Sylvia prit place à côté de Marine, mains sur les genoux.

— Tant que tu es dans la nature, ils ne seront pas tranquilles. Tu en sais trop. Ils vont chercher à t'atteindre. Voilà pourquoi je pense que ton père et ton petit ami sont encore en vie. On ne doit pas faire l'erreur de se précipiter. Que peux-tu me dire d'autre sur leurs ravisseurs ?

— Y a une grosse communauté albanaise dans la région. Flo et Luan sont de très vieux amis, ça fait longtemps qu'ils font leur sauce ensemble. Je savais qu'ils avaient leur jardin secret, mais Flo m'a toujours répété de pas m'inquiéter. De me concentrer sur mon job. Luan passait son temps à me rabâcher que j'étais super importante pour eux. Je sentais qu'il me surveillait, je croyais qu'il voulait juste s'assurer que le business tournait bien…

Marine secoua la tête de dépit.

— Tout ce que je sais, c'est que Luan est jamais trop dans les parages, reprit-elle. Et à en croire Flo, ça leur rapporte un max. On le voit tous les mois, en gros. Parfois moins.

— Hormis hier, quand est-ce que tu l'as vu pour la dernière fois ?

— Y a une semaine pile. Hier soir, c'était pas prévu. Même Flo a halluciné…

Sylvia soupira, visiblement ennuyée par la situation.

— Il ressemble à quoi, Luan ?

— C'est un géant. Chauve et baraqué. Avec une gueule de bouledogue. Tu l'as déjà croisé ?

— Je m'en souviendrais si c'était le cas, admit Sylvia en consultant sa montre. Un geste appuyé qui n'échappa pas à l'attention de la jeune femme.

— T'attends quelqu'un ? Me dis pas que ce sont les flics !

Sylvia leva les mains pour éteindre sa colère dans l'œuf.

— Rien à voir. Ne t'en fais pas, tu vas vite le savoir.

52

Sous le regard interloqué de Marine, Sylvia se posta sur le seuil de la chambre d'hôtel. Une jeune femme de petite taille, tout en chair, la peau légèrement mate, apparut. Relâchés, ses cheveux de jais couraient jusqu'à mi-épaules.

Elle eut un léger mouvement de recul en apercevant Marine dans l'appartement, en arrière-plan.

— Sylvia ?

— Bonjour, Jessica. Merci d'être venue.

— Je pensais qu'on serait seules.

— Petit contretemps, mais ne vous inquiétez pas, la rassura la psychologue. Pour être honnête, ajouta-t-elle en désignant Marine qui la dévisageait d'un air hébété, cette personne a autant besoin de vous que moi.

Sylvia l'invita à entrer, fit les présentations et lui exposa la situation dans le détail. Marine, d'ordinaire extravertie et vindicative, resta étonnamment silencieuse.

— Ce Luan dont vous me parlez connaît certainement mon frère, releva Jessica, installée sur une chaise, buste droit, jambes croisées. Ils doivent travailler ensemble. Et j'imagine qu'ils ne sont pas seuls. Ça fait des années qu'Adlan trempe dans toutes sortes de business douteux.

— Il vous a dit de quoi il était question ?

— Il a toujours prétendu que tous les moyens étaient bons pour assurer l'avenir de notre famille.

— Je suspecte votre frère de s'être volontairement fait arrêter pour atterrir à Lannemezan avec mon ami, avança Sylvia. C'est un meneur. Au vu des éléments dont je dispose, c'est lui qui a prémédité l'attaque. Selon vous, est-il vraiment capable d'aller aussi loin pour son réseau ?

— Ça a toujours été un fonceur. Par contre, se laisser attraper, c'est un peu extrême, non ? Mon frère est un sale type, mais jamais il ne porterait sciemment atteinte à sa communauté.

— Il gardait contact avec vous ? questionna Sylvia.

— Il m'appelait trop souvent, oui. Il surveillait mes faits et gestes et voulait s'assurer que je reste à la maison. Il terrorisait toute la famille.

L'étudiante décroisa les jambes et se pencha en avant, coudes sur les genoux, mains jointes.

— Mes seuls moments de répit, c'est quand il parlait de partir à la chasse.

— Il t'a jamais expliqué ce qu'il entendait par là ? réagit Marine. Me semble que mon mec a parlé d'un délire du genre, une fois.

— Non, tout ce que je sais, c'est que, chaque fois, il disparaissait pendant plusieurs semaines. À mon avis, il rentrait au pays, poursuivit Jessica en anticipant la question suivante. En Albanie.

53

Allongé sur le côté, jambes repliées et chevilles entravées, Jérôme ouvrit les yeux sur le néant, avec l'impression qu'une foreuse lui vrillait les tempes. Dans un râle, il bascula sur le dos avec le sentiment de sortir d'un sommeil chimique. Combien de temps était-il resté inconscient ?

Une cagoule opaque et imbibée de sueur, collée à son visage, l'empêchait de respirer correctement. Il abandonna vite l'idée de la retirer : ses mains, nouées derrière son dos, prévenaient toute tentative.

Jérôme tenta de conserver son calme.

En dépit de sa cécité forcée, il percevait l'exiguïté de l'endroit où il se trouvait.

Le coffre d'un véhicule lancé à vive allure.

À la faveur d'un bref contact, il comprit qu'une personne gisait à ses côtés. Gêné par le tissu, il articula avec difficulté un filet de plaintes qui se noya dans le vacarme ambiant.

Le corps adossé au sien demeura muet.

L'inertie les fit rouler sur le ventre lorsque le

véhicule freina sèchement. Jérôme devina qu'ils avaient quitté un grand axe pour s'engager sur un tracé secondaire, en mauvais état.

De longues minutes s'écoulèrent jusqu'à ce que la voiture s'immobilise. Le moteur se tut et, bien qu'il s'y attendît, Jérôme sursauta lorsque le coffre s'ouvrit.

— Déjà réveillé ? Je savais que j'aurais dû forcer la dose pour toi…

Il hurla au travers de sa cagoule.

— Ça sert à rien ici, ducon. Tu peux gueuler tant que tu veux, personne ne viendra te chercher.

Nouveaux cris, accompagnés de gesticulations stoppées d'une droite aussi soudaine que terrible, qui renvoya Jérôme dans les limbes.

Lorsqu'il reprit connaissance, l'ancien policier se tenait debout, contre une poutre, mains solidement liées derrière le bois massif. Tout en faisant jouer sa mâchoire endolorie, il releva le menton et découvrit l'identité de son compagnon d'infortune.

Flo. Torse nu, couvert d'ecchymoses. Les mains jointes au-dessus de la tête, prisonnières d'étranges menottes couleur rouille. Le corps inerte du caïd, suspendu par un système de poulie, se balançait légèrement d'avant en arrière. Ses pieds nus et meurtris léchaient le sol.

Jérôme fuit le malheureux du regard pour se concentrer sur la cave dans laquelle ils croupissaient. Le jour émanait d'un large soupirail, en hauteur, sur sa droite.

Luan apparut, un chalumeau relié à une

bonbonne légère dans une main et un jeu de barres de fer forgé dans l'autre. Le sourire qui s'étirait sur le visage du mastodonte lorsqu'il posa son matériel au sol lui arracha un frisson.

— J'espère que t'es prêt.

Luan dégaina une bouteille d'eau de son sac, l'ouvrit et porta le goulot à la bouche de Jérôme, qui, assoiffé, ne se fit pas prier pour s'hydrater à grandes gorgées. Le précieux liquide ruissela sur son menton et macula ses vêtements.

— Bon, petit. Allez, finis-moi ça. Pas question que tu claques avant le grand final.

54

Perez rejoignit Sylvia et Marine chez cette dernière, à Strasbourg. Sommé par le capitaine Folcher – chargé du dossier Céline Cazenave depuis sa réouverture – de retrouver Jérôme, il leur apprit que le signal du portable de son ancien collègue s'était évanoui aux alentours d'Augsbourg, en Allemagne, la nuit précédente.

Ils se firent livrer le dîner et passèrent la nuit à ressasser l'affaire en essayant de n'omettre aucun détail.

Sylvia rassurait la jeune femme dans le séjour, tandis que Perez passait au crible chaque centimètre carré du bureau et des possessions de Florian Zimmermann.

— Fais-lui confiance, chuchota la psychologue. Tu vois bien que c'est tout sauf une tête brûlée.

— Il est surtout incompétent, rétorqua Marine, que les confessions du lieutenant sur son manque d'implication passé avaient choquée.

— Il a changé. Ou du moins, il s'en donne les moyens, sinon il ne serait pas ici. Avec ce genre de personnes, tu peux être certaine d'une chose : leur prudence maladive les pousse à ne jamais s'engager sans de solides garanties.

Recroquevillée dans un coin du sofa, les yeux rougis par le manque de sommeil, Marine tira sur sa clope avant d'expirer un épais nuage de fumée.

— Si c'est vraiment le cas, qu'est-ce qu'on fabrique encore là ? Luan les a sûrement emmenés en Albanie !

— Et donc ? Tu vas chercher à l'aveugle dans tout le pays ? Il nous faut des indices concrets.

— On a qu'à faire sans ! On y va et, si on trouve quoi que ce soit, ton lieutenant de mes deux pourra rameuter ses copains.

— Ça ne marche pas comme ça. Il faut obligatoirement que la police locale prenne le relais. Seul, Perez n'a aucun pouvoir.

Marine roula des yeux.

— On doit utiliser le peu de temps dont on dispose du mieux possible, ajouta Sylvia. Selon moi, c'est en décortiquant le réseau ici qu'on aura une chance de les localiser avec précision. Si tu acceptes d'aider la police, on pourra leur expliquer sans trop de mal que ces salopards se sont servis de toi, à ton insu, pour mettre la pression sur ton père.

— Et Flo ?

Sylvia grimaça.

— On ne va pas se mentir. Il risque gros.

— Alors, qu'est-ce que j'ai à gagner, moi, dans tout ça ? Quoi qu'il arrive, vous allez foutre notre vie en l'air.

— Tu ne penses pas que la priorité est plutôt de les retrouver tous les deux sains et saufs ?

Marine se redressa en grommelant et écrasa sa cigarette dans le cendrier.

— Je pourrais vous filer les noms de ceux qui bossent pour moi. Mais franchement, à part mettre la main sur ce traître de Bak, je vois pas ce qu'on peut faire pour remonter la trace de Luan.

— C'est qui encore, celui-là ?

— Le bras droit de Flo. Le type à la gueule de lion. Il crèche à la Meinau, mais après ce qui s'est passé, je le vois mal rentrer là-bas la bouche en cœur. À mon avis, il s'est tiré avec Luan.

Perez, qui avait tout entendu depuis la pièce voisine, ajouta son grain de sel.

— Il faudrait qu'on passe au peigne fin cette ferme transformée en discothèque et tous les autres endroits dont tu nous as parlé cette nuit… Les collègues de Strasbourg s'en chargeront sûrement. Avec ce que je viens de trouver, notre priorité vient de changer.

Le lieutenant prit place sur le sofa et fit glisser sur la table basse un prospectus trouvé dans le fourbi de Flo. Sylvia s'en empara. Il s'agissait d'un tract d'une agence de voyages vantant l'organisation d'escapades vers la France, mais aussi l'Angleterre, la Suisse, l'Italie, l'Espagne et le Portugal. Une société basée à Lezhë, au nord-ouest de l'Albanie, à deux pas du Monténégro.

— Black Wings, énonça-t-elle à haute voix.

— Black Wings ? répéta Marine.

Sylvia lui montra le logo, l'ombre d'un aigle noir, ailes déployées, sur un fond triangulaire rouge.

— C'est le nom de la boîte.

— Tu en penses quoi ? demanda Perez, laconique.

— Je ne crois pas aux coïncidences. Et puis, quoi de mieux qu'un business touristique pour gérer un trafic d'êtres humains ?

— On est d'accord. Avec ça, le juge d'instruction acceptera sûrement d'envoyer une demande de coopération internationale à un homologue albanais.

— Ça prend du temps ? s'inquiéta Sylvia.

— On peut espérer une réponse d'ici une semaine.

— Une semaine ? Vous êtes sérieux ? s'insurgea Marine.

— Pas question de se rouler les pouces jusque-là, la rassura Perez. On va aller sur place pour essayer de les localiser, en attendant l'autorisation d'intervenir.

— Je vais prévenir Serge, ajouta Sylvia.

La psychologue froissa le prospectus et la longue liste des pays y figurant.

La France n'était probablement qu'une pièce du puzzle.

En remontant la piste de l'agresseur de Jérôme en prison, jamais Sylvia n'aurait pensé en arriver là.

55

Luan fit à nouveau irruption dans la cave.

Derrière le trafiquant, Jérôme reconnut Bak, le type croisé à l'Obsidienne. La peau sur les os, ce dernier portait un seau d'eau à bout de bras. Un bâton télescopique dépassait de la poche avant gauche de son treillis et oscillait au rythme de ses pas.

Sur ordre de Luan, Bak vida une bonne partie du récipient sur la tête de Flo, lequel se réveilla dans un sursaut.

Le caïd paniqua. Ses yeux écarquillés scannèrent la pièce à toute vitesse. Avant qu'il puisse donner un sens à ce qui l'entourait, son corps se tordit sous une violente décharge électrique. Les liens qui l'enserraient cisaillèrent sa chair.

— Encore, beugla la Bête.

La matraque se posa sur son plexus et une nouvelle impulsion, plus longue, manqua de lui faire perdre conscience. Crispés, ses muscles se relâchèrent d'un seul coup. Il piqua du menton et s'urina dessus, tandis qu'un filet de bave s'échappait de ses lèvres tombantes. Bak s'esclaffa comme un gosse avant de l'asperger d'eau glacée, ce qui le ranima aussi efficacement qu'une injection d'adrénaline.

Luan s'approcha et lui saisit le menton.

— Maintenant, parle.

— De quoi tu veux que je te parle, espèce de taré ? haleta Flo en grelottant. Et toi, cracha-t-il en direction de Bak, tu perds rien pour attendre.

— Ta pisseuse nous a filé entre les doigts. C'est qu'elle a de la ressource, la demoiselle. Mais c'est surtout la faute de son abruti de père.

C'est à cet instant précis que Flo remarqua la présence de Jérôme.

— Qu'est-ce que vous faites là, vous ?

Avant que Jérôme lui réponde, le souffle du brûleur d'un chalumeau détourna son attention vers la Bête. L'atmosphère se chargea d'une légère odeur de gaz.

— Dis-nous où Marine est allée se planquer, ou tu sais ce qui t'attend, gronda Luan en passant l'extrémité d'une tige de fer forgé sous la flamme à plus de mille huit cents degrés.

Frigorifié, Flo força un ricanement et manqua de s'étouffer.

— Vous êtes pathétiques, les gars… vous captez que dalle. Même si je me suis mis avec elle pour garder un œil sur l'enquête, c'est différent maintenant. Je l'aime et je ne la balancerai jamais. Vous savez où vous pouvez vous les mettre, vos joujoux ?

Les provocations de Flo se muèrent en un terrible

cri quand Luan le poignarda au ventre, prenant soin de laisser la tige incandescente dans ses boyaux.

Par mimétisme, Jérôme contracta le ventre en entendant le grésillement des chairs de son compagnon d'infortune.

Flo serrait les dents, le visage inondé de larmes, déchiré par la douleur. Il émit une longue plainte lorsque Luan remit le couvert, en visant le foie. Une odeur de viande grillée embauma l'air.

— Toujours pas décidé à nous dire où elle est ?

— Va… te faire… mettre, connard.

Fiévreux, il gloussa avant d'enchaîner péniblement.

— Tu flippes… pas vrai ? Tu connais son caractère. Marine va pas vous lâcher comme ça. Vous êtes dans une merde noire.

— Je crois que tu ne sais pas vraiment à qui t'as affaire. On verra bien qui lâchera le premier, ducon.

Une troisième tige rougeoyante s'enfonça dans les chairs de Flo.

Les lamentations du supplicié résonnèrent dans la pièce, puis cessèrent brusquement. Les deux tortionnaires le laissèrent se balancer, inconscient, retenu par sa chaîne. Ils le prirent en photo et retirèrent une à une les tiges métalliques, qui s'échouèrent sur le béton dans un *clang* sonore, puis ils gagnèrent la sortie en ignorant les invectives de Jérôme.

Un temps indéfini s'écoula. Jérôme, qui avait fini par s'endormir d'épuisement, fut réveillé par son estomac. Tiraillé par la faim malgré le dégoût provoqué par la torture de Flo, il observa le corps d'une pâleur extrême de l'homme que chérissait sa fille.

Inerte.

Sanguinolent.

Troué à trois endroits et brûlé à deux autres.

Sans prévenir, la douleur pulsa entre ses tempes. Le força à plisser les yeux.

Il vit dans son esprit la dépouille bleuie d'un vieil homme, sur le sol pouilleux d'une ancienne grange, le buste lardé de coups portés par un objet cylindrique de faible diamètre.

Quelqu'un qu'il haïssait de toute son âme.

Les céphalées s'intensifièrent. Jérôme manqua de s'évanouir, submergé par un afflux de visions trop longtemps réprimées. Comme si son *moi* intérieur ouvrait toutes les vannes de ses souvenirs.

La souffrance disparut.

Un nom remonta à la surface de sa mémoire retrouvée et franchit la barrière de ses lèvres.

Kumanski.

56

Trois heures déjà que Sylvia et Perez avaient laissé Marine aux bons soins de la police strasbourgeoise. La jeune femme avait protesté toute la nuit, arguant qu'elle leur serait utile en Albanie et qu'il était hors de question qu'elle reste seule avec les flics. La psychologue avait dû user de toute sa force de persuasion pour la faire craquer : démanteler le réseau en Alsace demeurait la priorité absolue, et sa coopération était primordiale pour y arriver, en plus de lui donner une chance de s'en tirer à bon compte.

Ils avaient pris la route à l'aube, à bord du véhicule de Perez.

Sylvia se réconforta en pensant à Marine. La jeune femme s'était enfin ouverte à elle et lui avait remis ce que renfermait le seul tableau hérité de sa mère.

Un carnet rose à spirales.

Le journal intime tenu par Céline pendant sa rééducation, sur les conseils de Sylvia. La psychologue l'avait cherché partout, sans se douter que sa patiente l'avait dissimulé derrière la représentation des salins d'Aigues-Mortes si chère à son cœur.

— Lis-le avant de revoir mon père, lui avait-elle conseillé. Ça pourrait l'aider à se souvenir.

Elle s'était exécutée, dès l'entame du voyage. Une lecture bouleversante. Céline ne s'était jamais remise de sa dépression. Elle avait aussi consigné la jalousie paranoïaque qui la consumait.

— Lontano ! Oh, Lontano ?

Brutal retour à la réalité.

— Pardon. Qu'est-ce qu'il y a ?

— Je disais qu'on était presque arrivés à Orly.

Son téléphone interrompit l'échange au moment idoine. Elle n'avait aucune envie de s'étaler sur le fiasco inattendu de sa thérapie avec Céline, qui l'atteignait dans son amour-propre.

Elle activa la fonction haut-parleur et l'accent chantant de Serge envahit l'habitacle. L'avocat partagea avec eux les premières données rassemblées sur Black Wings.

Fondée douze ans auparavant, l'agence s'était imposée comme l'une des références dans son pays, avant d'étendre ses offres dans une large partie de l'Europe occidentale. Principalement des destinations secondaires, plus abordables, loin des capitales bondées et trop coûteuses, dixit leur PDG.

— Une entreprise normale, à première vue, conclut Serge. Je n'ai pas encore réussi à joindre d'anciens employés.

— Ça risque de prendre un temps fou, mais sait-on jamais. Tu as quoi d'autre ?

— L'adresse de leur siège social et une liste de

toutes leurs propriétés en Albanie, dont celles de leur patron, Isak Leka. Un homme d'affaires très influent, qui a passé une bonne partie de sa vie aux États-Unis. Un modèle de réussite à qui on prête des liens étroits avec certains clans de la mafia albanaise. Je vous envoie tout ça par e-mail.

— Transmettez aussi ces données au capitaine Folcher, demanda Perez. Qu'il fasse suivre au juge d'instruction. On va se concentrer sur ce type. Si vous pouviez nous dégotter parmi ses biens un grand domaine, ou un endroit où on pourrait séquestrer des personnes en passant inaperçu…

— Je vais faire de mon mieux. On n'a pas intérêt à se planter, tempéra Serge. Dès l'instant où ils sauront que vous êtes sur place, vos vies seront en jeu.

Sylvia redoutait leur arrivée en terrain hostile. Les ailes noires du réseau se déployaient sur toute la région.

Ils ne seraient en sécurité nulle part.

57

Hôtel de police de Strasbourg.

Installée dans une pièce sans âme, café dégueulasse en main, Marine prenait sur elle. Les flics se relayaient pour l'interroger. Une perte de temps insupportable, alors qu'elle pourrait, elle aussi, rechercher Flo…

… Et son père.

Ça lui coûtait de se l'avouer, mais elle comprenait ce dernier, à présent. En partie. Elle ne lui pardonnerait jamais le mal qu'il avait causé. Mais pour le reste, et notamment cette enquête qui l'obsédait… À la lumière des agissements de Luan, Bak et sa clique, tout prenait un sens nouveau.

Elle n'avait jamais remarqué ce qui se tramait sous son nez, trop occupée à jouer la toxico autocentrée, aveuglée par la rancœur envers son père et l'envie d'échapper à une réalité trop dure à accepter.

Il fallait à tout prix arrêter ces raclures qui semaient le mal. Puis trouver un moyen de soustraire Flo à la justice et mettre les voiles avec lui.

Se barrer loin. Très loin. L'endroit importait peu, du moment qu'ils tiraient un trait définitif sur cette histoire.

Quant à son paternel, elle déciderait le moment venu.

Voilà pourquoi elle ne rechignait plus à répondre aux questions décousues des flics parachutés sur l'affaire comme des nouveau-nés sur un champ de bataille. Il fallait bien qu'ils absorbent la quantité astronomique d'infos qui leur tombait sur le coin de la tronche avant de monter au front, même si elle leur aurait volontiers collé une paire de gifles tant ils étaient lents à la détente.

Habituée à les fuir comme la peste, voilà qu'elle collaborait avec eux. Jusqu'à les secouer pour qu'ils se bougent le cul. Un véritable combat contre-nature.

Après l'avoir laissée mijoter une grande partie de la journée entre les mains moites et hésitantes de son équipe, le capitaine Luis, seul flic valable de ce tas d'imbéciles, déboula dans le bureau. Teint mat, sourcils fournis et crâne luisant. Son visage fermé témoignait de sa concentration extrême. Minuscule par la taille mais grand par l'aura qu'il dégageait, il possédait une expertise qui tranchait avec les tâtonnements de ses subordonnés.

— Je viens d'éplucher les profils des types dont tu nous as parlé. On est prêts à intervenir.

— C'est pas trop tôt !

— On commence par l'Obsidienne et le domicile des gars avec qui tu bossais l'autre soir. On t'embarque avec nous. Tu connais les lieux, ça nous sera utile.

— Merci de le reconnaître.

— Tu te souviens de la marque des bagnoles utilisées par les Albanais ?

— Ils ont des SUV. Des Peugeot 3008 noirs.

— Combien ?

L'échange fut interrompu par la longue vibration du téléphone de Marine, posé sur le bureau de l'officier. Elle se pencha pour le saisir et découvrit une enveloppe dans le coin supérieur droit de l'écran.

Un e-mail.

D'un hochement de tête, Luis l'autorisa à le consulter.

L'adresse de l'expéditeur était composée d'un mélange incompréhensible de chiffres et de lettres.

Objet : On te recontactera.

Le contenu de la missive électronique lui fit lâcher son gobelet de café. Le liquide noir ruissela sur le sol tandis qu'elle portait une main à sa bouche.

— Putain de merde ! C'est quoi, ça ?

Ses yeux écarquillés s'embuèrent alors que le capitaine contournait son bureau pour se placer à ses côtés.

Sous la photo de Flo, inconscient, torse nu et couvert de sang, un message en caractères gras démesurés.

Ne joue pas les justicières.
Si tu tentes quoi que ce soit…

Luis lui arracha le mobile des mains.

— Je vais transmettre ça à Perez et à l'équipe de Nîmes. Que ça parte direct chez le juge. En attendant, on va essayer de tracer l'expéditeur.

— Et l'intervention ?

— On annule. Pas le choix. On va garder un œil sur nos cibles et attendre d'y voir plus clair avant de se lancer.

58

Jérôme se débattit avec vigueur et tenta de faire jouer ses poignets pour que le bois ronge ses liens. Ses mouvements manquaient d'amplitude. Il prit conscience de sa fatigue et de sa faiblesse extrêmes, accentuées par sa détention éprouvante et la faim qui le tiraillait.

Sur sa droite, Flo se tendit, pris de violents spasmes. Il émit des plaintes rauques. L'improbable torsion de ses bras mettait en lumière la double bosse formée par ses épaules démises. Il était au-delà du seuil de la douleur.

— Hé ! l'interpella Jérôme. Reste avec moi, tu m'entends ?

Flo murmura d'une voix blanche :

— Marine… Dites-lui… que je suis désolé…

— Tu lui diras toi-même quand on sortira d'ici, d'accord ?

Jérôme balaya la pièce des yeux, en quête de quelque chose qui puisse l'aider à s'en sortir.

Dans un recoin, en hauteur, un minuscule boîtier attira son attention.

Jérôme concentra sa rage sur l'objet.

— Tu prends ton pied, en train de nous mater, enfoiré ? Et si je te disais que je me souviens de toi, maintenant ? C'était toi, dans le bureau du directeur, chez Algea, n'est-ce pas ? Ramène-toi, qu'on en finisse !

En arrière-plan, les lamentations de Flo continuaient pendant que Jérôme provoquait leurs ravisseurs. Elles résonnaient toujours lorsque la porte s'ouvrit, après de longues minutes d'invective.

Luan entra, flanqué d'un homme à la même gueule de bouledogue, quoique plus large encore. Un visage creusé par les rides. Marqué par la vie. Le nouveau venu portait une chemise blanche aux manches retroussées, mettant en évidence une paire d'ailes noires tatouée sur la face externe de ses avant-bras veineux. Aussi costaud que le colosse malgré sa petite taille, il inspirait davantage de crainte à Jérôme, en raison notamment des deux billes haineuses et menaçantes qu'il posait sur lui en cet instant.

L'homme lui tapota la joue.

— Il fallait que je voie de mes propres yeux le flic qui nous emmerde depuis si longtemps. Je devrais remercier mon petit frère pour cette belle attention, tu ne crois pas ? *Faleminderit, vëlla i vogël*[1].

— De rien, Isak.

Jérôme comprit alors qui était ce type à l'éloquence et à l'expérience certaines.

— Tu es sur le terrain de chasse de mon organisation. Luan aurait pu se débarrasser de vous deux

1. Merci, petit frère.

plus tôt, mais ça n'aurait pas été très judicieux. Il a fait preuve de discernement et je l'en félicite. Il ne faut jamais se précipiter. Pourquoi éliminer un ou deux nuisibles à la va-vite, quand on peut s'assurer de tous les éradiquer ?

Ce salaud en avait après sa fille. Et probablement après Sylvia, Gaillard et tous ceux qui gravitaient autour de lui.

— Avoir tué ma femme ne vous suffit pas, il faut que vous me preniez tout, c'est ça ?

Les deux frères se regardèrent.

— Marine ne nous échappera pas, dit Luan. La psy non plus, crois-moi sur parole. En attendant…

La Bête se plaça derrière Flo.

Il dégaina une lame crantée qui ne laissait que peu de doutes sur ses intentions.

— Celui-ci ne nous sert plus à rien.

Puis, à Flo :

— Désolé, mon pote. C'est du gâchis, mais c'est comme ça.

De sa main libre, Luan releva le menton de son associé. Un geste sec et la gorge du malheureux se déchira dans une horizontale écarlate. Flo écarquilla les yeux en gargouillant tandis qu'il se vidait de son sang à grands jets.

— Et juste une précision, ajouta Luan, impassible, en relâchant sa proie. Ta femme, on était à deux doigts de se la faire, c'est vrai. Mais faut croire que t'as pas récupéré toute ta tête, mon gars. C'est pas nous qui l'avons tuée.

59

Mains rivées sur le volant, Sylvia promenait son regard entre la bande d'asphalte qui défilait à toute vitesse et le splendide panorama méditerranéen qui lui faisait face. Après un court vol jusqu'à Tirana, ils avaient loué une voiture et traversaient à présent le district de Lezhë, à une cinquantaine de kilomètres au nord de la capitale, sous les lueurs de l'aube. La zone, bordée par la mer Adriatique, offrait un paysage coloré et vivifiant à perte de vue.

À côté d'elle, Perez ne quittait pas son mobile des yeux. Le capitaine Luis leur avait fait part des menaces reçues par Marine. Son équipe, épaulée par la PJ, avait bossé toute la nuit pour retrouver le corbeau.

— Du nouveau ? s'enquit-elle.

— Pas encore, mais ils ont bon espoir de réussir à localiser l'expéditeur d'ici demain.

— Croisons les doigts. Est-ce qu'on aura une adresse exacte ?

Perez fit la moue.

— Vaut mieux pas compter là-dessus. Par contre,

remonter jusqu'à la préfecture, voire le district, c'est jouable.

— Et si on reprenait la liste envoyée par Serge? Celle des propriétés d'Isak Leka.

— On s'y remet dès notre arrivée. Mais il nous faut un fil conducteur. De quoi nous orienter. Sinon, on ne s'en sortira pas.

Sylvia évoqua la discussion avec Marine qui lui avait permis de dresser un premier profil psychologique de Luan. Le trafiquant avait une personnalité méticuleuse, un sens poussé de l'organisation et une aversion profonde pour les contretemps. Pas vraiment éloquent, mais il choisissait rarement ses mots au hasard.

Raison pour laquelle Sylvia butait sur le terme de « chasse ».

— C'est très spécifique, conclut-elle. Clairement une référence à une activité importante. Il n'en parle qu'à des personnes de confiance, comme Florian Zimmermann – avant que ce dernier le trahisse –, ou encore Adlan Asimov.

— Donc on cherche plutôt une zone rurale, des bois, ce genre de trucs, c'est ça? interrogea Perez. Regarde tout autour de toi. C'est pas ce qui manque, par ici.

— Prends ça du bon côté. Si la cible est large, ça augmente nos chances de l'atteindre.

Perez informa son contact de la police de Lezhë de leur arrivée imminente.

60

Le reste de la nuit avait été agité. À l'aide d'un entonnoir, ses geôliers avaient littéralement gavé Jérôme d'une soupe de haricots blancs avant de l'abandonner avec la dépouille raidie de Flo. Nauséeux, incapable de trouver le repos, Jérôme s'était repassé le film en boucle jusqu'au retour des deux frères, au petit matin.

Luan n'avait pas de raison de lui mentir et, pourtant, il ne le croyait pas.

Il était convaincu qu'Algea se cachait derrière le meurtre de Céline et s'était arrangé pour lui faire porter le chapeau.

Le cœur au bord des lèvres, Jérôme répéta ses accusations, se heurtant aux propos acerbes d'Isak.

— Tu es à côté de la plaque. On n'a jamais été négligents. Luan l'a dit, on *comptait* faire payer ta femme pour que tu lâches l'affaire. Mais la situation a changé et on s'est adaptés. On s'est juste assurés que tu finisses au trou. Il faut croire que ça n'était pas suffisant… On a sous-estimé la psy.

Je ne sais pas d'où cette salope sort le témoignage qui t'a permis de sortir de taule.

L'homme d'affaires le pointa d'un index menaçant.

— Sois sûr d'une chose : ça ne se reproduira pas. On va vous régler votre compte à tous, ici, en Albanie.

Jérôme déglutit. Ils étaient donc dans les Balkans.

— On dirait que vous continuez de prendre Sylvia pour une idiote. Elle ne se laissera pas avoir si facilement.

Jérôme y allait au culot. Il sentait bien qu'il serait très compliqué de leur échapper. L'ennemi s'était révélé à lui et ne reculerait devant rien. Il suffisait de voir le sort réservé à Flo, l'un des leurs, pour s'en convaincre.

— Elle est à ta recherche en ce moment même, et tu le sais.

Isak désigna le cadavre de Zimmermann.

— Et puisqu'on détient aussi cet imbécile, je sais que ta fille aussi finira par sortir de sa cachette. Alors on leur a filé un petit coup de pouce.

Cette dernière remarque provoqua le rire gras de Luan, occupé à détacher le corps de son ancien associé.

— On leur a carrément mâché le travail, oui !

— Tant pis pour elles, conclut Isak de sa voix rêche. Et pour le flic qui les accompagne.

Avant que Jérôme réagisse, le visage de l'homme d'affaires s'approcha du sien, jusqu'à n'être qu'à quelques centimètres.

— On se chargera de Marine en dernier, murmura-t-il. Elle sera le point d'orgue de notre grande opération de nettoyage. Je te le promets.

61

Sylvia patientait dans le véhicule pendant que Perez réglait la note d'essence à la caisse de la station-service, à quelques encablures de Lezhë. Cette halte pourtant nécessaire la rendait nerveuse.

La pression l'écrasait depuis leur entrée sur le territoire albanais. Une recherche en ligne avait suffi pour comprendre que l'influence de Leka sur la région n'était pas feinte.

Ils s'attaquaient à un ogre.

Enfoncée dans son siège, elle jetait sans cesse des coups d'œil inquiets autour d'elle. Parmi ces gens de passage qui se ravitaillaient, certains travaillaient-ils, de près ou de loin, pour le compte de Black Wings ? Devait-elle s'alarmer des nombreux regards lancés dans sa direction ? Celui de cet homme d'affaires, par exemple, qui venait de s'attarder sur leur berline avant de la dévisager avec un peu trop d'insistance ?

À bout de patience, Sylvia scruta pour la énième fois l'intérieur de la station. Perez quittait le comptoir.

Elle alluma le contact et lorsque le lieutenant grimpa enfin dans l'habitacle, elle s'extirpa de cette poudrière en se retenant de martyriser la pédale d'accélérateur.

Surtout, ne pas attirer davantage l'attention.

Ils entrèrent dans la ville et longèrent le Drin, fleuve qui fendait le district à la verticale pour se jeter dans l'Adriatique.

La façade jaune poussin de l'hôtel Siklad se découpa devant eux. L'établissement n'était qu'à quatre cents mètres du poste de police.

Ils s'enregistrèrent et chacun prit possession de ses quartiers. Perez s'éclipsa dans la foulée pour rendre visite à son contact au sein des forces de l'ordre, un agent maîtrisant le français. Sylvia resta cloîtrée dans sa chambre et se pencha sur la liste des propriétés d'Isak Leka.

Pendant plusieurs heures, elle analysa chaque ligne, s'attarda sur chacun des lieux mentionnés. Un grand hôtel érigé en plein milieu d'une forêt attira particulièrement son attention.

Aucune autre construction à des kilomètres à la ronde.

La psychologue appela Perez pour lui faire part de sa découverte.

— Les gars ont remonté la trace de l'e-mail, lui indiqua le lieutenant. Notre demande de collaboration est en bonne voie. Où est cet hôtel ?

— Dans le district de Mirditë. Même préfecture que Lezhë, si j'ai compris, mais davantage dans les terres. En pleine nature.

— Et son nom ?

— Pyjor.

— Ça pourrait être ça. La localisation qu'on a trouvée n'est pas aussi précise, elle n'indique que le district, donc on ne peut pas l'affirmer avec certitude, mais il s'agit de la même zone. Une seconde, je transmets à l'inspecteur Osmani.

Sylvia leva le nez de son ordi et s'émerveilla de la vue qui s'offrait à elle à travers la vitre de sa chambre. Devant le Drin qui s'écoulait paisiblement, la ville s'étirait à perte de vue sous le soleil couchant. Au loin, la grande colline abritant les ruines du château de Lezhë, point culminant du secteur, achevait de sublimer le panorama.

— Tu as trouvé d'autres coins qui colleraient ? demanda Perez.

— Non, c'est le seul dans ce secteur.

— D'accord. Si la demande de collaboration officielle arrive, on devrait pouvoir y jeter un œil dès demain.

62

Visage terne, cheveux mi-longs tirés vers l'arrière, barbe de trois jours et poches sous les yeux, Sabri Osmani vint les chercher aux aurores. La veille au soir, le flic avait officiellement été dépêché par son supérieur pour les conduire à Mirditë, et il venait de passer une bonne partie de la nuit à planifier l'opération. Sylvia trouva un charme certain à ce grand échalas au teint mat et aux cheveux frisottants drapé dans un uniforme intégralement noir.

Ils grimpèrent à bord d'un véhicule banalisé et Osmani démarra en trombe.

— Il n'y a que vous ? s'étonna Sylvia.

— Pour l'instant.

Face à la mine déconfite de la psychologue, Osmani crut bon d'ajouter dans un français teinté d'un léger accent :

— Mon équipe se tient prête, en fonction de ce qu'on découvrira sur place.

Sylvia se concentra sur le trajet sinueux et pentu qui les éloignait progressivement de toute civilisation. D'après la carte, il s'agissait de l'unique route vers leur destination, point de passage obligé pour les adeptes de trek ou de rando souhaitant explorer les reliefs avoisinants.

Une demi-heure plus tard, l'imposante façade blanche de l'hôtel Pyjor perça la dense forêt de pins noirs. Osmani gara son véhicule à distance raisonnable et tous trois terminèrent à pied, en coupant à travers l'épaisse végétation qui encerclait le domaine. La première chose que Sylvia repéra, à une cinquantaine de mètres de leur position, fut l'agglomérat de SUV parqués à l'écart des autres véhicules.

— Le capitaine Luis a fait mention de 3008 noirs, fit remarquer Perez au groupe.

Sylvia ralentit le pas.

— Un problème ?

— Quelle est la probabilité pour qu'on tape dans le mille du premier coup ? Si c'est vraiment le cas, comment est-ce qu'on va se tirer de là ?

— Aucune idée. Mais il faut vérifier les choses nous-mêmes. Au moindre indice probant, la cavalerie rappliquera en moins de deux.

— Mais…

Perez posa une main sur son épaule et la fixa intensément. Son faciès rondouillard se voulait compatissant.

— Essaie de te détendre.

Le lieutenant, qui venait de la tutoyer, surenchérit :

— Comme toi, je me dis que c'est un peu gros, mais en y réfléchissant bien, est-ce que c'est si évident que ça ? Trouver ce tract chez Zimmermann.

Conduire plusieurs interrogatoires dont celui de la sœur d'un détenu. Extraire le mot « chasse » de la masse des informations recueillies. Leur donner de la valeur…

— Et tout recouper avec la liste fournie par Serge, compléta Sylvia. Je sais que ça ne sort pas d'un chapeau, mais ça ne m'empêche pas d'avoir des doutes, désolée. Un réseau de cette envergure doit constamment être sur ses gardes. Avoir des portes de sortie, au cas où, je ne sais pas…

— Essaie de ne plus y penser. On doit avancer avec ce qu'on a. Et puis, dans ce type d'opération, se déployer en petit nombre n'est pas forcément un désavantage.

Sylvia se raisonna. Au pire, ils se plantaient. Au mieux, Jérôme et Flo les attendaient là, quelque part. Une chance à ne pas laisser filer.

— On ne peut pas être vus ensemble, continua Perez. Je propose qu'on se sépare.

— C'est préférable, approuva Osmani.

— Ils doivent connaître nos visages. C'est encore plus valable pour Lontano. Je pars d'un côté. Vous deux, de l'autre. Si jamais les choses tournent mal, ça double nos chances de nous en sortir.

Le lieutenant dégaina son arme et se tourna vers la psychologue.

— Prends ça. Si besoin, tu n'hésites pas.

Sylvia leva les deux mains avant de s'écarter.

— Non. Je ne sais pas m'en servir, de toute façon ! Ne t'inquiète pas, je ferai gaffe. Osmani est là pour me couvrir.

Le lieutenant abdiqua et rempocha son bien.

L'Albanais en profita pour faire une dernière mise au point.

— Nous avons trois objectifs. Un, confirmer qu'on est au bon endroit pour que je mobilise mon équipe. Deux, localiser et secourir les otages. Trois, trouver des preuves du trafic.

— Comment est-ce qu'on reste en contact ? demanda Sylvia.

— C'est là que j'interviens, fit Perez. Tenez. Je n'allais quand même pas me ramener ici la fleur au fusil…

Le lieutenant sortit de sa poche deux jeux d'oreillettes Bluetooth talkie-walkie dernier cri.

— Matos perso. C'est pas la boîte qui va nous payer ce genre de gadgets… Vous me remercierez plus tard. Si on se sort de ce merdier en un seul morceau.

63

Osmani ouvrit la voie. Ils contournèrent le bâtiment principal, laissant l'entrée, grouillante de monde, à la charge du lieutenant. L'attroupement grossissait à vue d'œil et serpentait jusqu'au parking. Des rires perçaient régulièrement le brouhaha continu qui se dégageait du groupe. Tout autour, des individus vêtus d'ensembles vert et marron allaient et venaient, distribuant bouteilles d'eau et en-cas pour la journée – le personnel de l'hôtel, aux petits soins pour ses invités, probablement des randonneurs prêts à en découdre avec les massifs environnants.

À l'arrière du domaine, d'autres employés s'affairaient, déchargeant de grands cartons d'un camion de livraison. Une quantité astronomique de boîtes frappées d'un logo évoquant une entreprise de restauration. Tout ce beau monde travaillait avec le ronronnement des machines pour seule musique, répétant inlassablement les mêmes gestes. Empilés sur des palettes, les colis étaient acheminés au travers d'un immense portail, gardien d'une structure secondaire. Sylvia devina un gigantesque hangar de stockage. Depuis cette annexe, un chemin s'enfonçait dans les bois, de l'autre côté d'une haute barrière surmontée de signes rouge et blanc sans équivoque.

— C'est interdit, traduisit Osmani, histoire de lever tout soupçon. Si on veut s'y rendre, pas le choix, il nous faut passer par ce hangar.

L'inspecteur lui indiqua une porte sur la face opposée de l'entrepôt, vierge de toute présence. La sortie de secours.

De l'index, la psychologue appuya sur son oreillette afin d'avertir Perez.

Ils allaient entrer.

~

Osmani poussa la lourde porte coupe-feu et tomba sur une sorte de sas, doté d'un second accès qu'il entrouvrit juste assez pour observer l'immensité du local sans se faire repérer.

Derrière lui, Sylvia repéra les deux options qui s'offraient à eux : la sortie sur leur gauche, ouverte aux quatre vents ; ou l'escalier, à l'opposé, qui s'enfonçait dans les profondeurs.

— Qu'est-ce qu'on fait ? chuchota-t-elle.

Osmani pointa le sol de son index.

Sylvia répliqua en tapotant son oreillette.

— On va perdre le signal.

— Oui, mais c'est plus sûr.

L'inspecteur jaugea la distance qui les séparait de leur but. Dès qu'il le put, il se faufila sur une vingtaine de mètres, en partie masqué par des cartons entassés sur de hautes étagères en fer.

Échine courbée, Sylvia attendit son signal et le rejoignit à grandes enjambées, jusqu'au pied des marches.

Dans le souterrain, ils se hâtèrent vers la première source de lumière, au niveau d'un croisement où Osmani opta à l'instinct pour la gauche. Surprise par la longueur des coursives, Sylvia lui emboîta le pas. Un véritable dédale se déployait sous le hangar, voire au-delà. Des pièces numérotées s'ouvraient de part et d'autre des passages qu'ils empruntaient.

Elle s'arrêta devant celle qui arborait le chiffre 51.

Y avait-il vraiment plus de cinquante salles de ce type enfouies sous terre? Ça lui paraissait insensé. L'image d'une ruche humaine surgit dans son esprit.

Osmani surveilla les alentours pendant qu'elle plaquait son oreille contre la tôle froide. Aucun bruit.

Elle tenta d'ouvrir. Sans succès, tout comme au numéro 50.

Au 49, elle entendit la voix d'un homme filtrer à travers l'alliage. Il psalmodiait. Au moment où elle posait la main sur la poignée, des paroles résonnèrent dans le labyrinthe souterrain. Elle échangea un regard affolé avec l'inspecteur.

Entrer, vite.

La porte refusa de céder. Sylvia toqua comme une damnée alors que les échos se rapprochaient.

On ouvrit, enfin.

Ils se précipitèrent à l'intérieur, bousculant leur

hôte forcé au passage, et Osmani verrouilla dans la foulée. Des relents d'égout se mêlaient à l'odeur âcre de la sueur. Sylvia porta une main à sa bouche en reluquant l'homme d'une quarantaine d'années, frêle, fatigué, qui végétait dans cette pièce insalubre.

Il se plaignit mais elle ne saisit qu'un amas de sons incompréhensibles.

— Qui êtes-vous ? les invectiva l'homme.

La première réponse qui vint à l'esprit d'Osmani fut « Et vous ? » mais il préféra s'abstenir. Ne pas l'agresser.

Et surtout, activer la fonction enregistreur de son téléphone.

— Je viens m'assurer que vous ne manquez de rien, mentit-il sans scrupule.

— Ah ? C'est bien la première fois. Euh… Ben, je fais ce qu'on m'a dit. J'attends.

— Très bien.

— On part bien en France, hein ?

— Ça dépend. Combien avez-vous donné ?

— Cinq mille.

Le flic contint sa surprise et mima le mot « argent » puis le chiffre 5 à l'intention de Sylvia.

— Cinq mille euros pour vous faire passer en France, donc. Vous seul ?

— Oui, juste moi.

— Pour aller où, exactement ?

— Pourquoi vous me posez toutes ces questions ? s'inquiéta-t-il.

Il pointa la psychologue d'un doigt accusateur.

— Et puis, vous êtes qui d'abord ? Y a pas de femmes d'habitude.

— Écoutez, c'est important. Ces gens vont juste vous abandonner une fois sur place. Ou pire, vous faire chanter et vous utiliser. Nous sommes là pour les arrêter. Aidez-nous ! implora Osmani.

L'homme se figea.

— Quoi ? Ça va pas ? Je veux partir d'ici et travailler en France. Je pourrai vivre un peu mieux et aider ma famille ici…

— C'est ce qu'ils vous ont promis ?

— Ça ne vous regarde pas ! Dégagez !

Osmani tenta t'apaiser le courroux de son compatriote. Sylvia comprit au ton employé par ce dernier que c'était peine perdue.

— Laisse tomber, il va rameuter tout le monde s'il continue !

Elle devait retrouver l'air libre pour prévenir Perez. Elle quitta la pièce et rebroussa chemin en direction du hangar…

… Pour tomber nez à nez avec deux hommes en uniforme à la première intersection. Passé l'étonnement, ces derniers la prirent en chasse en l'apostrophant.

Sylvia cavala en sens inverse, maudissant par la même occasion son éternelle aversion pour le sport.

— Surtout, ne sors pas ! cria-t-elle en priant pour qu'Osmani l'entende et que ses poursuivants ne soient pas francophones.

Elle redoubla d'efforts pour s'éloigner le plus possible de la pièce 49. Alors qu'elle faiblissait, elle arracha son attirail de communication et profita d'un énième croisement pour l'envoyer valser à l'opposé de sa direction.

Épuisée, elle fut une proie facile pour le plus rapide des deux hommes, qui la ceintura avec brutalité. Elle s'écroula en avant et heurta le béton de plein fouet.

La pénombre devint ténèbres.

64

Pour ne pas éveiller les soupçons, Perez avait réservé une chambre. Cette dernière offrait une vue imprenable sur la forêt compacte qui s'étirait jusqu'au pied de la ceinture montagneuse. Isolé de toute commune à des kilomètres à la ronde, l'hôtel Pyjor était un écrin idéal pour opérer loin de tout, à l'abri des regards.

— Perez ! Tu m'entends ?

C'était Osmani.

— Lontano s'est fait attraper, haleta l'Albanais.

— Quoi ?

— Je n'ai pas pu lui venir en aide.

— Tu te fous de ma gueule ?

— On a trouvé un grand souterrain, derrière l'hôtel. Un vrai labyrinthe, où ils gardent des candidats à l'immigration. On s'est fait surprendre. C'est un miracle que j'aie pu sortir de là sans être repéré. J'ai prévenu mes collègues. Ils arriveront bientôt.

Perez comprit que l'inspecteur avait dû faire un choix.

— Je vais essayer de mettre la main sur Lontano,

et de retrouver les autres par la même occasion. On reste en contact.

Le lieutenant ne laissa pas l'inspecteur tenter de le dissuader.

Il coupa net la communication.

~

Après avoir dévalé l'escalier, Perez arriva au sous-sol, devant une porte en fer gardée par un jeunot musculeux au regard torve. Feignant de jouer le touriste égaré, le lieutenant attendit qu'on le raccompagne *manu militari* et profita de la pénombre pour surprendre son vis-à-vis. Il le fit trébucher avant de lui asséner un coup puissant avec la crosse de son Sig Sauer, à la base de la nuque.

Puis il attrapa le garde et le fit glisser dans un recoin du sous-sol avant d'emprunter le long tunnel qui l'emmena tout droit jusqu'à la jungle de béton décrite par Osmani.

Pour éviter de se perdre et faciliter une éventuelle retraite, il continua tout droit à chaque intersection. Lorsque, après plusieurs minutes, il tomba sur une bifurcation en T, le lieutenant fut bien obligé de changer de méthode.

Une porte plus imposante que les autres lui barrait le chemin.

Il la franchit et suivit le faux plat vers le niveau supérieur. Là, une double porte vitrée bloquait l'accès à une vaste pièce éclairée remplie de grosses machines, de plans de travail et de piles de documents. Quelqu'un évoluait avec nonchalance au milieu de tout ce bazar. Un homme aux longs cheveux bouclés et à la barbe taillée comme un Viking, maigre comme un clou, pétard fiché à la commissure des lèvres. Vêtu d'un treillis, il passait de bureau en bureau en faisant tournoyer une matraque.

Bak, tel que décrit par Marine.

Perez abaissa lentement la poignée et se glissa à l'intérieur. Les installations lui permirent de rester hors du champ de vision du trafiquant. Le bourdonnement des machines couvrit ses grossiers sauts de puce autour de la salle. À quelques mètres de sa cible, pantelant, il dégaina son Sig Sauer.

Au moment de lancer son assaut, il se cogna contre un chariot et manqua de se vautrer par terre.

— Plus un geste ! cria-t-il en levant subitement son flingue, tentative maladroite de sauver les apparences.

Bak se retourna, bouche bée.

Son joint tomba au sol.

— Putain, j'y crois pas ! Qu'est-ce que tu fous là, toi ?

Nullement impressionné, le trafiquant fit claquer sa matraque en affichant un sourire railleur. Il faisait penser à un animal sauvage, avec sa crinière dorée et ses canines aiguisées.

— Fais pas le con ! le somma Perez, pétrifié par la peur et conscient de l'inefficacité de ses propos.

Une seconde de flottement profita à Bak, qui se rua vers lui en brandissant son arme à la manière d'un fleurettiste. Le lieutenant recula d'un bond, se prit les pieds dans le tapis et esquiva sans le vouloir en tombant à la renverse. Dans sa chute, son doigt boudiné pressa la gâchette.

Le coup partit.

La balle se logea dans la jambe de son assaillant, qui hurla de douleur en s'affalant sur le sol.

La matraque roula jusqu'à Perez, qui saisit cette aubaine pour se relever, honteux et confus.

— Qu'est-ce que vous foutez ?

— Ça se voit pas ?

Bak brandit son majeur.

— Tu le vois celui-là ? Tu peux te le mettre bien profond dans le cul, enfoiré de pou…

Une seule décharge suffit pour mettre un terme aux velléités du truand.

— Quel connard, râla le lieutenant à haute voix.

Il balança la matraque à l'autre bout de la pièce et, les yeux ronds comme des soucoupes, s'attarda enfin sur ce qui l'entourait.

Contrats de travail. Passeports. Visas pour des pays extérieurs à l'Union européenne. Billets. Et pléthore d'autres documents qu'il identifierait plus tard.

Le gros lot.

À l'aide de son smartphone, il s'empressa de tout photographier, puis activa son oreillette.

— Osmani ?

— Tu es où, bon sang ?

Le signal passait à nouveau.

— Quelque part de l'autre côté du souterrain, apparemment. Je suis tombé sur une espèce d'atelier, une fabrique de faux papiers !

Il expliqua à l'inspecteur comment le rejoindre.

— Compris. Attends-nous.

— Non, je dois bouger. Et vite. Il y avait quelqu'un ici. Je l'ai neutralisé mais ça a dû s'entendre. Il faut absolument trouver Lontano et les autres avant qu'il soit trop tard.

65

Sylvia ouvrit péniblement les yeux, une violente douleur lui barrant le front et un goût de fer saturant ses papilles. Elle sentait le liquide chaud s'écouler depuis son nez et inonder sa bouche.

Menottée, les bras suspendus par une chaîne à un étrange mécanisme, elle pesait de tout son poids sur ses poignets qui lui faisaient un mal de chien.

Encore sonnée, elle tanguait au-dessus d'une large flaque brunâtre.

— Syl !

Elle se figea.

À part Serge, une seule personne l'appelait comme ça.

Elle leva le menton, incrédule.

— Jérôme !

L'horreur de sa situation la rattrapa après un pic de joie intense, lorsqu'une énorme main s'abattit sur sa joue.

Le monde tourna pendant une dizaine de secondes, alors que Jérôme s'égosillait à quelques mètres de là.

Elle ne put contenir ses larmes.

— Pas le temps pour les retrouvailles, ma jolie. Qu'est-ce que tu fous déjà ici ? On t'attendait, mais pas aussi vite, rugit Luan.

Juste à côté de la Bête, un homme qu'elle reconnut aisément pour avoir passé des heures à étudier son patrimoine sous toutes les coutures.

Isak Leka s'avança, visage fermé et poings serrés. Il se mit à la fouiller comme un forcené. Elle se tortilla pour lui résister, tandis qu'il la palpait de haut en bas, sans retenue aucune.

L'Albanais dénicha son téléphone portable.

— Tu ne m'en voudras pas si je te le confisque, lâcha-t-il entre ses dents.

Puis, à l'attention de son petit frère, tout en se dirigeant vers la sortie :

— *Kujdesu per te*[1].

— *Dhe ju, mos merrni asnjë rrezik. Nëse shkon keq, largohesh*[2].

La porte claqua et Luan ne perdit pas une seconde. Il caressa le visage de Sylvia de sa main rêche.

— Alors, ma jolie, le gros lard est avec toi, je me trompe ? Et j'imagine que Marine fait aussi partie du lot ? Réponds !

Jérôme la dévisagea, halluciné.

— Non, je suis venue seule.

Luan la gifla si fort que son oreille siffla.

— Je sais qu'ils étaient avec toi, dans l'appart de Flo.

1. Occupe-toi d'elle.
2. Et toi, ne prends pas de risques. Si ça tourne mal, tu t'en vas.

— Qu'est-ce que vous avez fait de lui ? s'inquiéta Sylvia.

Un sourire pervers s'étira sur le visage de Luan tandis qu'il pointait l'auréole de sang séché sous ses pieds.

Elle blêmit.

— Tu veux savoir comment ?

La Bête s'empara de son trousseau de tiges métalliques et ne s'embêta pas à les chauffer.

— Je vais te montrer.

Il planta l'une d'elles directement dans la jambe de Jérôme, qui ne s'y attendait tellement pas que son cri de douleur s'en trouva différé.

Terrorisée, Sylvia se mit à hyperventiler.

— Alors ?

Deuxième coup de poignard. Dans le bras, cette fois.

— Je m'arrêterai pas avant que tu m'aies dit où est ton pote. Tu piges ?

Deux nouveaux pieux se plantèrent dans les entrailles de Jérôme, agonisant. Il la regarda en coin, comme pour dire : *Ne craque pas.*

Pas de doute, il était de retour. Mais elle ne pouvait pas le laisser se faire massacrer de la sorte.

— Perez est avec moi ! brailla-t-elle, vaincue. Dans le domaine. Mais je ne sais pas où.

Au même moment, un claquement sourd retentit, quelque part dans le bâtiment.

Après avoir instinctivement tourné la tête en direction de la porte, Luan sortit une mini-radio de sa poche et appuya sur le bouton d'appel.

— Bak ? T'as entendu ? C'était quoi, ça ?

Pas de réponse.

— Bak, qu'est-ce que tu fous, bordel ! Bak ! Et merde !

Il changea plusieurs fois de fréquence et s'exprima en albanais. Puis il se rua vers la sortie, sans se préoccuper de ses otages. La porte resta grande ouverte et Sylvia distingua le pied de l'escalier qui menait à la surface.

Ils étaient seuls, désormais.

— Jérôme !

— Ça va aller, articula-t-il d'une voix faible. Perez… Perez est vraiment ici ?

La psychologue acquiesça.

— Et ma fille ?

— Elle est à Strasbourg. En sécurité.

— Céline…, enchaîna-t-il en peinant davantage. Céline… Ce n'est pas eux qui l'ont tuée.

Sylvia écarquilla les yeux, étourdie par la soudaineté de la révélation.

— Quoi ? Mais qui…

D'un mouvement infime, il secoua la tête.

— Me dis pas que c'est moi qui…

— Non ! Enlève cette idée de ton crâne tout de suite !

Pourtant, un doute insupportable grandissait dans l'esprit de Sylvia.

Paupières closes, Jérôme glissa dans l'inconscience. Elle eut beau crier son nom, il ne cilla pas. Ses plaies saignaient abondamment.

À ce rythme, il ne s'en sortirait pas vivant.

66

Lorsque Perez, à bout de souffle et dégoulinant de sueur, déboula enfin à l'air libre, il prit la mesure de lieux totalement insoupçonnés. L'atelier dont il venait de s'extraire prenait l'apparence d'une maison en pierres bâtie en hauteur, percée de petites fenêtres élevées similaires à des meurtrières. Une véritable tour fortifiée, certainement traditionnelle, entourée de pins et bordée d'une pelouse digne des plus beaux gazons anglais.

Au-delà de l'immense jardin se dressait un manoir, lui aussi en pierres anciennes. Façade mangée par le lierre, la bâtisse de cinq étages arborait de grandes fenêtres aux cadres en bois et semblait faire corps avec la forêt. Des escaliers externes couraient autour de la structure et desservaient les différents niveaux. Perez devina les quartiers d'Isak Leka lorsqu'il séjournait ici, à l'abri des curieux.

Sur sa droite, au bout d'un chemin de terre d'une centaine de mètres, le lieutenant identifia le fameux hangar mentionné par Osmani, ainsi qu'un pan de la barrière qui encerclait le complexe, garantissant intimité et sécurité à l'homme d'affaires et ses subordonnés.

Comment suspecter l'existence d'une fourmilière humaine sous ce tableau idyllique ?

Perez n'eut pas franchement le temps de disserter sur le sujet.

Il tressaillit lorsqu'un mastodonte jaillit du manoir en gueulant dans sa radio portative. Au même moment, de l'autre côté, le portail arrière de l'entrepôt bascula vers le haut, libérant une demi-douzaine d'hommes armés qui se précipitèrent à la rencontre du donneur d'ordres.

Ils venaient lui faire la peau après son tir chanceux.

Le lieutenant se replia. Plus question d'agir seul. Il devait ravaler sa fierté, son discours de héros à deux balles, et se dépêcher de rejoindre l'inspecteur et son groupe d'intervention à la sortie du souterrain. Dans son malheur, il en avait vu suffisamment pour les briefer sur ce qui les attendait dehors. De quoi éviter une hécatombe.

Son oreillette grésilla avant qu'il réintègre la fabrique. Les renforts, autrement plus sveltes et entraînés que lui, étaient déjà sur place. Ils venaient d'appréhender Bak, toujours dans les vapes, et s'apprêtaient à se déployer à l'extérieur.

Perez prévint l'inspecteur de la menace imminente.

— Fais-nous confiance. On va les accueillir comme il faut, le rassura Osmani. Concentre-toi sur ton objectif et, cette fois, ne coupe pas le contact, OK ?

Le lieutenant s'éloigna de ce qui allait se transformer d'une seconde à l'autre en une véritable zone de guerre. Il se fondit dans les bois, longea la barrière, décrivant un large arc de cercle jusqu'à sa cible.

Le manoir.

Le bruit des premiers échanges de tirs lui parvint alors qu'il s'engouffrait dans la demeure, bras tendus, pistolet en main.

~

Sylvia sursauta lorsque le fracas des armes déchira l'air.

Elle avisa la porte entrebâillée.

Qu'avait-elle à perdre? Pour Jérôme, chaque minute comptait. Alors elle cria à l'aide. De toutes ses forces.

À l'issue d'une angoisse interminable, rythmée par la fusillade au-dehors, quelqu'un dévala l'escalier et s'immisça dans la cave. La voix de Sylvia se brisa sous le coup de l'émotion.

— Perez!

Éprouvé, le lieutenant resta stoïque devant la terrible scène qu'il découvrait. Il rempocha son arme et se précipita vers Jérôme.

— Putain, ces enfoirés l'ont charcuté comme ce pauvre toubib, il y a deux ans…

— Aide-moi à me détacher d'abord! lui ordonna-t-elle. On ne sera pas trop de deux pour le libérer.

Le lieutenant buta sur les menottes de sa partenaire. Trop solides.

— Le chalumeau, lui souffla Sylvia. Essaie de sectionner la chaîne avec…

Il ramassa l'accessoire et le considéra.

— Ça va prendre du temps, pesta-t-il. C'est pas vraiment fait pour…

Perez s'acharna, ne réussissant qu'à légèrement tordre le métal d'épaisseur moyenne.

— Il faudrait qu'on chope les clés, finit-il par concéder. Ou une bonne pince-monseigneur…

Sylvia ne releva pas. Depuis une dizaine de secondes, elle demeurait silencieuse, focalisée sur l'entrée de la cave.

À l'affût.

— Les tirs ont cessé, fit-elle remarquer.

Le lieutenant suspendit son geste et échangea un regard avec elle.

Des bruits de pas martelaient le sol au-dessus d'eux. Un raffut jalonné de directives proférées sur un ton quasi militaire.

Perez lâcha tout pour se poster dans le renfoncement du mur le plus proche de la porte. Résolu à se défendre jusqu'au bout, il dégaina à nouveau son arme.

Soudain, sourcils levés, il porta une main à son oreille, hocha la tête à plusieurs reprises et poussa un soupir de soulagement.

— Au sous-sol, souffla-t-il. Grouillez-vous, Cazenave est dans un sale état !

Il la regarda, les yeux troubles.

— Ils les ont eus. On a réussi.

CINQUIÈME PARTIE

> La vie est courte, la science interminable, l'opportunité fugace, l'expérimentation faillible, le jugement difficile.
>
> HIPPOCRATE

67

Au poste de police de Lezhë, Sabri Osmani et son équipe débriefaient autour d'une grande table ovale.

À côté des officiers, le lieutenant Perez crevait de chaud dans cette salle exiguë.

Au milieu des plateaux de baklavas et autres *aşure*, une pieuvre téléphonique reliait le groupe au gros des forces de l'ordre françaises, basées à Strasbourg et Nîmes. Les membres de l'OCRTEH[1], dans la boucle depuis l'officialisation de la collaboration transfrontalière et l'entrée en jeu tardive d'Interpol, étaient quant à eux en ligne depuis leurs locaux de Nanterre.

Une dizaine d'hommes avaient été coffrés, dont Luan Leka, sérieusement blessé par Osmani. Une grande quantité de faux documents ainsi qu'une petite fortune en cash avaient été saisis. Vingt-sept malheureux candidats à l'immigration avaient été

1. Office central pour la répression de la traite des êtres humains.

retrouvés, moisissant sous terre en attendant leur transfert vers la France. Sans omettre les quatre criminels en col blanc recherchés en Albanie et qui, moyennant d'énormes sommes d'argent sale, visaient des destinations plus exotiques.

Le bilan justifiait les risques pris et soulignait le dévouement du juge albanais qui avait si vite traité la demande de son homologue français. Là où beaucoup auraient affiché leur scepticisme, voire reculé face au manque d'éléments concrets, ce dernier avait joué l'offensive. Sans cette décision, rien de tout cela n'aurait été possible.

Pourtant, la victoire était amère.

Isak Leka courait toujours.

La tête pensante du réseau s'était fait la malle avant la fusillade et personne ne l'avait revue. Un tel personnage ne pouvait passer inaperçu. Tôt ou tard, ils retrouveraient sa trace.

Black Wings n'était que le sommet de l'iceberg : un paquet d'agences de voyages semblaient impliquées, dessinant d'autres routes migratoires vers plusieurs contrées d'Europe et d'Amérique. L'équipe albanaise allait officiellement prendre le relais. À charge pour elle de collaborer avec chacun des pays impactés et de remonter chaque filière. Mission ardue car l'effet de surprise n'existait plus.

La réunion s'acheva alors que Perez cherchait un moyen d'échapper à la conférence de presse. Le directeur se démerderait tout seul. Avant que l'effervescence gagne le bâtiment, le lieutenant s'arrangea pour qu'Osmani – qui partageait son aversion envers les médias – le conduise à l'hôpital.

Auprès de ceux à qui revenaient tous les honneurs.

68

Au commissariat de Strasbourg, dans un coin de la salle de briefing, Marine, les yeux encore rougis par le chagrin du deuil de son compagnon, ne comptait pas se laisser abattre.

L'exposé des faits permit à la jeune femme de mesurer les résultats de l'acharnement de son père.

Partir de si peu et arriver si loin, dans l'adversité constante…

Marine appréhendait les retrouvailles, d'autant plus que Jérôme semblait avoir retrouvé une partie de ses vrais souvenirs lors de sa captivité. Elle s'en voulait d'avoir coupé les ponts. De ne pas avoir passé outre leurs différends pour le soutenir dans son combat contre ce labo, à l'époque. Qui sait, peut-être aurait-elle pu protéger sa mère plus efficacement ainsi…

Mais elle était humaine. On ne se remettait pas d'une telle fracture émotionnelle d'un claquement de doigts.

— Tu te sens d'attaque ?

La réunion était terminée.

Le capitaine Luis lui proposa un café, qu'elle accepta sans rechigner.

— Ouais, dit-elle simplement, avant de tremper ses lèvres dans son gobelet fumant.

— Je comprendrais si tu changes d'avis.

— Non, c'est bon. Je viens.

— On décolle dans dix minutes.

Marine avait perdu son homme. Son tout. Son quotidien serait à jamais bouleversé. Avant de tirer un trait définitif sur ce passé de délinquante, il lui restait une dernière chose à faire.

Punir les traîtres. Ceux qui, en plus de trafiquer de la drogue, géraient un vaste trafic de patients issus d'Albanie pour le compte d'Algea.

Elle ferait tout pour que le reste de la bande croupisse derrière les barreaux.

69

Jérôme ouvrit les yeux dans la salle de réveil de l'hôpital Spitali Amerikan de Lezhë. Peu après, les brancardiers le récupérèrent pour le mener dans sa chambre. Front et nez bandés, Sylvia l'y attendait, à moitié assoupie sur une chaise. Elle sortit de sa léthargie alors qu'on le transférait sur son lit. Ils échangèrent un sourire gêné, comme deux amis d'enfance se retrouvant après une longue séparation.

La psychologue brisa la glace en revenant avec lui sur la fin de sa séquestration. Jérôme pouvait s'estimer chanceux. Bien que profondes, les lésions provoquées par les tiges métalliques n'avaient endommagé aucun organe vital. Seul son bras droit connaissait des ratés, à cause de plusieurs nerfs sectionnés. Il devrait vivre avec. Pour le reste, des examens complémentaires, une dizaine de jours de traitement ainsi qu'une bonne dose de repos, et il serait de nouveau dehors.

Perez et Osmani firent irruption dans la chambre. Jérôme remercia son ancien collègue avec toute la chaleur qui le caractérisait. Perez, peu friand d'accolades, se laissa faire en grommelant. Osmani, gêné de se voir accorder autant de reconnaissance, préféra s'étaler sur les ramifications de l'affaire, avant de passer le flambeau à Perez.

— L'ensemble des éléments de l'opération menée à l'hôtel Pyjor va être versé au dossier français. Ce qui veut dire, Caze, que le lien entre le boulot que tu as abattu en 2019 et ce qui s'est passé ici est formellement établi. L'étau se resserre autour d'Algea et son association avec Black Wings. Les candidats à l'immigration étaient forcés, en plus de payer une somme astronomique pour leur passage, de signer des formulaires de consentement et de participer aux essais menés par Algea. Nous avons retrouvé une trentaine de ces formulaires et je suis persuadé qu'il y en a d'autres. Quant au meurtre du professeur Kumanski, qui représentait une menace pour Algea, au vu de la méthode employée, tout porte à croire que Luan Leka est l'assassin. Et en ce qui concerne le suicide d'Alexandre Rama, ta théorie selon laquelle il aurait été piégé pour écarter les soupçons de l'organisation va être creusée.

— Et pour Céline ?

Perez hocha la tête, confiant.

— Leur implication paraît crédible. Tu devenais gênant, ils ont dû t'arrêter à leur manière, c'est-à-dire en te piégeant, toi aussi. En te faisant condamner pour le meurtre de ta femme, ils s'assuraient de te mettre hors-jeu sans attirer les soupçons sur eux. Enfin, c'est ce qu'ils croyaient… Heureusement que Sylvia n'a pas lâché.

Sylvia et Jérôme échangèrent un regard de connivence tandis que Perez poursuivait :

— Bénezet doit se pisser dessus à l'heure qu'il est. Lui et le juge Paoli ont eu tort de ne pas te prendre au sérieux. Je suis là pour en témoigner et toute l'équipe va être au courant en un rien de temps. Je suis sûr qu'Escande va jubiler.

Jérôme ne partageait pas cet enthousiasme.

— Luan m'a dit droit dans les yeux qu'il n'avait pas tué Céline… Je n'ai pas l'impression qu'il mentait.

— On ne peut pas faire confiance à ce type, répliqua Perez. De toute façon, il n'était pas le seul à s'occuper du sale boulot. Black Wings voulait t'empêcher de remonter leur filière française et leur lien avec Algea. Leur mobile est clair. On va leur faire porter le chapeau. Dans tous les cas, tu n'es pas près de retourner en taule.

Jérôme se prit la tête à deux mains. Il avait du mal à y croire. Sylvia posa une main sur son épaule.

— Serge va te tirer de là.

Pensive malgré l'heureuse tournure des événements, Sylvia se tut jusqu'au départ des deux policiers, ce qui n'échappa pas à Jérôme. Chamboulée, elle reprit ensuite place sur sa chaise, sous l'œil soupçonneux de l'ancien lieutenant.

— Bon, il est peut-être temps d'arrêter la comédie ? demanda Jérôme.

— Pardon ?

— Lorsque j'ai vu Florian Zimmermann dans cette cave, suspendu par les mains et le corps bardé de tiges de fer, je me suis souvenu de Kumanski. De la ferme abandonnée. De l'enquête. Je me suis souvenu de ton arrivée subite et inattendue au commissariat, de Céline qui n'a jamais cessé de se méfier de toi, de ton emprise sur mon couple. Et même du stylo siglé Eris qu'elle a trouvé dans ton sac, lors d'une séance…

Sylvia pâlit.

— Qu'elle a trouvé en fouillant, tu veux dire ?

— Le problème n'est pas là, Sylvia. Tu es arrivée à un moment de mon existence où j'étais particulièrement fragile. Maintenant que le pire est derrière moi et que j'y vois un peu plus clair, deux questions m'obsèdent : qui es-tu et qu'est-ce que tu fous dans ma vie ?

Les épaules de la psychologue s'affaissèrent lorsqu'elle soupira.

— Promets-moi de ne pas t'énerver.

— Ça, c'est à moi d'en décider, répliqua Jérôme d'un ton cinglant.

Tremblotante, Sylvia ouvrit son pendentif, dévoilant la photo d'un adolescent hilare.

— C'est Marc. Mon fils. Comme Céline, il était atteint de la maladie de Crohn, mais à un stade sévère, au point où ça pourrissait son quotidien. Il a participé au même essai clinique que ta femme. Ce stylo, c'est celui avec lequel j'ai signé le consentement. Peu après le début du protocole, il y a eu des complications et…

Sylvia empocha le bijou tout en laissant échapper quelques larmes.

— Marc n'a pas survécu.

Le regard de Jérôme s'adoucit. Il ne pouvait imaginer pire douleur que celle de perdre un enfant. Il frissonna et posa instinctivement sa main sur l'épaule de la psychologue.

— La vengeance, c'est tout ce qui me tient depuis des années. C'est pour ça que je me suis rapprochée de toi, confia Sylvia.

— Je ne saisis pas. Pourquoi moi ?

Malgré la honte qui l'envahit, elle ne baissa pas ses yeux rougis par le chagrin.

— J'ai cherché pendant des mois des familles qui partageraient ce désir de revanche, en me disant que nous serions plus forts à plusieurs. En vain. Toutes sans exception ont accepté une compensation financière plutôt que de se lancer dans un long combat pour faire tomber les responsables. En me renseignant sur le profil des familles touchées, j'ai réalisé que tu étais le seul à travailler dans les forces de l'ordre. En tant qu'OPJ, de surcroît. L'occasion était trop belle. Serge Gaillard, ton avocat, est mon beau-frère et mon ami depuis plus de vingt ans. Ensemble, nous avons construit un plan pour que j'intègre ton service et fasse équipe avec toi.

Jérôme repensa à la pression exercée par Sylvia sur le capitaine Bénezet. Mais un autre élément l'inquiétait davantage…

— Pour que je puisse t'être utile, il aurait fallu qu'une nouvelle affaire les concernant éclate…

— C'est là qu'intervient Éric Meyer. Je l'ai interrogé quelques mois avant sa mort. Il m'a fait part de ses craintes au sujet du nouvel essai clinique d'Algea. Il était dans le Gard, comme toi. Toutes les planètes étaient alignées…

Jérôme tombait des nues. Sylvia se révélait sous un jour qu'il n'aurait jamais soupçonné.

Celui d'une personne froide et calculatrice.

— Tu connaissais le médecin ? C'est une blague !

— L'existence des comités de protection des personnes n'a jamais été un secret pour moi. Ça n'a pas été difficile de le trouver. Meyer m'a confié se sentir en danger, mais il a choisi d'aller au bout de ses convictions pour faire plonger Algea. Il m'a promis de taire notre discussion pour m'épargner des ennuis si jamais il lui arrivait malheur.

— La statuette trouvée dans son cabinet… J'avais l'impression que tu savais où chercher…

Jérôme dévisagea la psychologue d'un air désabusé et ajouta :

— Je n'étais qu'un vulgaire pion pour toi ?

— Non, Jérôme. Mais venger mon fils comptait plus que tout. Je voulais te raconter toute l'histoire une fois Algea hors d'état de nuire. Non seulement j'ai échoué, mais Céline est morte…

La voix de Sylvia se brisa.

— Ça a été un tel traumatisme… Je ne pensais pas que ces monstres iraient si loin pour se protéger ! Par la suite, je n'avais plus qu'un but en tête : te remettre d'aplomb et te faire libérer de prison. Sans imaginer un seul instant qu'ils t'attaqueraient au sein même du pénitencier et que tu perdrais tout souvenir de moi…

— N'empêche, il y a une chose que je n'arrive pas

à relier au reste, continua Jérôme sans s'émouvoir de cette tirade.

Sylvia tremblait de tous ses membres.

— D'après l'autopsie, Meyer est mort empoisonné. C'est le seul décès qui ne colle pas avec le reste. Et je le répète, c'est sa mort qui a véritablement enclenché l'enquête…

— Je suis désolée. Tellement désolée. À cause de moi, tu as traversé l'enfer… Mais je t'assure que…

La psychologue se sentit au pied du mur.

— Tu l'as côtoyé, dit Jérôme. Tu savais qu'il constituait un dossier sur Algea… Et donc que sa mort orienterait les soupçons sur eux…

Tétanisée par la réaction à venir, Sylvia retint sa respiration, comme un prévenu suspendu au verdict d'un juge.

— Ne me dis pas que… la mort de Meyer…

— Non. Bien sûr que non ! Jamais je n'irais jusque-là !

Buste penché en avant, Sylvia se prit la tête entre les mains et ne put retenir ses larmes.

Médusé, Jérôme la jaugea longuement. Pour venger la mort de son fils, elle s'était jouée de lui et de toutes les personnes impliquées dans l'enquête. Elle était bien capable d'avoir sacrifié Meyer et orienté les recherches. D'un autre côté, s'il était libre aujourd'hui, c'était grâce à elle. Un conflit éclata sous son crâne. Comment peser le pour et le contre dans ces conditions ?

Plusieurs minutes passèrent, entrecoupées par les sanglots qui secouaient la psychologue, inconsolable.

— Ce qui est arrivé à ma femme est uniquement ma faute, finit-il par articuler. J'aurais dû prendre ses avertissements en compte et ne pas foncer dans le tas. Je t'en veux terriblement pour t'être servie de moi, mais je me connais. À ta place, après avoir perdu mon enfant… j'aurais fait la même chose.

— Jérôme, je…

— Écoute-moi bien. Je ne te dénoncerai pas à mes collègues, mais nos routes vont devoir diverger désormais. Il faut que tu sortes de ma vie.

70

Le 4 septembre 2019

Ballottée par les rafales, la berline filait sous la pluie diluvienne. Le halo blanc de ses phares parvenait à peine à percer les murs d'eau qui tombaient sur la départementale 127, au nord de Nîmes. Sorti du bureau de Raphaël Teissier, le patron d'Algea, avec l'autorisation de fouiller dans les archives, Jérôme s'était éternisé sur le site de Codolet.

Ce soir-là, la décision de braver les éléments se retournait contre lui. Adhérence minimale, visibilité proche du néant : ces conditions lui faisaient perdre de précieuses secondes sur ce chemin qu'il connaissait sur le bout des doigts.

Jérôme conduisait aussi vite que possible, le cœur battant à tout rompre. L'appel de Céline ne laissait aucune place au doute. Quelque chose de grave était sur le point de se produire.

Cela éclipsait même l'excitation suscitée par la folle théorie qu'il venait de formuler, après avoir passé l'après-midi à compulser des documents anonymisés.

La clé de l'enquête se trouve probablement dans la manière dont Algea recrute ses patients. Il doit y avoir un fournisseur particulier.

Dans l'euphorie du moment, il avait sollicité l'aide de Sylvia. La psychologue devait le rejoindre plus tard dans la soirée. Jérôme s'en voulait de l'impliquer à nouveau dans tout ça, après avoir sciemment coupé les ponts.

S'il avait mis cette distance entre eux, c'était pour la protéger de ses initiatives foireuses et des blâmes qui en découlaient.

Malheureusement, tout cela n'avait plus aucune importance.

La priorité s'appelait Céline Cazenave. La voix de sa femme qui venait de résonner dans les enceintes de l'habitacle lui avait glacé le sang.

Des paroles froides, entrecoupées de sanglots et emplies d'une immense colère. Était-ce vraiment sa femme ? Cela n'avait aucun sens.

— Tu es allé trop loin, espèce de minable ! avait-elle vociféré.

— Céline ? Qu'est-ce qui t'arrive ? Tu as pris quelque chose ? Ne bouge pas, je serai à la maison dans dix minutes.

— Ce sera trop tard ! J'en ai marre. Marre ! Ça ne peut plus durer. Je vais me foutre en l'air. Je ne manquerai à personne, surtout pas à toi.

— Ne dis pas ça. On va discuter tous les deux, d'accord ?

Jérôme pesait chacun de ses mots, essayant de

maîtriser les soubresauts de sa voix pour cacher sa panique.

Ne surtout pas la braquer davantage.

Lui donner la sensation de contrôler l'échange.

— J'arrive, continua-t-il. On va trouver une solution. En attendant, promets-moi de ne pas faire de bêtise.

— Je te laisse cinq minutes. On… on va régler ça une bonne fois pour toutes. Toi et moi. Ta pétasse n'a pas intérêt à traîner dans le coin sinon je lui règle aussi son compte, c'est clair ?

La communication avait été brusquement interrompue, laissant Jérôme abasourdi, incapable de répliquer.

Il tenta de trouver une raison d'être à ces rafales de phrases menaçantes. À ce délire digne d'une psychotique.

Tout cela semblait tellement irréel !

Jérôme se reconcentra sur la route de la Baume, sentier étroit et caillouteux qui fendait la commune de Poulx. La garrigue environnante, amas d'ombres difformes battues par les eaux, semblait prête à le prendre en tenaille. Sous le déluge, il se fit une belle frayeur en évitant de justesse un véhicule au détour d'une courbe prononcée.

Quelques minutes plus tard, il se garait enfin devant chez lui.

Lorsqu'il poussa la porte d'entrée, trempé, Jérôme fut surpris de voir Céline, droite comme un I sur le sofa. Paupières gonflées et yeux rougis. Regard vide.

Encore et toujours sous antidépresseurs.

— Viens t'asseoir, ordonna-t-elle sur un ton glacial.

Il accrocha son manteau et prit place dans son fauteuil fétiche. C'est là qu'il le vit.

Son Sig Sauer.

Posé à côté d'elle.

Céline le couvait de la main droite comme un animal de compagnie.

— Qu'est-ce que tu fais avec mon arme ?

— Marine m'a tout raconté.

Jérôme sentit le sol se dérober sous ses pieds.

— Elle m'a dit que tu l'as battue et menacée, la veille de mon essai. C'est vrai ?

— On s'est disputés, oui. Mais je n'ai pas du tout…

— Tu prétends que ta fille ment ? Sur des faits aussi graves ? Je te connais par cœur, Jérôme. Ton caractère. Tes impulsions. Tes colères. Dans ces moments-là, tu ne vaux pas mieux qu'une bête à qui on aurait collé des œillères.

— J'ai déconné, je le sais. Mais je te jure que ce n'était qu'une gifle…

— Juste une gifle ? C'est très loin de ce qu'elle m'a dit… Je t'écoute, alors. Donne-moi ta version de l'histoire.

Assis sur le rebord de son siège, muscles tendus et poings serrés, Jérôme s'expliqua du mieux possible, mettant en avant la fourberie de Marine pour imposer son propre choix et dissuader sa mère de participer à l'essai clinique.

Il s'enfonçait.

— Je me suis opposé à elle parce que je respectais ta décision.

— C'est pour ça que tu l'as mise à la porte, après mon AVC ? Alors que j'avais besoin de vous deux ?

Céline se mit à sangloter.

— À l'époque, j'étais déterminée. Aujourd'hui, je suis perdue. Ma vie est un cauchemar. Je ne suis plus bonne à rien... Si seulement j'avais écouté ma fille ! Ce n'est pas toi, avec ton prétendu respect, qui aurait pu me tirer de là ! Tu as tout détruit autour de moi !

Jérôme nota que le bégaiement prononcé de sa femme était de retour. Signe de stress extrême. Elle empoignait son flingue, à présent.

Il devait désamorcer la situation.

— Mais tu vas mieux, non ? Ta thérapie fonctionne, et...

— Parlons-en, de ma thérapie ! éructa Céline. Parlons à nouveau de ta chère psychologue par la même occasion ! Est-ce que tu sais qu'elle se sert de toi ?

— Tu ne vas pas recommencer avec ces histoires à dormir dehors ?

— Eris...

Jérôme blêmit.

— Quoi, Eris ?

— J'ai trouvé un stylo avec le nom de cette boîte de malheur dans le sac de Sylvia, la dernière fois. Elle te manipule ! Elle travaille pour eux !

— Écoute, je lui parlerai, OK ? Mais tu te trompes, je t'assure. L'enquête sur laquelle on bosse comme des dingues... elle te concerne. Elle *nous* concerne. C'est justement pour se venger d'Eris, et…

— Je t'ai déjà dit à l'époque que je m'en moquais, de la vengeance ! Ce qui compte, c'est que tu sois là pour moi. J'ai besoin de ta présence pour pouvoir me remettre, pas de ton absence et de tes excuses à deux balles ! Mais c'est trop demander, c'est ça ? J'en ai marre, tu m'entends ? Je n'en peux plus…

Les larmes inondaient le visage de Céline, déformé par l'hystérie qui la traversait.

Elle leva le bras.

— Je te l'ai dit. Je vais me foutre en l'air. Marine se débrouillera très bien sans moi.

Jérôme se précipita sur sa femme avant qu'elle porte le canon à sa tempe. Le voyant venir, elle bloqua son geste à mi-chemin et se tira dans l'estomac.

À bout portant.

Une douleur indescriptible l'électrisa, tandis que le sang affluait à gros bouillons. Mais son bras tremblant ne lâcha pas son arme, qu'elle brandit devant elle.

— Bouge pas… Laisse-moi crever, articula-t-elle avec peine.

Impossible. Il ne pouvait pas rester planté là, à voir sa femme agoniser.

Il fit un pas en avant.

Céline tira.

Le coup partit et atteignit Jérôme à la tête. Ses oreilles sifflèrent. La souffrance, atroce, le fit reculer. Il s'écroula sur son siège. L'arrière de son crâne heurta l'armature en bois du fauteuil. Le sang inonda la partie droite de son visage. Ses forces l'abandonnèrent rapidement.

Paupières entrouvertes, il luttait pour ne pas perdre conscience quand il sentit un souffle d'air frais s'immiscer dans la pièce.

L'espace de quelques secondes, il crut voir le visage fou d'un homme à la barbe de Viking, crinière or débordant de sa cagoule relevée, se pencher sur lui et glisser le Sig Sauer dans sa main.

Avant de sombrer.

Épilogue

Nîmes, huit mois après.
Mai 2022.

Le soleil amorçait sa descente sur la cité romaine. Crépuscule d'une journée idyllique où le thermomètre avait flirté avec les trente degrés. L'été pointait le bout de son nez avec un bon mois d'avance.

Cheveux courts, écouteurs dans les oreilles, Marine traversait l'esplanade en trottinant, bercée par un léger vent. Exit le look gothique, sombre et rebelle, vestige de sa période alsacienne ; elle ne portait plus que des vêtements de sport et s'adonnait à l'exercice aussi souvent que possible, quand elle ne bossait pas au Café Carré, à deux pas de son studio.

Un emploi loin des affres de la nuit.

Un esprit sain dans un corps sain.

La jeune femme entamait un marathon pour reprendre sa vie en main.

Effacer les stigmates de son passé.

Épargnée par la justice après la chute du groupe de Flo, elle n'avait pas hésité avant de revenir habiter dans le Gard. De se rapprocher de son père, lui aussi libre, sans pour autant partager le même toit. Ce dernier avait de toute façon renoncé à vivre dans la maison familiale, scène du traumatisme qui le hanterait à jamais. En attendant une hypothétique vente de la villa, il restait chez Perez, dans le calme de Vacquerolles, à l'ouest de la ville. Comme promis, il suivait une thérapie pour comprendre l'origine de sa violence. Marine reprenait confiance en lui, peu à peu.

Elle devait d'ailleurs se rendre chez Perez dans quelques heures, pour une soirée tranquille, tous les trois. Un barbecue, sans doute.

Un bonheur simple. Inespéré.

Elle n'avait de nouvelles ni de Sylvia ni de Serge. La psychologue était retournée vivre dans le Nord, quelques mois plus tôt. L'avocat, quant à lui, exerçait toujours au palais de justice, à deux pas, mais il avait pris ses distances.

Marine dépassa la statue de Nimeño II, ancrée devant les arènes. Continua tout droit pour s'enfoncer dans le quartier situé derrière le lycée Daudet, dédale de ruelles où les derniers rayons peinaient à s'insinuer entre les bâtisses aux murs crépis.

Au détour du dernier virage, elle fut interpellée par un homme déboussolé qui conduisait une vieille guimbarde à la carrosserie éraillée.

— Je cherche la rue Stanislas-Clément…

Décidée à ne pas traîner, elle s'approcha du conducteur sans se méfier.

D'un peu trop près.

Avant qu'elle lui dise qu'il s'agissait justement de l'endroit où ils étaient, une fine lame se ficha dans sa carotide. Le bras fripé et veineux qui la tenait était tatoué sur sa face externe.

Des ailes noires.

— J'avais promis à ton père de me charger de toi en dernier. Quoi qu'il arrive.

La pointe ressortit et Marine recula, terrifiée, les mains plaquées comme un pansement vain sur son cou ensanglanté.

Elle heurta le mur derrière elle et s'affaissa.

Les yeux figés sur l'immatriculation étrangère du véhicule qui s'éloignait.

REMERCIEMENTS

Tokyo, le 5 octobre 2022

Avant de sombrer prend racine en Occitanie, où j'ai grandi. Petit clin d'œil à cette magnifique région que je porte dans mon cœur et où une partie des miens vit toujours. Clin d'œil également à mes amis de longue date dont j'ai emprunté les noms pour les besoins de mon histoire.

Merci à mon éditrice Talya Chaumont d'avoir cru en cette histoire. D'avoir cru en moi. Merci pour tout le travail accompli ensemble. C'est le début d'une belle aventure et je t'en suis reconnaissant. Par la même occasion, je remercie toute l'équipe des Éditions Denoël pour son accueil et sa gentillesse.

Merci à ma famille pour son soutien indéfectible, dans les bons et les moins bons moments.

Merci à tous ceux qui m'ont conseillé, apporté leur expertise médicale, juridique, policière, psychologique.

Merci à mes bêta lecteurs. À ceux qui m'ont soutenu en

pensant au bien du manuscrit pendant ces deux dernières années. Ce roman ne serait pas né sans vous.

Merci aux blogueurs et blogueuses, aux organisateurs de salons et autres événements littéraires, et à tous ceux qui font vivre nos écrits.

Merci à tous ceux qui me suivent et me soutiennent depuis le début.

Petit clin d'œil au professeur Elizabeth Loftus, experte de la malléabilité des souvenirs et notamment de l'effet de la désinformation sur les témoignages. Spécialiste des faux souvenirs, elle est celle qui m'a donné l'idée de cette intrigue. Pour aller plus loin, je vous invite vivement à suivre son travail et visionner en ligne son intervention lors du TED Global Talk, en 2013. Nous aurons certainement l'occasion d'échanger à ce sujet !

Enfin, merci à vous, cher lecteur, sans qui mon aventure d'auteur ne serait pas possible. J'espère vous retrouver très vite pour le prochain roman !

DU MÊME AUTEUR

Aux Éditions Denoël

LA COLÈRE D'IZANAGI, 2024.

AVANT DE SOMBRER, 2023, Folio Policier n° 1009.

Chez d'autres éditeurs

GRAND FROID, Éditions L'Oiseau noir, 2023.

LE QUATRIÈME RASSEMBLEMENT, Cosmopolis, 2020.

LE GLAS DE L'INNOCENCE, Le Lys bleu éditions, 2018.

COLLECTION FOLIO POLICIER

Dernières parutions

855.	Akimitsu Takagi	*Irezumi*
856.	Pierric Guittaut	*La fille de la Pluie*
857.	Marcus Sakey	*Les Brillants III En lettres de feu*
858.	Matilde Asensi	*Le retour du Caton*
859.	Chan Ho-kei	*Hong Kong Noir*
860.	Harry Crews	*Des savons pour la vie*
861.	Mons Kallentoft, Markus Lutteman	*Zack II Leon*
862.	Elsa Marpeau	*Black Blocs*
863.	Jo Nesbø	*Du sang sur la glace II Soleil de nuit*
864.	Brigitte Gauthier	*Personne ne le saura*
865.	Ingrid Astier	*Haute Voltige*
866.	Luca D'Andrea	*L'essence du mal*
867.	DOA	*Le cycle clandestin, tome II*
868.	Gunnar Staalesen	*Le vent l'emportera*
869.	Rebecca Lighieri	*Husbands*
870.	Patrick Delperdange	*Si tous les dieux nous abandonnent*
871.	Neely Tucker	*La voie des morts*
872.	Nan Aurousseau	*Des coccinelles dans des noyaux de cerise*
873.	Thomas Bronnec	*En pays conquis*
874.	Lawrence Block	*Le voleur qui comptait les cuillères*
875.	Steven Price	*L'homme aux deux ombres*
876.	Jean-Bernard Pouy	*Ma ZAD*
877.	Antonio Manzini	*Un homme seul*
878.	Jørn Lier Horst	*Les chiens de chasse*
879.	Jérôme Leroy	*La Petite Gauloise*

880.	Elsa Marpeau	*Les corps brisés*
881.	Sonja Delzongle	*Boréal*
882.	Patrick Pécherot	*Hével*
883.	Attica Locke	*Pleasantville*
884.	Harry Crews	*Car*
885.	Caryl Férey	*Plus jamais seul*
886.	Guy-Philippe Goldstein	*Sept jours avant la nuit*
887.	Tonino Benacquista	*Quatre romans noirs*
888.	Melba Escobar	*Le salon de beauté*
889.	Noah Hawley	*Avant la chute*
890.	Tom Piccirilli	*Les derniers mots*
891.	Jo Nesbø	*La soif*
892.	Dominique Manotti	*Racket*
893.	Joe R. Lansdale	*Honky Tonk Samouraï*
894.	Antoine Chainas	*Empire des chimères*
895.	Jean-François Paillard	*Le Parisien*
896.	Luca d'Andrea	*Au cœur de la folie*
897.	Sonja Delzongle	*Le hameau des Purs*
898.	Gunnar Staalesen	*Où les roses ne meurent jamais*
899.	Mons Kallentoft, Markus Lutteman	*Bambi*
900.	Kent Anderson	*Un soleil sans espoir*
901.	Nick Stone	*Le verdict*
902.	Lawrence Block	*Tue-moi*
903.	Jørn Lier Horst	*L'usurpateur*
904.	Paul Howarth	*Le diable dans la peau*
905.	Frédéric Paulin	*La guerre est une ruse*
906.	Paul Colize	*Un jour comme les autres*
907.	Sébastien Gendron	*Révolution*
908.	Chantal Pelletier	*Tirez sur le caviste*
909.	Sonja Delzongle	*Cataractes*
910.	Elsa Marpeau	*Son autre mort*
911.	Joe Ide	*Gangs of L.A.*
912.	Francesco Dimitri	*Le livre des choses cachées*
913.	Jo Nesbø	*Macbeth*
914.	Dov Alfon	*Unité 8200*
915.	Jérôme Leroy	*Un peu tard dans la saison*
916.	Pasquale Ruju	*Une affaire comme les autres*

917.	Jean-Bernard Pouy	*Trilogie spinoziste*
918.	Abir Mukherjee	*L'attaque du Calcutta-Darjeeling*
919.	Richard Morgiève	*Le Cherokee*
920.	Antonio Manzini	*La course des hamsters*
921.	Gunnar Staalesen	*Piège à loup*
922.	Christian White	*Le mystère Sammy Went*
923.	Yûko Yuzuki	*Le loup d'Hiroshima*
924.	Caryl Férey	*Paz*
925.	Vlad Eisinger	*Du rififi à Wall Street*
926.	Parker Bilal	*La cité des chacals*
927.	Emily Koch	*Il était une fois mon meurtre*
928.	Frédéric Paulin	*Prémices de la chute*
929.	Sonja Delzongle	*L'homme de la plaine du nord*
930.	Sébastien Rutés	*Mictlán*
931.	Thomas Cantaloube	*Requiem pour une République*
932.	Danü Danquigny	*Les aigles endormis*
933.	Sébastien Gendron	*Fin de siècle*
934.	Jørn Lier Horst	*Le disparu de Larvik*
935.	Laurent Guillaume	*Là où vivent les loups*
936.	J. P. Smith	*Noyade*
937.	Joe R. Lansdale	*Rusty Puppy*
938.	Dror Mishani	*Une deux trois*
939.	Deon Meyer	*La proie*
940.	Jo Nesbø	*Le couteau*
941.	Joe Ide	*Lucky*
942.	William Gay	*Stoneburner*
943.	Jacques Moulins	*Le réveil de la bête*
944.	Abir Mukherjee	*Les princes de Sambalpur*
945.	Didier Decoin	*Meurtre à l'anglaise*
946.	Charles Daubas	*Cherbourg*
947.	Chantal Pelletier	*Nos derniers festins*
948.	Richard Morgiève	*Cimetière d'étoiles*
949.	Frédéric Paulin	*La fabrique de la terreur*
950.	Tristan Saule	*Mathilde ne dit rien*
951.	Jørn Lier Horst	*Le code de Katharina*
952.	Robert de Laroche	*La Vestale de Venise*
953.	Mike Nicol	*L'Agence*

*Tous les papiers utilisés pour les ouvrages
des collections Folio sont certifiés
et proviennent de forêts gérées durablement.*

*Composition APS-ie
Impression Grafica Veneta
à Trebaseleghe, le 4 décembre 2023
Dépôt légal : janvier 2024*

ISBN 978-2-07-305282-7 / Imprimé en Italie.

623041